NON-FICTION WORKS OF CHEN DANYAN

IMAGES AND LEGENDS OF THE SHANGHAI BUND

外滩：影像与传奇

陈丹燕 著

序

从2003年开始写《外滩：影像与传奇》第一稿，到2012年写完《成为和平饭店》最后一稿，我的"外滩三部曲"（《外滩：影像与传奇》、《公家花园的迷宫》、《成为和平饭店》）写了十年。

1937年，美国作家豪塞在他描写外滩的书里写道：外滩是上海外置的心脏。而我，则在六十多年后描写了外滩如何成为新中国上海无可争辩的象征。上海是个反复经历沧海桑田剧变的都会，而外滩，则是这种剧变的纪念碑。

2014年，我的"外滩三部曲"集合成套，在外滩所在的城市——上海出版印行。时至今日，我想，自己努力承担了对养育我的城市的作家使命——尽我所能，为这条充满象征并不断变化的河滩留下有血肉的历史细节，为它的过去与现在，更为它的将来。

作为一个作家，我在十年来用文字和照片对自己居住的城市的探索中，摸索着表达它层层叠叠故事的写作方式，写作手法和词语库。我在努力尽到一个作家的本分。作为自幼随父母迁徙而来的移民，我是在长年对上海往事的探究中渐渐认同它为家乡的。

外滩三部曲，是我生命中最重要的工作。

陈丹燕
2014年6月29日

-NOTE-

外滩一号,民国四年建立的外滩大楼。1928年坚固的亚细亚火油公司大楼,1954年以后的大楼,目前正在等待一次新的改造——消费大厦遗留下来的海事时代式的奢侈,和后殖民时代的哀愁。这是一栋典型的外滩旧大厦,花岗岩的墙,巴洛克的面貌加上折中主义的混杂,爱奥尼克立柱。门楣上有被毁坏的痕迹,那是1954年亚细亚火油公司最终撤离时,将自己的招牌卸下带走时留下的。这是海事时代在外滩结束的标志。

以及风。

这雄伟大厦的底楼,时常有风贴着地面快快扫过,那是在有高大天花板的大厦里盘桓已久的风,阴凉整洁,浮沉着一种让人想起装饰着护壁板的办公室的气味,只是没有来自室外的烟火气,也没有来自不远处的江面上的土腥气。这就是外滩旧大厦里的气味,与安装了完善的通风系统的新大厦有所不同。

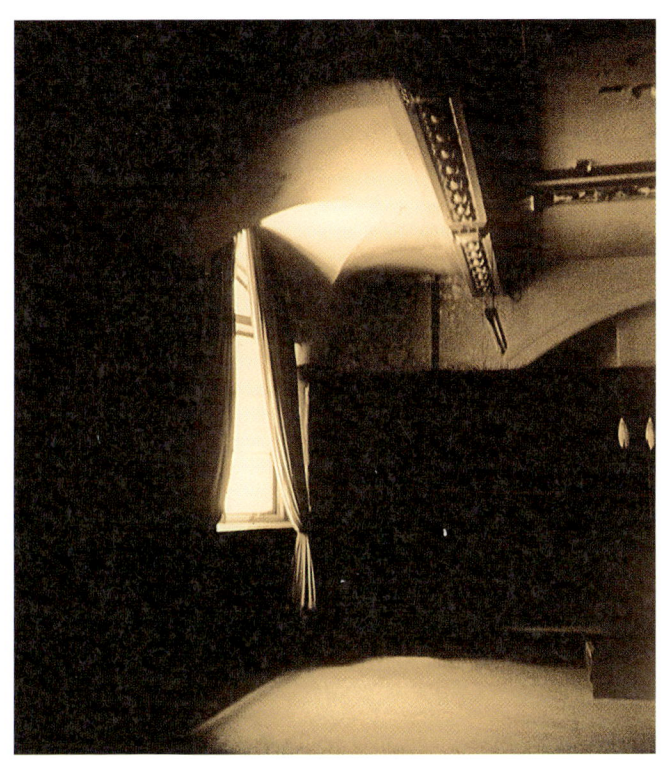

  外滩二号，上海总会遗址。这里曾经是外滩最老的外侨俱乐部，第一次世界大战前，这里不接待女宾。也是外滩最有传奇色彩的地方，十九世纪末，这里的酒吧就已经号称是世界上最长的吧台了。如今遍布全球的汇丰银行，传说中是在这里的一间吸烟室里的闲谈中诞生的。二十世纪初来到上海的英国青年，为这里远不如欧亚班轮的甲板上听说的妖媚放肆而感到失落。

  这里也是1990年代初的上海孩子最向往的地方，这里曾经是肯德基家乡炸鸡的上海旗舰店。孩子们向往吃到地道的美式快餐，许多1970年代出生的人，是在这里第一次看到服务生在递给你食物时的美国式微笑。

  现在，这里是禁止闲人入内的危房，肯德基家乡炸鸡店的遗址，王家卫电影里通往2046的车站。

上海总会的楼上曾经是会员制的高级酒店。2004年,整栋大楼都已废弃,早先的高级酒店也人去楼空,幽暗的空房间里匍匐着饥饿的蚊子,它们甚至不发出嗡嗡声,像沙尘般一卷卷地扑过来。走廊里徜徉着久未流动的自来水管散发出的腐败的水汽。站在2004年夏天的房间里,往前看,是1904年东亚最高级的会员制酒店的过去;传说中,当时连晨报都要用熨斗熨暖方才送到客房里。往后看,是2014年外滩最受欢迎的高级酒店:华尔道夫酒店的现在。底楼的长吧又恢复营业了。

- NOTE -

  2002年,站在新天安堂的屋顶,透过看门人晒着的棉被,能看到旧英国领事馆的院落。院子里有古老的带外廊的房子,那曾经是张爱玲准备去英国读书时,前来申请签证之地,也是外滩最早保留着华人永租地契的英租界档案室。那棵曾在《孽海花》里出现过的古银杏树后面,是上海友谊商店所在地。它后面那丑陋的蓝色玻璃幕墙房子,是上海友谊商店大楼,现在它已经消失在半岛酒店里。它旁边细长的灰白色楼房应该就是《文汇报》大厦,它也已经消失在半岛酒店的车道上。至2014年,外滩源的天际线恢复了租界传统的空间,新天安堂全面修复。

红旗飘扬在"外滩的老夫人"的屋顶上。

《字林西报》大厦曾被人称为"外滩的老夫人",但却不知道由来。是因为它的姿态最复古,还是因为它的前身是上海第一栋高楼,或者因为它的旧主人是外滩最早的英文报纸。这样或那样的传说总是免不了的,但大多数都没有证据。

《字林西报》的记者们却为外滩留下了一些私人的回忆,在外滩公园有人注意到了在十九世纪末的一个傍晚散步的女士们,她们穿得很正式,丝绸的长裙裾在夜色中泛出微光,令人想起了伦敦摄政王公园的傍晚。在华懋饭店门口有人注意到了在二十世纪中的一个上午,一队国民党士兵带着机枪和骡子,试图征用饭店的屋顶花园。1951年,《字林西报》印行休刊辞,这份中国最早的英文报纸正式退出外滩。外国记者们随后离开了。本地的记者们取了遣散费回家,他们中的绝大多数人,终身都不再做新闻工作,而成为各家外贸公司里的职业笔译。

红旗飘扬在"外滩的老夫人"屋顶上。她现在是一家保险公司总部。

-NOTE-

  一间英式老酒店的房间，传说中的银质水龙头，特地从涌泉井输送过来的优质水，伦敦老酒店里必备的窗前卧榻，亚麻床单，如今全都没有了踪影，这是自然的。不过，英式酒店室内的那种幽暗却仍旧保留着，还有被一百多年来的英侨回忆录总是提及的江水的气味，那种冰凉的淤泥的水腥气，从狭窄的钢窗缝隙里钻进室内，它如同按在嘴唇上竖起的手指，提醒你，不要忘记，这里曾经是一片泥滩。

  酒店就要大修了，要恢复到1930年代末、大战前夕的面貌，那时它是远东最豪华的酒店之一。

  春天正午的幽暗房间里，突然鬼影幢幢。沉默的镜子里一派喧闹，仿佛有人彼此正推挤着，争着要在镜子里显形。紧张的寂静中，自己的脚仿佛也不是自己的了，像是还有另一个人也静静躺在白色的床单上，就要惊呼一声："你是什么人？"

- NOTE -

  1940年,租界已是孤岛,离开上海的国际班轮一票难求,大班们的家眷大多离开了日军包围下的租界,1940年的大班们仿佛又回到了十九世纪中叶的外滩,独自一人在办公室里,从公事房出来,就去上海总会喝一杯。不过,有时他们聚集在华懋饭店底楼的英国乡村式酒吧里,当时这间酒吧叫马与马鞍,因为沙逊爵士酷爱赛马。那里还有充足的爱尔兰威士忌和谣言,有时能看到沙逊爵士从伦敦带回来的欧洲战事的新闻片。

  在那里聚集的,常常是反日的侨民,沙逊爵士在离开上海之前,常常到此地来请大家喝一杯,并鼓励惶恐不安的大班们稳住神,保持住往昔的骄傲。他认为日本人是绝对不可能赢得战争的,他们终将被中国人赶出上海。

  酒吧的灯是当时的灯,酒吧里的八角台子也是从前的台子,吧台上不过比六十多年前多附了一层三夹板,略微变厚了几个毫米,爱尔兰威士忌和苏格兰威士忌并排放在酒柜里,还有从美国西海岸进口的各种葡萄酒。

  现在这里是爵士酒吧。上海唯一的一支由第二次世界大战期间成长起来的上海少年组成的老年爵士乐队在这里驻唱,演奏的都是美军太平洋军用电台播放的曲子。那几年,沙逊爵士在英国出版了他从上海带走的上百尊象牙雕刻图录,那是他最心爱的收藏品。

  这一夜,老年爵士乐队的核心人物因为年事已高,已不再演出。沙逊爵士已去世多年。

- NOTE -

  2007年3月30日，上海外滩源。居民都已经离开，留下了整条人去楼空的街道，堆满各色垃圾的夹弄，和显得格外陌生的1920年代建筑。1846年，这里曾经是外滩第一块成为英租界的土地，1926年这里则是租界最体面的街道，博物馆、洋行、教会、领事馆、商学院、银行和剧场都聚集在这里。1949年，这街区的尽头曾经是共产党进入上海市区的最后一个战场，1960年以后，这里渐渐成为拥挤不堪的居民区，人们在嵌在墙壁里的美国保险箱里放换季的被褥，在主日学校的走廊里烧饭，在洋行窗外的小阳台里装上热水器，铺上瓷砖，改建成一个独立的浴间，冬天在巴洛克风格的窗台下吊着没有拔毛的风鸡和用小竹棍撑开肚皮的鳗鱼干。这样的生活，一直持续到这个街区被命名为外滩源，将要恢复它1920年代的建筑风貌。

  六十年的岁月人生，留下一大堆垃圾，转身离开了。

  这以后，你才能体会到1920年代建筑的陌生。继而，你才能体会到空洞：1920年代是什么？

-NOTE-

　　这是外滩三号在改造前的唯一一次晚会,由《费加罗夫人》杂志主办。已经拆空的大厦,已经到处都能闻到建筑垃圾的味道了:那是种凉飕飕的水泥气味,还有石灰的粉末气味。但这一切都夹杂在希尔顿酒店自助餐散发出来的新鲜罗勒草,融化的忌司,烤乳猪的脆皮等等散发出来的香味里,当然还有客人们暖烘烘的身上散发出来的各种香水气味,以及法国葡萄酒经过了口腔的温度散发出来的清洌酸气。当建筑垃圾冰凉的气味和晚会奢侈的温暖气味混合在一起的时候,外滩就醒来了:它海事时代油腻的机灵醒来了,它的金钱至上醒来了,它对冒险的热爱醒来了,它全无心肝的攫取和拓展的动力也醒来了。

-NOTE-

　　这是不安的江水，无声但不安地向前流去，无休止地目睹着外滩。它是一片李家庄潮湿的坟场，它是简陋的英国租界，它是英国的远东模范殖民地，它建立了远东最讲究的殖民地建筑，它被中国飞机的炸弹炸塌了房顶，它成了日本人的天下，它的旗杆上飘满了红色的中国旗。它的外墙上被简陋的十五瓦的灯泡装饰起来，庆祝"五一"国际劳动节，一个在美国诞生的劳工节日，它的屋顶一个接一个地亮了起来，飘扬着法国葡萄酒、古巴雪茄、泰国兰花的气味，那是国际化的夜店一个接一个在外滩开张了。江水不安但无声地向前流去了。

外滩南京东路街口

PAGE-01
一、黑白马赛克

PAGE-43
二、宿命

PAGE-97
三、不可能的世界

PAGE-179
四、纪念碑

PAGE-275
五、梦想的烟尘岁月

PAGE-369
六、怀乡痛

PAGE-401
跋：外滩写作记

PAGE-408
参考书目

- CONTENTS -

a. 外滩公园 → 黄浦公园
b. 草坪与堤岸 → 堤岸
c. 东方明珠电视塔
d. 英国领事馆 → 上海友谊商店 → 外滩源
                市政府机关
e. 协和教堂 → 上海灯具厂 → 改券交易所 → 灯具公司仓库 → 外滩源
f. 河滨大楼
g. 华人公园 → 绿地
h. 益丰洋行大楼 → 外滩源计划发源地
i. 中国银行大厦
j. 沙逊大厦 → 和平饭店
k. 皇家饭店 → 和平饭店
l. 麦加利银行大楼 → 春江大楼 → 18 Bund
m. 《字林西报》大楼 → 桂林大楼 → 友邦保险公司大楼
n. 江海关 → 上海海关大厦
o. 汇丰银行大厦 → 上海市政府 → 浦东发展银行
p. M on the Bund
q. 3 on the Bund
r. 上海总会 → 上海海员俱乐部 → 东风饭店 → 危房
s. 洋泾浜河 → 爱德华七世大道 → 延安东路
t. 信号塔
u. 码头（前往海外）→ 码头（前往内河沿岸各地）→ 码头（浦江游览）
v. 中国城 → 静园游览点
w. 四明公所 → 四明公所遗址
x. 怡和化大厦 → 上海大厦

MONO-
CHROME
MOSAIC

PIECE.01
黑白马赛克

时空突然纠结成一团,细密而奇妙的往事与现实如风般拂面而过,飒飒有声,不曾料想地割裂出许多新鲜的小伤口,因而感到疼痛,却还有明显的释然。你以为是获得,但也许更是失去。

外滩：影像与传奇

　　黑衣人走向灯光璀璨的门厅，拖着他们长长的影子，那是维多利亚时代漂洋过海而来的自重，趣味，势利，还有工业革命时代的人们对光鲜事物无限热衷的遗风。

　　他们的背影看上去真是时髦与复杂，就像混合亚欧口味的食物那样，带有一种开放和投机的灵巧。东方人细长单薄的身体，宛如一只单反相机里极其敏感的测光仪，时刻根据不同的光线做出调整。即使是后背，也长着眼睛，时刻观察自己在外人眼中的反应，以及四周的动静。男人们穿着黑色的夏季西装，意大利鞋，里面的衬衣也是黑色的，并敞着领口，这样既冲淡了拘谨，又保持了进出外滩大楼应有的隆重。现在，出没夜店的男人们已再次讲究起来。他们谨慎地选择黑色，在面料和牌子上下工夫，掩盖自己在颜色和款式上的贫乏想象，他们投入浮华生活的时间毕竟太短，趣味与自信都还没有成熟，还不能炫技，只可求不错。

　　十九世纪末的晚上，外滩的生意人只有上海总会一个去处。去上海总会，他们要穿好黑色燕尾服和白色衬衣，打黑色呔。有一夜，遇到租界火警，正靠在吧台边喝酒的救火会志愿者们来不及换衣服，就冲出去救火。镶了一层黑缎子边的黑色衣尾在火光熊熊的夜色里随风飘起，沾满了焦炭的气味。过后，工部局通知他们，可以将那晚洗烫修补礼服的洗衣店发票拿去报销。这是另一个关于黄浦滩上的黑色礼服的故事。

　　黑衣人三五成群地消失在旧渣打银行门庭的灯光里，像解一道合并同类项的数学题那样，归成一个符号。

　　她们是一对长得很相像的母女，长脸。在自天花板而下的灯

一、黑白马赛克

光里显得更长。

玛丽莲吊灯洒下明亮而匀称的光芒。这些大小不一，出现在大楼各个角落的、红色里夹了金箔的玻璃吊灯，是第二次从意大利舶来的镇楼之宝。第一次从意大利来的镇楼之宝，是1920年代从意大利教堂里买来的大理石圆柱，据说它们还是米开朗基罗时代开采的。精确地说，这次不再是舶来，而是空运。"舶来品"这个词也已经过气了。

玛丽莲吊灯让人想起威尼斯那些昂贵而易碎的古老玻璃，和弥漫着旧缎子和耗子味的威尼斯共和国的往事。但是，如果经历过上海1970年代和1980年代由于电力不足而全城灯光黯淡发红的岁月，才能体会到它们给予的明亮与柔和所意味着的渴望。这是完全不同于威尼斯的渴望。

地上细小，而且排列并不规则的白黑两色的马赛克铺满了她的眼睛，犹如《太阳帝国》里描绘过的，在黄浦江里漂浮的一口小孩的棺材那样，在她回忆里晃动。"是它吗？是原来的那些吗？"她猜测着。

大楼修复时，专门介绍了修复时对马赛克地坪的保护。当时她读到报道，眼前浮现出的门厅，是幽暗而高大的。马赛克地面好像蠕动的蟒蛇一样冰凉，并有一种威慑力强大的鳞状图案，马赛克在水泥上微轻的不规则排列，就像蟒蛇隆起时，撑开了鳞状物之间的皱褶。

这是八十年前的旧物。保留着1920年代亲切的手工痕迹的马赛克，看上去像雨后的泥地一样柔软，容易留下痕迹。完全没有如今的马赛克那样冰冷和规整。那些手工的痕迹很容易让人产生联想。

黑衣人沐浴在灯光下,洗得干干净净并散发名牌香水气味的身体,保养良好的头发,在黑色的衬托下格外白皙的手背和下巴,如同沐浴在阳光里的植物一样自在而感恩。冷气很快就使皮肤变得凉爽干燥,他们脸上因争斗而隆起的肌肉放松下来,变得彬彬有礼。

出示请柬。

与迎候的英国领事馆雇员寒暄,握手,探出上身去行贴面礼,噘起嘴唇,轻轻向对方的耳朵发出亲吻的声音,"啧",客气的,只贴一次。

留下名片。

"请好好享受我们的晚会。"领事馆的年轻本地雇员说了一口伦敦音,是上海的知识阶层一贯崇尚的口音,象征着教养与见识。说伦敦音的年轻女子将人群引向装饰着红色琉璃的电梯。曾有人形容它像一只圣罗兰的皮箱。这是外滩大楼渐渐成为展示西方奢侈品世界的前沿后,最为时兴和卖弄的联想。媒体对外滩的变化总是如此惊喜,并试图确切地形容。

"不,不不,我们更喜欢走楼梯。"她说。

于是她们拾级而上。

她的女儿探头看了看楼梯井。

楼梯井很宽大,带有1920年代的欧洲线条,轻微的装饰艺术风格,扶手蜿蜒盘旋,很有线条感。下面,是满满一地细小的马

一、黑白马赛克

赛克,彬彬有礼地闪亮在灯光里。

少女伸出手,用日本产的照相机拍下一张照片。她是属于针孔时代的孩子,到哪都带着照相机,当她想要了解什么的时候,就去拍一堆照片过来,然后去研究照片,得出自己的结论。她保留着大量自己的作品,从幼儿园时代的老师硕大的鼻孔,菜场附近地上被人丢弃的橘子皮,到今年春天深夜,自己被突然涌出的鼻血惊醒后惊恐的脸。

她有些怀疑女儿此刻这样做,更多是为了安慰她。于是,她感激而委屈地瞥了她一眼。

她也探头看了看楼梯井。金色的灯光从每一层楼的扶手处倾泻出来,楼梯间里寂静无声,她再次见到各个楼层转角处露出的黑白镶嵌的马赛克地面。

在外滩,当你走进一栋建筑,堤岸上的嘈杂之声被门切断,门厅里的光线照耀你,大楼里的空气包裹你,你顿时落入另一个时空,落入丧失自己方位的恍惚中。也许这是一种令人感到舒服的恍惚,假扮成另外一个人的可能,像迅速上涨的水一般令身体浮起,划动四肢是这时的本能,它令你开始漂浮。从各种外滩在经历沧海桑田时的各种遗留物中浮起,它们宛如在被多年污染的海里掠过的鱼虾和海藻,以及轮船留下的油污和可疑的拖鞋,还有长满绿苔的碎木板。你心中悠悠地交织着惊喜与厌恶。

"我们先去看看外公从前的办公室吧。"她说,"就在电梯出来左拐,第一间,有一扇窗,我在那扇窗前第一次看到外滩。"

"唔。"她的孩子应道。

天花板是乳白色的，很高，与墙壁连接处饰有宽大的顶角线。房间也很大，这是一间气派讲究的办公室。

里面的家具虽然是木头的，可所有桌椅，沙发，茶几和书橱的腿，都刻意雕刻出竹子的样子，突出它的中国风格。宽大的办公桌上放着一只景德镇出产的瓷杯，杯子上画了满满的中国山水，明媚的青山绿水，蚱蜢舟，一行白鹭，山中草亭里凭栏而立的书生。

墙上挂着一只双鱼铜盘，一条鱼象征中国，另一条象征波兰，它们交颈缠绕，好像很亲密，但它们脸上身上的什么地方，却有种阴沉不快的神情。C–P的缩写被刻在一面狭长而僵硬的旗帜上，在鱼头上方。

办公室的窗子正对外滩堤岸，很有处在世界中心的荣耀感。当年在窗前，一眼望出去，先看到的，是英国领事巴夏礼的铜像。铜像在太平洋战争中被日本海军捣毁，到1960年代中期，渣打银行遗下的家具也已不知去向。

沙发椅前的茶几上有一大本轮船的照片集。甲板，大海，高大的桅杆，从蒸汽轮脱胎而来的粗大烟囱上印着C–P，那是中波海运公司的标志，1950年成立于美国对中国海岸线的全面封锁中。它是1949年后中国政府建立的第一家合营航运公司。整个中国与世界的联系，一时间只得依靠几条挂波兰国旗的轮船。它也是外滩各家洋行迁出以后，唯一一家在外滩有外国雇员的航运公司。这间办公室，大概也是外滩大楼里唯一不合适挂毛泽东像的党委书记办公室。所以，办公室里有由活生生的咖啡，香水和纸

一、黑白马赛克

烟混合在一起的非中国气味，和刻意为之的中国风格。但这却并不是要强调东方情调，而是婉转表达的民族自尊。

颗粒粗大的黑白照片散发着海洋的气息，它勾起人去揣测和幻想漂洋过海的自由。某一张照片中的甲板上，凭栏站着一个年轻的波兰水手。他的影子长长地与桅杆和缆绳的影子交错在一起。他脸上，肩膀上，从白色制服裤子里隆起的窄小而结实的胯骨上，迎风露出的额头上，处处洋溢着令人羡慕的自由。一个迎风而立的水手对被迫封闭的通商口岸城市，充满了诱惑。

这间办公室里套着一个小衣帽间。里面有一排柚木做的衣架，靠墙还有一排鞋架。衣架上挂着一套咔叽布衣服。每个星期四，西装革履去上班的党委书记兼总经理，穿这套带着汗味的布衣回家，好像换了一个人。因为每星期四下午，是当时全市干部参加体力劳动的日子。每个星期四，他都去码头和装卸工一起劳动。他一直都喜欢与码头工人在一起，也喜欢出汗。他非常警惕自己生活中出现的修正主义元素。

更衣间靠墙角的阴影里竖着一只圣罗兰旅行箱。那个半人高的硬壳箱子里能挂好几套烫好的西装和衬衣，还有几个用缎子包着的小抽屉，可以分别放袖卡，领带夹，和皮鞋。箱子把手上，用白色的细棉线吊着东欧各国航空公司的标签。可以看出箱子的主人对航空公司的热衷，那是1960年代男人对新科技的欣赏和沾沾自喜。那是一只属于他的旅行箱，出差去东欧各个港口时用的。

宽大的办公桌斜斜横在窗边，那张桌子大得就像一张床。坐在大桌子上,正好能看到窗外长长一条外滩。

满满一窗,都是1960年代的外滩。

她坐在窗前的写字桌上望着窗外的外滩。

那时,她还不足六岁,为了跟父亲到办公室来加班,母亲为她换上了最好的连衣裙,还梳了头。裙子是用红白两色的朝阳格做的,领口镶了一圈白色的的确良,上面分别绣着小房子,花,热带鱼,和戴草帽的小姑娘。

父亲要去会议室开一个小会。离开前,他给了她几块糖,和一大玻璃杯水。告诉她,要等嘴里一点甜味也没有了,才能吃第二块糖。等糖全吃光了,水也喝干净了,他就应该开完会回来了。

穿着一身淡蓝色薄呢连衣裙的波兰秘书抱着一本大笔记本,在门口看他安顿自己的小女儿,微笑在她脸上留下了浓重的阴影。她走进来,到小女孩面前,摊开手掌。

粉红色的手掌里躺着一粒苏联产的太妃糖,比中国糖果要大一倍,像一条大肚子金鱼。

她将太妃糖放进小女孩的糖果堆里:"波兰糖,我妈妈寄来的。"她有很重的波兰口音。

"谢谢拉拉小姐。"小女孩看父亲脸上没有反对的暗示,便收下这件礼物。

她在父亲办公室的一台英文打字机前坐得直直的,以致儿

一、黑白马赛克

童鼓囊囊的肚子从细小狭窄的骨盆里完全挺了出来,将裙子也撑高了。

她正在打字。噼里啪啦地在纸上打了一大堆。

打至行末,她便庄重地拉动镀了克鲁米的,亮闪闪的拉杆。她的手指能感觉到拉杆正带动齿轮,咬住了下一节。另一个齿轮咯啦啦地响着,换到下一行。

然后,她将细小柔软的手指放回到圆圆的键盘上,用力地深深按下。带有凸起字母的细杆从打字机里一跃而起,向色带击去,在白纸上留下一个黑色的,小写的C。

她脖子上绕着一根小女孩用来扎辫子的绿色玻璃丝。她已经在玻璃丝圈上打了不少大小不一的结,使玻璃丝圈看上去更接近秘书小姐脖子上那根花纹复杂的银链子。她嘴唇上生涩而妖娆地叼着一支用信纸卷起来的细长纸卷,用来代替秘书小姐的薄荷纸烟。甚至,她微微眯起左眼,当烟雾熏着眼睛时,拉拉就是这样做的。她以为自己就是拉拉。

她还要再等十年才能学英文,她英文课本的第一课并不是"谢谢",而是"毛主席万岁"。但六岁时,她已知道如何在一台英文打字机上打出有长有短的词句,也知道每一段落的起始时,应该要有一个大写字母,还知道如何在打字机上找到打出大写字母的那个键。每次从父亲办公室回家,她都带回一张打满字的纸。她的哥哥们为此大为惊讶,那时他们学的都是俄文,看不懂满纸实际上没有一个是正确的英文词。几可乱真的形式迷惑了他们。他们拿着纸追问父亲,令父亲纵声大笑。她很喜欢父亲富有外交手段的大笑，笑声让哥哥们更加不解。

但这些都不重要，重要的是她感觉自己就是拉拉。

她做得最熟练的动作，就是像拉拉那样换行，轻轻吊起手腕，自然而然的，有点慵懒的，灵巧的。然后，抱着手肘，将纸烟夹在食指和中指之间，不像父亲那样用大拇指抵住烟蒂，而是尖尖地朝天竖起指尖。

从书橱玻璃门的倒影里，她偷偷打量自己，就像看拉拉一样。"唉，多么像一个女特务。"她心满意足地想，将太妃糖整个塞进嘴里。

这样的游戏要背着父亲玩，因为他不喜欢。他认为波兰人的生活方式里有太多的修正主义内容。其实小女孩心里明白，这游戏甚至要背着所有人，包括拉拉本人。她感受得到这游戏中有损自尊的部分，那便是对舶来生活方式的追随。

糖全吃完了，水也喝光了，"拉拉小姐"也变得乏味起来，父亲却还没回来。

小女孩走了出去，她只是想问问，是否父亲在哪里耽误了，或者根本就把她忘记了。她顺手带上办公室的门。父亲关照过，不能随便敞开他办公室的门，特别是他不在的时候。

耳朵"嗡"地一闷，然后，她发现自己被关进一条灯光幽暗发红的长走廊里。

走廊两边的门都关着，走廊里静悄悄的，连人影都没有，窄长得不可思议。

地上黑白两色的马赛克，拼成令人眼花缭乱的图案。那图案

一、黑白马赛克

是如此奇怪，好像在幽暗的灯光里起伏蠕动。

走廊里弥散着一股咖啡和烟草的气味，还有上好的地毯与木器散发出来的沉甸甸的庄重的气味。隐约能听到有人低声飞快地说着什么，细细地听，能辨别出它是带有口音的英语，带有中国人的口音，和波兰人的口音。从海事时代开始，世界航运界的通用语言就是英语，即使当时中国和波兰的中学，都已在外语课上只教授俄语，中国人和波兰人在航运公司开会时，还是只使用英语。往返于格但斯克和上海之间的各种备忘录和合约，也都是英文。

小女孩紧张地捕捉着断续传来的说话声。她猜想那是父亲会议室里的声音，但又不能相信，他们开会要这样鬼祟地说话。那声音有些阴险，更像是用于密谋的声音。

恐惧从她那孩子的细密而弱小的心中升起。她怕自己的父亲已卷入什么阴谋，怕他根本不是他表面的样子。怕他根本不是共产党，而是用共产党身份潜伏在外滩的外国特务。而拉拉显而易见的，是一条美女蛇。怕这栋古怪的大楼根本就是一个隐藏的特务机关，而不是一家航运公司。怕那桅杆上挂满小旗的C-P轮船里，装着的根本就是一支海军陆战队。走廊里的灯光这样沉重，走廊里的气味这样与任何地方不同，马赛克地，深褐色、沉重坚实的门，这样满怀旧时代的遗风，一切都不寻常，她感到有巨大的秘密隐藏着，而且即将吞噬她。

她向后退去，才发现已分辨不出哪一扇门是属于父亲办公室的了。

外滩：影像与传奇

她将自己的耳朵贴在门上听，她听到了一些古怪的声音，潮水一样点点滴滴，层层叠叠的声音，有发报的滴滴声，有人在嘤嘤地哭，有椅子翻倒在地毯上发出的闷响。伴随着这些声音，门上大大的钥匙孔像香炉的缝隙那样，飘散出房间里香烟辛辣的焦油气味，和咖啡沉闷的令人晕眩的香气。她甚至还在某扇门后捕捉到了一丝迷药般的香水气味。那是拉拉的香水，还是属于另一个更加神秘的女人的，她不能判断。她哆哆嗦嗦地想，也许在什么地方，藏着另一个神秘的外国女人。这是更大的秘密。

她退向走廊，但走廊被黯淡灯光中沉重的神秘所笼罩。极其陌生，极其阴郁，极其不甘，它像一条匍匐的大蛇，无法判断它是死了，还是睡着了，或者只是静伏，准备攻击。

走廊尽头的电梯间传来电梯钢索发出的吱嘎声，她感觉马上就会有人，一个黑袍人出现在走廊里，他的脸在黑色的衬托下异常苍白，鼻翼两边带有波兰人深深的愁苦的长纹，他的蓝眼睛像玻璃珠一样透明而且冰凉，当他注视你的时候，你简直不知道他是不是真看到了你。他轻声质问："你怎么会到这里来的？"这个问题，如同向她宣读死刑判决。

慌乱中，她挑了一扇很像父亲办公室的门猛力打开。

一间全然陌生的房间，空无一人，窗上也是满满的外滩堤岸。

很深的护壁板，阴惨的绿色旧地毯，上面隐约能看到可疑的水渍。

棕色沙发上搭着一件白色的尼龙西装，她看着眼熟，因为她父亲也有一件类似的白色西装，是的，沉重的白色条纹重重地趴

一、黑白马赛克

在那里，像一块吃得过饱而沉甸甸垂下的肚皮。在这里看到父亲的上衣，她的心猛烈地下沉了，仿佛看到了阴谋的证据。

桌子上放着一只浅褐色的木头小镜框，细密的花纹里嵌着细细的银丝和菱形的贝壳，那是克拉科夫匠人的传统手艺活。她发现这镜框与父亲从波兰开会回来送给她的一个木头匣子很相似，这个发现让她的心再次被恐惧击中，这仿佛是父亲身份真相的又一个证据。

镜框里有张欧洲人的照片，他有狭长的脸和几乎看不到的薄嘴唇，正从照片里瞪着她。他浅色的眼珠有种冰凉的、责备的表情。

小女孩赶快退出了房间。

但走廊却更让她害怕。她仿佛是一个潜入者，不可被人发现，却偏偏暴露在从四面八方都看得见的走廊上。

地面上细小的黑白相间的马赛克方块让她站立不稳，每走一步，都觉得自己要摔倒。有一股骇人的神秘力量，就匍匐在从外面看上来寂静无声的地方。它在完好地保留着残迹的大楼里冒烟，起泡，嘈嘈切切，遮云蔽日，如同鬼魅。

她再次推开另一扇门，躲进房间去。

还是一间陌生的房间。

桌子上有一杯还在冒白汽的咖啡。

咖啡杯旁还有一只四方的玻璃烟缸。

她意识到，这是拉拉的办公室。白咖啡杯的边缘留着半个红色的口红印子，就是她下唇的印子，有时口红也会染到她的门牙上。

她打字机旁的绿玻璃罩台灯亮着，打字机上夹着纸，好像临时离开。

其实这里曾是她熟悉的角落。有时父亲允许拉拉将她带到这间办公室来玩。她一直很矜持，不敢表达出自己对拉拉的好感，因为父亲吩咐过，对外国人要客气和自尊。拉拉给她糖，让她闻自己的香水，透过敞开的衣领，她看到过拉拉胸前的雀斑，还闻到她混杂在香水里的淡淡狐臭。这个角落曾经充满遥远世界的诱惑。但此刻，已是惊弓之鸟的小女孩却认为拉拉正藏在某个角落里，或者写字桌下，或者拖地的窗帘后面，等她走近，就突然跳出来。

她在十分钟前还是她的偶像，但此刻，她却已代表着莫名的威胁。

门无声地开了，办公桌上有一只景德镇彩绘杯子。

两眼满含泪水的小女孩终于回到父亲的办公室。

笔直地望见长窗。窗上无声划过的白色铁船的烟囱，外面的世界径自干着它自己的事。

原来它是一间冷酷的房间。它的写字桌像保险箱一样散发出秘密可怕的气味，它的沙发上遗留着濒亡者痛苦挣扎的皱褶和阴影，她几乎能肯定，扶手上那块淡淡的阴影是口红留下的污渍。

她发现那间房间的地毯，竟与另一间房间的一样，在惨绿的底子上也能找到可疑的水渍。仿佛这两块地毯曾经铺在一起，经

一、黑白马赛克

历过同样的事。

忘记关灯的更衣间里，蓝色咔叽布外套散发出龙虎牌清凉油的气味，那却不是往常从父亲热烘烘的身体上散发出来的气味，而是一种带着薄荷油膏气味的强烈的哀伤，她从未体会过的永别般的哀伤。

她孤立无援地站在房间中央，尽量什么也不碰到，好像一座水中寸草不生的孤岛。

这是她第一次感到自己陷在一个充满默默的敌意和威胁的环境里，在将近六岁的某一天下午。连父亲都不能解救自己，甚至，连血脉相连的父亲本人，其实统统属于异己的力量。她有生以来第一次感受到孤立无援。这人生的真相沉甸甸地压在她身上，毫不怜惜。

隔壁海关大钟的报时声沉闷地从窗缝里挤进房间，那支英国的报时曲好像从未这样响亮，这样撼动人心。钟声摇动玻璃和空气，横扫整个房间，整栋大楼，整个外滩，如同一股突然苏醒的强大力量，一种信号。

小女孩以为，这栋大楼将会像地震一样塌掉，然后，像《一千零一夜》的故事一样，一个巨大的妖怪，将从塌陷的烟雾里冉冉升起，仰天大笑。这是一则她听父亲读过的睡前故事。他倚在她的高高的铁床架上，学着妖怪的笑声，张开了他被香烟熏得发黄的嘴唇。她的铁床随着父亲耸动的身体而吱嘎作响。

门再次被打开，父亲回来了，微笑地望着她，竟不惊奇为什么她要远远地站在房间中央的空地上。

外滩：影像与传奇

她放声大哭。

她望着眼前出现的一切，惊呆了。

灯影里蠕动的马赛克之上，荡漾着淡紫色的百合在傍晚散发出的强烈香气，隐约还掺杂着已经开始腐烂的花枝根部的气味。从电梯口就排开的各种花篮，一直通向展厅。花篮上吊着的红带子上写着祝贺花篮的出处：台湾东森新闻，德国领事馆商务处，德国大众汽车，德国德累斯顿银行上海代表处，德国西门子公司，德国汉堡市政府，香港亚洲卫视，上海市政府外事办公室，等等，等等。那里正在展出一百三十年以来的德国邮政公司的宣传画，纪念汉堡和上海缔结姐妹城市二十年。

人们穿着黑色正装，手里擎着香槟酒或者红酒的酒杯，在画着各种各样的大船的宣传画前无声地晃来晃去。她看到一些金发碧眼的年轻男人，他们在黑色礼服里衬着平整的白衬衣，领口结着黑色短呔，她认出他们脸上闯荡天下，纵情四海的传统表情。

在他们身后，她认出画中的两条极粗壮的烟囱。

"那是蒸汽轮。"她对自己的孩子说。

"蒸汽轮是什么意思？"孩子问。

"它的动力是靠锅炉。司炉工要不断地往锅炉里添煤。从欧洲过来，经过赤道，司炉工热得受不了。所以欧洲人怕当水手。"她说。

她以为自己早就忘记了，此刻，却发现童年学到的识别轮船的知识，只是沉睡在记忆的某个角落，它们会像闪电一样照亮记

一、黑白马赛克

忆昏暗的角落。

"你干吗去？"她的孩子悄悄拉住她，制止她继续往里走，"我们不是去这个晚会。"

"可这是我爸爸从前的办公室呀。"她压低声音喊道。

"妈妈！"孩子还想制止她，但她径自走进展厅，来到报到台前，向礼宾小姐微笑致意，然后拿起黑色马克笔，在大红撒金的签到本上毫不犹豫写下自己的名字。

她不容置疑的态度使礼宾小姐迟疑着，没有坚持让她们出示请柬，便将手里的展览简介分发给了她们。

虽然光线仍旧幽暗而且精美，但神秘骇人的气氛已荡然无存。

"这里原来是拉拉的房间。"她的眼睛在半空中划了一个长方形，现在那里放着一长溜铺着雪白台布的长桌，上面放着色彩斑斓的德国点心，各种来自瑞士和法国的忌司，覆盖着橘黄色鱼子或者三文鱼的日本寿司，亮晶晶的不锈钢保温锅里，散发出融化的忌司和烘烤过的牛肉的香味。新鲜的食物散发着全球化以杂为乐的美妙气味，可独独没有咖啡的气味。

"这里是波兰总经理的房间，有一块绿地毯。"她的眼睛在旁边又划出一块来。此刻，"他"房间残存的两壁上被安放着六幅宣传画，分别介绍1935年出售从汉堡出发去纽约港的船票地点，1906年一百个小时从柏林出发到达亚历山大港的航线，1934年环游世界的邮船线路，等等。她再次看到了桅杆，旗帜，圆圆的白色舷窗，白色高耸的船头在深蓝色的大洋里犁开白色浪花，如在外滩公园散步的侨民妇女伞上的花边。小时候,她以为那便是组成广大自由世界的元素。现在,这种模糊的诗意再次回到她心中,但又已有了格格不入之处。

父亲和拉拉的形象浮现在时髦展厅的阴影和德国海运公司的宣传画中,格格不入。"1960年代的中波海运公司和这家德国海运公司又有怎样的对比关系呢?"她想。

"这个夏天正逢好时机:汉堡和上海成为姐妹城市已二十周年——自1986年始。而再前溯一百年,1886年,我们公司的奥德河号蒸汽邮轮,作为东亚航线上的第一条德意志帝国邮轮,停靠在上海码头。正是在1886年的夏天,我们公司投入到全球海运中去,并有了自己的固定班轮。打那时起,上海渐成港口都会,它也是在中国我们最重要的航运伙伴。此后的一个世纪里,中国和欧洲的海上航线发展成一根世界贸易中的大动脉。如今,东亚正在增长的航运市场更在我们公司的业务中占有重大而且稳定的比重。"她埋头读着德国邮政公司总裁写的前言,耳边却响起带有浓重波兰口音的英文。那声音更像某种感觉,而不是耳朵可接触到的声音,她相信那是从大脑沟壑里复活的拉拉的声音。

"要是父亲和拉拉看到这段前言,他们会怎样想?他们如今更像果戈理小说里那些抒情的插笔,游离于故事之外。"她想。

"妈!"笑盈盈的少女将手中的数码相机送到她面前,"我多么天才。"

相机背面的显示屏里,出现了如梯田般的意大利肉酱面,天边如北极光般的银色光线,是不锈钢盘子发出来的。

一、黑白马赛克

下一张，是大洋般粼波滟滟的干姜汁，蘑菇云般浮在半空中的，是某人留在玻璃杯上的一个指纹。

再下一张，像夏天雷雨时的天空，灰白的底色上布满急促的小黑点。

"这是火龙果的瓤呀。"少女得意地揭开了这个秘密。

"不错，有很强的主观。"她心不在焉地夸奖了自己孩子一句，但不愿意让这些完全出自天性的照片干扰正在自己心中汹涌的沧桑。她暗自认为，自己的感情更有意义，她珍视这种错综带给她的震惊，认为它来源于极其真实的，本地人充满细节的微观历史感。对她来说，这是一种较为明确的归宿感，一个人在回忆中埋藏着的大量撼动感情的细节，如一条狗在每天散步的树林里四处留下的痕迹——它埋头嗅着，然后，因为陌生而警惕地竖起的毛渐渐倒伏下来——一切终于汇集成为认同的力量。她在一座充满着流散气氛的城市里长大成人，精神上孤立无援，对归宿感有持久的渴望。

她长久以来，一直等待游子回家的感情降临。

她走向展厅的最东边，那里勉强与展厅隔开，在原先放书橱和打字机的地方，现在是一个入口。

里面没有更衣间，没有打字机，没有景德镇杯子，没有像床一样大的写字桌，没有蓝咔叽布中山装和圣罗兰1950年代出产的硬壳箱子。

她仍旧站在房间当中的位置上，好像站在一个孤岛上。"我还认识这个窗框。"她对身边的孩子说。但她脸上出现了一抹狐疑的微笑,像一抹饭后留在脸上的酱油渍,毫无用处。实际上,她已不能肯定是不是这扇窗。

窗框里,傍晚的浦东,摩天建筑上灯火通明,玻璃幕墙上闪烁着满墙日本电器的广告,堤岸上一团团小小的树荫下灯光点点,她猜想那是宝莱纳餐馆露天座上的灯光。那家德国馆子供应慕尼黑黑啤酒,纽伦堡白肉肠和本地制作的德国黑面包。银色的精致摩天塔,是罗得岛设计学院的毕业生设计的亚洲最高的酒店大楼。而东方明珠电视塔,则是令人不能置信的落伍。外滩的对岸,如今与1920年代的外滩一样暴发,攀比。浦东的各式建筑,在争先恐后的无序状态下,奇迹般地组成自己动力无穷的天际线,这种运气,也是外滩当时曾有过的。如今这不可思议的运气的气味,热气腾腾地袭来,如同打开一锅热汤的锅盖。

来历可疑的窗框夹在室内和窗外全然的陌生中,像那粒苏联太妃糖上的糯米纸。这就是她的感受。

这时,她听到海关大钟的报时曲。它挤进窗缝来。1966年8月以后,响彻外滩四十年之久的西敏寺报时曲被改成了《东方红》。在她少年时代漫长而黯淡的晚上,海关大楼的《东方红》钟声一直能传到静安寺以南的僻静马路上。她没想到,在2006年竟还能听到同样的《东方红》报时曲,与她少年时代听到的一样。它还在老地方走了调。是这个错误唤醒了她的记忆。

堤岸上的树那时还小。

一、黑白马赛克

行人和面向江面的人赌气似的背影。

三轮车掠过窗前,张着涂桐油的雨棚,黄色的,僵直的。

闪闪发光的自行车掠过窗前,还有江里缓缓开动的轮船,也掠过了窗前。

要是开着窗,还能听到外面繁忙的声音:人声,轮船的汽笛声,海关大钟的报时声,有轨电车进站时吲吲地打着铃,还有江面上白色水鸟的叫声,以及黄浦公园架在树杈上的高音喇叭播放的铿锵的音乐声。

1949年前吊在别人衣服上耍无赖的小乞丐们已经不见了,虽然还能看到住在附近的野小鬼,他们精瘦的身体上只穿了一条蓝布短裤,从堤岸上跳到江里去游泳。

口袋里装着叮当作响的银元的外汇贩子和穿会露出屁股的高叉旗袍的女人也早已消失,现今只能看到肥头大耳,将中山装穿得极为整齐的谨慎的男人和一脸聪明相的漂亮女人。他们小心翼翼,又体体面面地在树荫下散步。

不再有锡克巡捕和几乎半裸的黄包车夫,连称为旧上海象征的黄包车,也已经被三轮车代替。

也不再有一打不同的语言同时袭击你的耳朵,上海大多数孩子在学校里只能学到俄文。

更没有在邮轮码头上守着一大堆箱子四下张望的外国游客。那些对上海抱着各种各样梦想的人们,从体面出嫁,到靠德国染料发家的大小冒险家都早已落荒而逃,从整套装饰艺术式样的家具,到德国产的开瓶起子,他们房子里留下的所有东西,此时都散落在各家旧货店里。此时在黄浦江靠岸的，多是从江浙沿海一带的客轮，旅客们手里大多提着僵硬灰白的鳗鱼干和黄鱼鲞，它们像干瘪的风筝一样，被提在手里。那是江浙一带的土特产。

有时还能看到烟囱上有C-P标志的轮船缓缓经过窗前，风尘仆仆的桅杆上飘扬着各种三角小旗，那是进港时使用的旗语。与江里大多数船相比，它是如此巨大，仿佛是一条误入河汊的鲨鱼。

满满一窗，都是1960年代她记忆里的外滩。然后，她看到一条通体明亮的邮船驶过窗前，船上装载着一面巨大的屏幕，屏幕上出现了几个白色的大字：欢迎你来上海。接着，一则日本卫浴的广告出现了。

她被心里交错的距离感弄得有些混乱，地理上的距离，时间上的距离，心理上的距离，记忆本身与现实之间的阻隔着的感情和记忆力的距离。她没料到在父亲办公室的窗前再见外滩，会有这么凶猛的冲击。

"这地方让我喘不上气来。"她对身边的孩子抱怨道。那孩子正拿照相机的变焦镜头当望远镜，"滋"地一声伸长，"滋"地一声缩短，在窗前晃来晃去。

"东方明珠电视塔最好看。"少女在照相机后面瓮声瓮气地评价。

"什么？"她怀疑自己听错了。

"我最喜欢这个电视塔。它和我小时候看的动画片里画的一样。"她的孩子说，"唰，阿童木从一堆大楼里飞出来，在电视

一、黑白马赛克

塔上绕一个圈,脚底板喷出两条火。唰,飞走了。"

"你居然喜欢阿童木?"她问。

"我就喜欢那种又傻又旧,颜色也不准的东西,看着心里才踏实。"她的孩子回答。

她忍了忍,咽下已经到嘴边的问题。她不想听到女儿说对这栋楼倒没什么感觉。

"小姐。"

她转身,发现身边站着一个穿黑制服的年轻女人,手里握着一只黑色的对讲机。

"请问你?"年轻女人礼貌而狐疑地打量她们,"此地是我们的贵宾室,贵宾们都在外面的展厅里,活动马上要开始了。"她试图将她们引向外面。

"那么说,这里现在成贵宾室了。"她向年轻女人点头,"从前这里是我父亲的办公室。我来这里,想看看我父亲的办公室。"

"哦,那你父亲原先是在银行做事的?"年轻女人例行公事的脸上闪过好奇,她拿眼睛上上下下打量她,"传说这间房间原先是银行大班的办公室。"

"不,不不,我父亲是党委书记,不是大班。"她意识到那年轻女人正在她脸上身上寻找英国人的特征,至少是欧亚混血儿的特征,"而且,无论如何,我也还没这么老。"

年轻女人恍然大悟:"OK,难怪不能把我的历史知识和你的年龄match起来。"

"当时,这里是一间属于海运公司的办公室,但这个海运公司属于冷战时期的社会主义阵营。"她环视四周,好像还能看见那些旧物,双鱼铜盘,蓝色咔叽布制服,颗粒粗大的黑白照片,等等。德国宣传画里的大船再次遥遥印入她的眼帘,它们与照片里充满阴影的大船的确有所不同,它们有股资产阶级温情脉脉的风格。同样是航海,船,自由的气息,但却又不同。她转过头去,"我就是在这扇窗前,第一次看到外滩,也许应该说第一次记住外滩。"

"这么说,党委书记当年占用的是大班的办公室。"年轻女人轻轻笑了声,像咳嗽似的。

她听出里面的幽默,随即被它刺痛:"那么也可以说,现在的贵宾室也占用了当年党委书记的办公室。"

"不能说占用,只是重现一百年前此地的风貌。"年轻女人说。

"那么你说的是1906年。那时还没建这栋楼呢。要是重现风貌,重现的也应该是一栋东印度公司式的三层楼高的建筑,而不是现在这样的解构主义。"她忍不住反击。但自己知道有些逻辑混乱。她再次陷入关于上海的争吵里最容易落入的泥沼:谁更有资格自许为上海的主人。

年轻女人避开对历史和年代的考证,这显然不是她真正关心的,她强调说:"现在我们这里的重点,是重现外滩的国际性。"

她们之间飞快地滋长出一股抵触。而且,她们都以主人的姿态放任自己的情绪,只等对方接纳自己。只有那穿短裙的少女自

一、黑白马赛克

顾自玩着自己手中的相机。

她看出年轻女人希望她自动离开,在向她提起这里是贵宾室的时候,年轻女人就在暗示非请莫入。而她只是一味拖延,开始是想在这似乎仍保有她记忆的地方多待上一会,现在,则有些赌气。她觉得自己被冒犯了。

"我简直像又看到你的父亲。你们的脸型,眉毛,嘴唇,一模一样。"一个上了年纪的波兰女人用手掌捂了一下嘴,表示非常惊奇。她站在格但斯克波兰分公司贵宾室的棕色沙发前,茶几的烟灰缸上,横着一根细细的深棕色香烟,在她身后的墙上,挂着一溜双鱼铜盘,从大到小,一共有三种。漂亮小姐仍旧是漂亮的,苗条的,只是老了。

"你是拉拉小姐!"她压低嗓子叫起来。过了三十年,她第一次在纸上看到这个名字的拼法,才知道,这位童年时代的偶像与小说《日瓦戈医生》里的女主角同名。她特地戴上一到华沙就买下的银链子,它沉甸甸地垂在颈上,上面有一坨坨纠缠在一起的玫瑰图形。

"太妃糖,妈妈寄来的!"她微笑着对拉拉复述道。

然后,她们俩都放声大笑起来。

为什么人们在久别重逢时,要放声大笑呢?笑声霎时弥合了时间的沟壑和心理上的陌生,释放了内心的紧张。

"抱歉,我不再能给你一粒太妃糖了。甚至,现在连苏维埃都从地球上消失了。"拉拉的鼻翼两边出现了两条刀刻般的皱纹，这使她的脸显得忧戚不快，"我并不爱俄罗斯，和绝大多数波兰人一样。我只是怀念有太妃糖包裹的日子。"

她说自己一生中最美好的日子，是在上海度过的。常常有晚会。不用自己考虑柴米油盐，还有数目可观的海外补贴。假日，公司的波兰职员开车到精致的江南小镇去旅行。到处受到注目，不得不感觉到自己是高人一等的。中国人总目不转睛地看着她，让她不由自主地格外注意自己的举手投足，简直就像欧洲皇室成员一样当心礼仪问题。她说这是一个漂亮女人保持自己美人感觉的最好教练。她不能忘记当时上海街头的年轻妇女，她能感到她们注视她的时候，拼命想要记住她身上连衫裙式样的羡慕。"对我这样一个在格但斯克海边小镇上长大的女孩子，上海的生活真是太豪华了。"

她吃惊地指出："我读到过一本英国侨民妇女的回忆录，她1949年后从上海租界回国，从此生活在对上海生活的追忆里不能自拔。你们的感受很像。"

拉拉却并不吃惊："那么，上海就是许多外国女人的天堂。"

然而，她仍旧吃惊。拉拉不是个殖民者，居然也被上海宠坏了。上海果然是个格外宠爱外国人的地方。

"你父亲好吗？"拉拉问她。

"好，只是老了。"她说。她看到拉拉浅灰色的瞳仁怕光似的缩了缩，好像为她的回答而感到痛苦。她心里突然窜出一个荒唐的念头：拉拉也许爱过自己的父亲？她想起自己当年向着父亲和拉拉放声大哭的时候，他们是怎么不约而同地笑出声来的。

一、黑白马赛克

"他可是个温文尔雅的绅士,是我见到过的最精致的中国人。"拉拉微笑地端详着她的脸,眼光从那些与她父亲相似的部分一一划过。她能在自己脸上感受到这波兰女人目光,那份沉重的欢喜。

"告诉你一个秘密。"拉拉直起身子。

童年没有来由的恐惧卷土重来,她感到自己脸上的汗毛冷飕飕地立了起来:她发现心中对异己和丑闻的恐惧,像缺氧的鱼一样从记忆里"哗"地跃出。

"1966年夏天,上海已经在'文化大革命'了。总公司的中国雇员开始在公司批斗你的父亲。中国人将批斗会放在中国职员的食堂里,他们关着门,以为我们就不知道了。那时,你父亲每天来上班的时候,仍旧西装革履,做出什么事都没发生的样子。但到下班后,他就换上中国人穿的旧毛制服,去食堂参加他的批斗会。我在门缝里偷看到的,你父亲在食堂里低头认罪,墙上像晾地毯一样挂满了大字报,都是针对你父亲的。你父亲穿的是一件灰蓝色的布衣服。你知道,你父亲一直很温文尔雅,我第一次看到他穿得皱皱巴巴的时候,简直在心理上受了打击。你知道,我想到了希特勒时代的波兰犹太人。"

她想起了父亲傍晚回家,站在大门前的阴影里的样子。他穿着灰蓝色的中山装。过了这么多年,她才了解到他1966年夏季以后,天天上下班穿不同衣服的原因。

是的,后来他再也不穿那些西装了。它们被放进箱子。太多了,箱子盖被顶得高高的,要父母合力才能勉强盖上。领带被用来绑窗帘，长长的圆下摆衬衣，则改给她做夏天穿的家居的裙子和母亲的衬裙。后来，形势稳定些了，父亲先将裤子单独穿旧了，衣服则陆续被母亲送去裁缝那里，勉强改成女式的翻领外套，给她穿。它们的料子那么好，那么耐穿，它们的数量那么多，在上大学前，她总是穿改过的衣服，一年四季都有得穿，浑身都是那些衣服散发出来的樟脑气味。而且，箱子里总还留着些母亲不舍得马上送去改的，晒霉时，就再次看到那些被压得扁扁的衣服。那些无穷无尽式样古怪的旧衣服，曾是贯穿她少女时代的噩梦。

"真可惜啊。"拉拉叹息。

外面响起一阵礼貌的鼓掌声，仪式开始了。

致辞的男人有德国口音，将所有有L的音统统深深缩进喉咙里去。

"我们从这样的伙伴关系里受益良多，这种伙伴关系更是一种我们双方都能赋予厚望的关系。谦让地说，我们的展览也试图描绘我们和中国的联系是如何逐渐发展起来的。这种联系从未仅限于商业往来，同时也促进了文化和艺术。"

她侧着头，远远捕捉着那男人的声音，在心里试图与什么东西做比较。似乎有什么相似的声音正在呼之欲出，她一时无法判断那究竟是什么。随后，拉拉的声音浮现出来，波兰人说英文的时候，是将所有的tr都分开读，单词结尾处所有的g都发音。

一、黑白马赛克

"我还记得,有一次你在你父亲的办公室里大哭。"拉拉说。

"我好怕那个地方。"

"我知道你怕。其实我也怕。我常常要加班打会议备忘录。要是我一个人在办公室里,就会听到奇怪的声音,就是有人窃窃私语。"拉拉说,"有时我走路,就能听到背后有另一个人的脚步声跟着我。"

"还有打字机和发报机的声音。"她说。

"是的,我也曾听到过除了我以外,还有另一台打字机发出的声音。我常常突然停手,就是想证实那里的确还有一个鬼声音。"拉拉说,"我们格但斯克也曾是德国殖民地。我们海边也有些德国老房子,那些房子里也经常传出闹鬼的事。"

拉拉特地带她去看海边的老房子,那些独立而阴沉的老房子,看上去像水手们的寡妇。

"全世界的鬼都是一样的。"她说。

拉拉说:"那又怎样,既然全世界的人也都是一样的。"

"你一定知道这楼里的鬼故事吧。"她放弃与年轻女人的对峙,用推心置腹的口气说。

"什么?"年轻女人的眼睛从黑色的防水眼线里瞪了出来。

她不计较年轻女人那不肯服输的口气,接着说:"没有人的办公室里常常传出有人用老式打字机的声音,椅子在地板上移动的声音,还有窃窃私语的声音。最吓人的,是走在头里,就能听到还有一个人的脚步声跟着自己。我小时候在走廊里还遇到过鬼打墙。当时我父亲有个波兰秘书,她听到过,没人用的打字机自己发出打字的声音。"她说。

"听上去怎么像香港美利楼的故事。"年轻女人说。

"对,和美利楼在中环时的情况一样。"她说。

"你们现在还能听到吗?"她继续问。

"老房子嘛,总有些奇怪的声音的。"年轻女人镇定地回答。

"是的。你提起美利楼来,倒提醒我,这里的历史和美利楼真像。这里最早的时候,是李家庄的坟场,和美利楼最早的情况一样。这里从前也是办公楼。还有,这里现在也是时尚场所。美利楼倒的确是栋有外廊的建筑,现在搬到赤柱,坐在外廊里,能看到大海。它才叫是重现风貌了。"她说。

"你是说,1906年的时候,这栋楼的前身也是美利楼的式样?"年轻女人问。

"我想是的。"她继续追问,"现在难道那些声音都没有了吗?"

"说起来,有时加班晚了,好像也听到过含含糊糊的声音。不过,也可能是别的同事在加班呀。"年轻女人迟疑着说,"我听说美利楼搬迁时,特地请了法师来做道场。这里改造的时候,大概也不会忽略这个细节。你说呢?"年轻女人问。她渐渐被莫名的恐惧捉住,变得不安,"不过,我的确也听到过顶楼的客人说,有时深夜,电梯总是莫名其妙地停在我们这一层不动。"她夸张地打了一个寒战,"弄得我下次都不敢加班了。"

看到年轻女人的理直气壮终于被自己动摇,她算是满意了。

离开那层楼时,她路过电梯。门突然开了,里面满满一群黑

一、黑白马赛克

衣人。她与他们对视的几分钟里,突然想起了父亲早年存放在这里一间小更衣间里面的圣罗兰箱子,那里面挂着的,是东欧出产的白色尼龙西装。

从楼梯往上走,接近顶层时,旧马赛克突然消失了。楼梯里霎时浮起一片荒凉。上海的旧大楼顶层,通向屋顶的夹层里,常令人生出这种陌生而隐秘的感觉,与楼下热热闹闹的世界隔绝了。旧大楼少有人迹的顶层,一直是这个城市的另一个世界,掺杂了大量黄沙的水泥墙,粗糙的,生硬的,屋顶的柏油在阳光下散发出温暖的臭气,上面有鸽子留下的白色粪便,常常能发现一只被遗弃的拖鞋或者球鞋,在风吹雨打中褪色,开胶,散发着被遗弃的神秘气息。那是一个被束之高阁的世界。

空气里有水泥地干燥的气味,皮肤上真切地感受到夜雾森凉的气息。

她听到被楼梯放大的脚步声,她的意大利皮鞋结实的皮鞋底,和她孩子匡威球鞋的橡胶底。她留心听,倒好像真的还有一些细碎的脚步声掺杂在她们两个人的脚步声里。

"你听。"她碰碰孩子。

"妈妈,这百分之一万是楼梯里的回声。"她的孩子对她摇头。

楼上有酒吧的各种声响与气味沿楼道潜来,像早晨的第一杯浓咖啡,令心跳突然加速。

隐约的音乐声。

炸洋葱圈油汪汪的气味。

各种洋酒在口腔里发酵的酸味,各种强烈的香水气味,热烘烘的皮肤气味。

混沌一片的说话声,一两声突然爆发的大笑。

玻璃杯碰撞发出的清脆声响。

这就是外滩最IN的夜店:一间占据了整个屋顶的法国酒吧,小号的玛丽莲吊灯下挤满了黑压压的人。

这是一个由各种口音的英语,普通话和上海话组成的世界,有各种混淆了T和D,L和R的发音,和操着各种不相干的语调组织词句的舌头在说话。那是印度式的英语,意大利式的英语,台湾式的北京话,江苏式的上海话,从香港返回的南汇式老牌上海话,纽约华人式的杂拌普通话,澳大利亚式的英语。还有受过良好外交官训练的珍珠般圆润精美的普通话和英语,它们温文尔雅地漂浮在所有声音之上,像被皮肤衬托的珍珠那样闪烁着,被人追逐。

这也是一个在幽微灯光和夏天明媚月色中到处遇到跃跃欲试的眼睛的世界。

轻易可以收获一小叠体面的跨国公司名片,但在微笑闲聊的后面,是小心地掂量对方的身份和价值,计算与对方的各种可能;把酒站着,时时移动脚步,随时准备走近或者离开。穿越三五成群地站着把酒说笑的人群时,人们常常忍不住在人群中搜索。他们心中各种各样的愿望像无声的鱼一样张嘴游动着,那张大的嘴喝进了无数的水,只等着迎面吸进一条可遇而不可求的沙虫。为了拿一杯酒,或者去厕所,或者找人,总之穿过人群的人

一、黑白马赛克

们,心中油然升起了在丛林里捕猎般的机警与兴奋。

人们身上的黑色原本是想掩盖自己的缺陷,现在却正好凸显出自己的特征,那便是热烈而伧俗的混杂与投机。在门厅明亮灯光下的彬彬有礼,在屋顶的夜店里溃落下来。

外滩各家大楼的屋顶花园,仿佛高悬在夜色和带有盐分的潮湿空气中的另一个世界,一个凌空出世的世界。三号,五号,十八号,十九号,二十号,灰白色的夜雾放大从屋顶放射出的灯光,并阻隔了声响,使亮灯的屋顶看上去,更像梦境中的片断。

18号屋顶的右边是旧汇中饭店的屋顶花园。能看到1937年曾被炸弹炸塌的屋顶上,如今屋顶花园的黑色铸铁风灯,还有两个巴洛克凉亭。再过去,就是旧华懋饭店的屋顶花园里摇曳的树影,还能看到穿白制服的年轻侍者晃动的上半身。原先沙逊顶楼公寓的窗子此刻却暗洞洞的悄无声息,仿佛是在绿色金字塔顶下的坟墓。

左边,是旧《字林西报》大厦屋顶下的裸体人像,它们黑黝黝地落满城市潮湿的积尘,这些雕像当年逃过被铲除的命运,只是因为它们太高了。越过它们,能看到整个外滩最宽敞,也是最黯淡无声的屋顶,那是浦东发展银行的屋顶。这家1996年进驻外滩的中资银行,铲除了建筑里绝大多数汇丰银行的标志,换上自己的。随后,遥遥看到广东路两边屋顶花园里的点点灯光,M on the Bund旗杆上的红色国旗被风扯得直直的。那面旗的上方,能看见外滩三号屋顶的钟楼。现在,钟楼已经被改造成整条外滩最高,而且最私密的餐室:那里只能放下一张餐桌,两张沙发椅,装饰得更像一个哥特式电影的布景。那里还有另外一面被风扯直的红旗。

红旗猎猎的声音响彻整个屋顶的世界,薄薄的夜雾里时常传来其他屋顶上的旗帜发出的猎猎声,如同合唱。这声音里有某种不安定的气氛,好像随时都会造成意外。女人们小心压着自己的裙子,男人们护着自己的酒杯,酒保们在人群中小心地穿梭,将分给客人包酒杯的纸巾压在托盘底下,用手掌压着。

她遇见在人群中周旋的英国副领事,他在风中仍旧保持外交官式的风雅。人群中的艺术家们大多对他很热络,因为他一直掌管着一笔英中艺术家交流基金,在中国各地挑选优秀艺术家去英国做文化交流。据说,那笔基金来源于清朝政府当年的鸦片战争赔款利息。她发现,他还有一种出自内心的舒适和自在,像一条鱼被放入大海。

他身后的堤岸是外滩的核心地带,那里能看到在黑黝黝的树丛前陈毅的铜像。它以雄壮的苏维埃姿态站立在1890年英侨为巴夏礼立像的地方。一个是共产党政权的第一任上海市长,另一个则是建立上海英租界的知名领事。左边,外滩公园里,人民英雄纪念塔像篝火堆般竖立,灯火通明。它离当年英侨立在公园东北角上的常胜军纪念碑只几十米之遥。它的对面,就是旧英国领事馆。现在那里是外滩源的旧区修复办公室。

"你让我想起爱尔考克爵士来了。"寒暄后,她对他说。

"这位大人是谁?"他像鸟一样侧过头来,问。

一、黑白马赛克

"是你的前辈,他将英国领事馆最终定址在江边,和上海道台一起制定了租地章程。"

"唔。"他点头,"那么,可能在伦敦的国家肖像馆里找得到他的画像。他长什么样?"

"黑发,长鬓角,据说像个意大利诗人。"她端详他,他眼睛大而微突,结实的下巴和鼻子,都让她想起水手。

他笑了,向她举举手中的酒杯:"啊,很高兴我激发了你的历史想象力。"

"的确。"她也笑了,"你想,一个英国领事重回外滩喝酒,是多么戏剧性的场景呀。"

他耸耸肩。

"那么,你对外滩有什么特别的观感?"她问。

"很多红旗。"他说,"我猜想,这里大概是全中国红旗最多的地方。而且,它们飘动的方向是不一致的,好像左右它们的,是不同的风向。"

"真是自然的观感。"她想。

他们一起抬头看旗杆上的红旗。它在沉重的风里挣扎着,发出激烈的声音。多年以前,这里应该飘扬的是渣打银行的旗帜吧。在隔壁,是汇中饭店的旗帜,再隔壁,是沙逊洋行的旗帜。"大概是因为从前那些大楼属于不同的国家的洋行,大楼都挂自己洋行的旗。现在所有的旗杆,都只挂国旗了。"她试图解释。

他表示同意:"其实,我很喜欢看到阴沉而坚固的建筑上有红色点缀。在鸡尾酒上放樱桃,是同样的效果。"

他们听着头顶上旗帜猎猎的声音。

"在这里还可以听到海关大钟的《东方红》报时曲,好听。"他告诉她。

"这是一口从英国定做的钟,从前用的是大本钟的报时曲。"她告诉他。

"我已经听说过了。不过,还是用《东方红》比较恰当。"他说。

"为什么?"她问。

"我想更般配吧。"他再次耸肩,"就是感到般配,没有别的。当然,也更有趣。你想一想,要是外滩也每隔十五分钟便响彻伦敦的钟声,这岂不是比英国食物更单调。"

"你去看过原来的英国领事馆吗?"她再问。

"陪我们的皇室成员去看过。诚实地说,我很高兴我们不必将领事馆搬回那个十九世纪的老房子里去。我们现在在大厦里办公,一切都很新。我喜欢。"他说。

"哎,是你呀。"一张南亚人黝黑的脸带着酒气突然横到她面前,他是她的瑜伽老师。

她并不喜欢这个从印度来的瑜伽老师,不喜欢他身上浓烈的印度香,不喜欢他带有印度口音的英文,不是讨厌他的口音,而是讨厌南亚口音里表现出的英国式傲慢。每当学生们听不懂他的口音,他就怜悯地看着大家,叫大家回家好好练习英文。她最不喜欢他的,是他对白种人的热心,而对中国人则疏忽多了,他很势利。她也不喜欢他每次都穿拖鞋来上课,不喜欢看到他张开的

一、黑白马赛克

脚趾缝里露出淡褐色的皮肤。总之,她从头到脚都不喜欢这个印度人,当她知道他是从孟买来的,便立刻将他归入上海滩善于钻营的小市民中去。对泰戈尔式的印度人的幻想则深深缩回到记忆的壳里去,并紧紧地被关上了。

"嗨。"她讨厌他的出现。她知道他看见的,只是那个英国副领事,她只是一座桥。

他说:"没想到在这里遇见你。"他向副领事甜蜜地微笑着,一边下意识地将五指张开,把小指尖尖地插入头顶的短发中,梳理了一下头发。这是她不喜欢他的另一个重要原因:他运用小指的样子,让她想到上海旧式美发厅里油头粉面的理发师傅。而且她知道,他见到白种人,就这样梳理头发,他以为这个动作很考究。

副领事短促地寒暄了一声,灵巧地后退一步,便消失在另一群人中。

她忍不住转头去找。身后不远处的那群人,好像都是从伦敦过来的。看上去中东人模样的,和看上去东方人模样的,都说着流利的伦敦英语。他们都能在手指上熟练地夹着酒杯和名片两样东西,既风雅又放任,好像是些地道的晚会动物。她看到夜色中站在副领事对面的年轻东方女子,领口深深咧开,露出大半个乳房,完全没有东方女子对自己乳房的敏感,或者性感,她像条鱼一样自若。她猜想,这个女人是在西方长大的。那是一堆欢快的人群,副领事像一包砂糖沉入咖啡杯一样,沉入人群当中。

她和瑜伽老师却好像两口落在路边的箱子,怏怏不快地衬托着车子的绝尘离去。

"你怎么会认识亨利·利特尔的?"他一边在人群中搜寻副领事的背影,一边问,"他可是个很有利用价值的人物。"

她很反感他的精明冷酷,又吃惊他对英国领事馆人员的熟悉,便问:"你怎么会知道他的名字?"

"我?我在孟买时就认识他了,那时他还在当文化秘书,领事馆里职位最低的职员。当年他又学瑜伽,又办时髦的晚会,还坐本地的火车到各地去旅游。非常活跃。"瑜伽老师说,"他大概没想到会在上海碰到我,所以没有认出我来。"

她说:"这么巧。"她半信半疑地看着他,想起上海弄堂里那些"吃得开"的男人们。

"你不相信我说的话?"他突然问,并锐利地剜了她一眼。

"哪里,我只是没想到世界这样小。"她掩饰自己的怀疑,对瑜伽老师笑了笑。

"好吧,现在你知道了。"他说。他端了一只空酒杯,她看到杯沿上残留着一些白色的盐,猜想他喝的是玛格丽塔。她想,他一定喝高了,食指点点戳戳地说话。

"实际上我是个诗人。"他说,"要是不来上海教瑜伽,我应该还在孟买写诗,试图参加国际诗歌节,试图自己的诗歌入选进伦敦公共交通的布告栏里,试图得到英语世界的承认。我就是那时候认识的亨利·利特尔。他曾是我的希望。但诗人终于生存不下去,即使我用与莎士比亚一样好的英文写诗,奈保尔已经为印度题材赢得了世界性的瞩目,但诗人还是不能生活下去,特别是在大城市

一、黑白马赛克

里。都说上海遍地是黄金,所以我终于成了瑜伽老师。"

她想起每次瑜伽课结束后,他都双手合十,用印度方言轻声背诵一段祈祷文。她每次听到他用印度方言说话,都感到他好像变得合理和可信,好像一堆装卸玩具终于拼成了一个完整的人形:一个印度人。"难怪你背诵祈祷文时那么好听。"她说。等背诵结束后,他总是穿上深蓝色的塑料拖鞋就走,一分钟也不耽误。原来他自诩是个诗人。不过,他终于失去了耐心。她开始怀疑他教授的瑜伽。既然他能放弃写诗,他或许也不是个纯正的瑜伽老师。

"因为我的脸,而不是因为声音。"对她的夸奖,他并不领情,犀利地笑了,"看看我的脸,这天生是属于瑜伽的脸。就像你的脸,天生属于中国菜。一切与文字无关。"

他放肆地将自己幽暗的脸伸到她面前,她闻到烈性酒的气味从他的皮肤下渗透出来,与他体内日积月累的咖喱气味混合在一起。然后,看到一对老于世故,似笑非笑的眼睛,钩子一样牢牢地钩住她。他不停地微微摇晃脑袋,那是印度人争论时的习惯。"其实我知道你不喜欢我,你们上海人都不喜欢印度人,你们只在意盎格鲁萨克森,其实我们也是。我们就是因为太像了,才彼此无法喜欢。"

她索性开诚布公:"不喜欢你,是因为你的习气。你不能公平对待每个人。"

"我不喜欢为中国人服务,也恰恰是因为你们的不公平和傲慢。"他说。

"你才傲慢。"她反驳。

"不,是你们上海人。"他伸出食指点住她,然后往上一挑,就像一把叉牢牢叉起一块土豆,"我知道中国其他地方的人也不喜欢你们待人的态度。"说着,他突然亲热地笑了,在她看来那是强迫性的亲热,带着令她窒息的,强烈的印度香气味。她厌恶地稍稍别过脸去。

她看见人群中自己的女儿,她双手托着银色的日本相机,单腿曲起,跳舞似的原地转圈。白色的紧身背心在黑色的人群中旋转,好像在成年人脸上闪现出的单纯无辜的微笑。然后,她将自己手里的照相机拿给一对年轻的男女看,那对男女是香港电视台驻上海的记者,她不知道女儿是怎么认识他们的。她看见三张紧挨在一起的年轻脸庞被显示屏的微光照亮,他们脸上微笑的阴影闪烁飘荡,如同微风中的旗帜。

瑜伽老师说:"我知道,这情形就像加尔各答的人不喜欢孟买的人一样,也如你们的北京人不喜欢上海人那样。"

"妈妈,你看。"她的女儿又回到她身边。

她将自己的数码相机伸到她面前,给她看各种影影绰绰的人形,在楼梯上,在露台上,在东方明珠电视塔的前面,在窗子前,甚至在酒杯里。

她先认出自己的身影,然后,逐渐认出楼下的年轻女人,参加开幕式的德国商人,英国外交官,台湾女人,而那个挺出一个松软大肚子的黑影子,在沙逊大厦的背景前一晃而过的,后背笔直,短

一、黑白马赛克

腰,那正是从孟买来的瑜伽老师。最让她吃惊的是,有一个女人的背影,实在太像拉拉了。小号玛丽莲灯旖旎的红色玻璃管正在她的身体里蜿蜒,她仿佛是一股正被灯光撕碎的青烟。他们这些人,都淹没在雨点般的火龙果和梯田般的意大利肉酱面里。还有一块漂浮在夜色中的屋顶花园,是隔壁旧汇中饭店的,绿色的是那两个灯火通明的巴洛克凉亭,橘红色的,是玻璃房里的红色桌布和灯光,黑色的,是晃动着的人影。它看上去不像是外滩历史最久远的屋顶花园,却像是一块汁水淋漓的西瓜。她想起自己见到过的一张十九世纪汇中饭店屋顶花园的照片,欧洲女人肥软的背影,栽在大号花盆里的棕榈树,男人们头上浮动着的白色铜盆帽。那么多人的背影和侧影,浮现在大团夜色中的身体似曾相识,好像一段从心中偶尔浮起的回忆。在女儿的镜头里,它却更像一块西瓜。

这是女儿窥探出来的理所当然的世界。能感到那里面针孔时代解构和微观的快意。

失落像从高空坠落的石子一样,突然迎头击中她。她觉得有些晕眩和疼痛。

"你知道我怎么拍出这种效果的?"女儿得意地问。她往后退了两步,让出一小块空地,在按动快门的同时,就地飞快地转了一圈,"是快速移动的结果。"然后,女孩子解释说。

"你为什么不用自己的眼睛去看,而要通过这样一个小小的镜头去看呢?"她问,"世界总是那么复杂地联系在一起的。"

"可是从一个小洞里看,才能看到世界自己的意义。"女孩子说。

A PRE-DESTINED FATE

PIECE.02
宿 命

　　外滩有着全上海最坚固的大楼，最结实的保险箱，在世界最强大的帝国护卫之下。但"上海迟早要毁灭"的断言，从来没有停息过。这似乎是外滩奇迹般的宿命，人们带着先知般的感慨与顺从，判断它的使命。

外滩：影像与传奇

1953年，在外滩邮船班轮码头，从上海出发的最后一班邮船启航，前往澳大利亚。此后，由于美国舰队封锁公海，从上海码头出发的所有邮船停航，十九世纪末到二十世纪中叶，一直繁忙的航线便永远关闭了。此后，上海侨民离开中国，必须从天津转去广州，然后再转往香港。

2005年，在美国中部小城的一张阳光耀眼的厨房桌上，我将这张照片递给劳拉。照片的主人佛朗兹·勒贝（Fritz Leid），在上海一直住到朝鲜战争爆发，才离开。这张照片，是他去外滩送别遣返澳大利亚的犹太朋友时拍摄的。到他本人离开中国时，已必须从天津中转。

劳拉用满是皱纹的手指点着码头的地面："是的，我记得那里。"她1946年离开上海，还是从这个码头上了船。那条船开往阿根廷，满满一船都是逃避中国内战的侨民。从1937年汇中饭店顶上的亭子被炸塌后，码头上便常常挤满了逃离上海的侨民。

"我只记得码头上挤满了人和行李，还有小偷和苦力，得一路死死抓着自己的包。没想到码头上的情形竟是这般荒凉。"她端详着照片。

照片上，邮船是背影后面的影子，拖着两道航海时代大船标志性的浓烟，挥别上海。送行者双手高举，竭力想抓住船上人最后的视线。

"原来一个时代就是这样结束的。"她又说。

"是的。"我说。

佛朗兹·勒贝记录了旧世界的最后一瞥。此后，一座在向东方

摄影：佚名

殖民的航线上诞生的伟大而肮脏的都会，一个曾经成全过无数点石成金梦想的通商口岸，上海，终于成为中国地图上长江下游的一个褐色小圆点。

宿命中的惶恐

密密的沙袋。

死沉的沙袋。

张惶的，临时的沙袋。

它们将外滩大厦沿街的大玻璃窗封得密不透风。敞亮的大玻璃窗，曾经标志着一个镀金的时代：富有，炫耀，室内有足够的暖气，足够的体面，做工精良的钢窗支架标志着建筑工艺和材料的现代化，世界主义的趣味，等等。这一切，都是上海的象征。那时，它已是世界五大都市中唯一的一座通商口岸出身的东方都市。外滩堤岸上那一长排摩登大楼，曾是它引以为豪的面孔。

这时，一切都被沙袋遮没了。

这是上海沦陷前夕，日本军队已在河对岸结集，出云号停泊在黄浦江上，像一颗日产水雷，在黄色波涛中微微摇晃，随时会爆炸。维克多·沙逊（Victor Sassoon）特地去了次日本，评估日本对上海租界的企图。他对日本人既恨，又鄙视，但却成功地在上层周旋。他的看法很悲观。他看出来日本会夺取整个中国，不会与欧美各国分享；但中国人最后会赶走日本人，终结殖民时代。他已经着手将自己的财产向香港和太平洋岛屿转移。

华懋饭店的大堂突然变得拥挤："嘿，你也来了。"人们彼此打着招呼，都是住在本地的熟人。这是上海侨民的老习惯了，一有危险，便到外滩集合，那里是停泊在黄浦江上的各国军舰大炮射程之内的安全地带。1941年时也不例外。只是，日本人马上就会给他们致命一击：美国军舰投降，英国军舰被炸沉——金发碧眼的人是不可战胜的神话被打破了。最后，维克多·沙逊本人有印度黑色大理石墙面的私人浴室，也成了日本海军大佐的私人空间。

在此以前，外滩的大厦只有一味地扩张，拼命地张扬，热络地招徕，一派洋洋得意。这是第一次，外滩大道上人迹寥寥，被堵住窗子的坚固大厦，仿佛一夜间就被改造成了城堡，阴沉的，封闭的，孤立的。几十年来，"上海迟早要毁灭"的断言，一直像蚊子

摄影：佚名

叫一样，在英国人耳边挥之不去，此刻终于露出了它的面目：它原来是堆满沙袋的大厦。

再不能透过大玻璃窗，看到里面穿白衬衣的白人职员，坐在垫了玻璃板的写字桌前发号施令。在上海，他们就是皇帝。衬衫的袖子在肘上用袖卡箍住，烫得极平整的日本产细白布便在胳膊处隆起，下面的袖口处便露出手腕来。因为骄傲和自信，即使是长相平常的人，也显得矜贵。

再也看不到打字机缓缓吐出的，打满了数字的报告纸。

还有穿丝绸长衫的买办，他们的脸相通常是怪异的，带着似笑非笑的诡异之色，但并不谄媚。他们在大厦里的样子，更像是皇帝的老师，亦仆亦主。

还有高大天花板上的西式的藻井，复杂的浮雕，都是中国工匠做的。但在什么地方，与欧洲各地大厦的藻井就是不同，似乎比例和设计有什么改动，或者颜色，或者灯光。透过大玻璃窗看到的大厦内部，总有一种漂浮于水面之上的样子，波光烨烨，转瞬即逝。巨大结实的玻璃加强了这种悬浮的感受。

转眼，一切都被沙袋挡住了。子弹打在沙袋上，只是"噗"的一声闷响吧。

但你想想，当它击中四米多高的玻璃，玻璃随之崩溃的情形。

早年，发了财的英国人常常卷了自己的财产一走了之，发了财的中国人也早早地在家乡置下田地与庄园，谁也不将这里看作久留之地。那个时节，洋鬼子和中国人，一起做生意，共谋发达，但内心的隔膜，误解和戒备，从来没有停止过。不过，他们到底是上海人，"再好的戏也有收场的时候"是他们的共识。他们都是处世稳重的现实主义者，早早为了外滩这台好戏的收场作了准备。

但他们的儿孙辈，生在上海，长在上海，将上海认作故乡。遗传中的悲观必须要克服，所以乐观和理性变得重要。

《字林西报》通讯版在二十世纪的前几十年里，发表了上百篇读者来信，时不时，就能看到一篇专门抒发世界主义情怀的来信。有时是观点截然不同的争论，争论上海到底是不是外国人的家乡，作为世代居住的地方，上海人应该有什么权利，包括上海与民族主义政府间的关系。其中一些书信，显然是出自受了西式教育的华人子弟。从刊登的来信上看，外国人和华人之间，虽说仍是戒备，抱怨和误解，但隔膜已被争吵代替。他们已有共同语言，有站在一个

二、宿命

平面上的立场，于是可以站在各自不同的位置上吵得痛快。

1926年，租界公园向华人开放前夕，通讯版上充满动荡不宁的感情，整版整版，争论华人居民和侨民在租界的权利，义务，直至上海的归宿问题。那些争论，哪怕是大骂工部局大班牺牲侨民利益，讨好中国人的英国老人的来信，哪怕是为中国同胞再三保证遵守所有游园规定的华人子弟的来信，哪怕是在沪意大利法西斯党支部的负责人，殷勤为读者阐述他们与中国国民党思想的同异，在我看来，都来自上海市民对城市生活的捍卫，和对自己所居住的城市的认真。原先外来者事不关己的态度已经改变，他们之间的诸多不同，终于统一在一个共同的身份里：上海市民。

1920年代，1930年代，大家的火气都很旺，好像族群冲突的危机四伏，但却更像是借这恶劣的态度，掩盖心里对这城市油然而生的归属之情。

然后，这张照片赫然出现在上海战事报告里，像一个撒娇的女朋友，本想得到男人更多的宠爱，结果却被他断绝了关系。

好戏收场的时刻，即刻逼到面前。路过堆满沙袋的大厦的人们，缓慢地走着，好像外滩微弱的呼吸。这次上海租界的运气不好，它已没有了戈登，没有了常胜军，没有了李鸿章，它连外滩公园前一个小小的华尔纪念碑也保不住。它被上岸的日本海军铲平了。我这才明白，那遥远的《字林西报》通讯版上的争论，原来是如此的脆弱，如此的乐观，如此的珍贵。

这册上海战事报告图片集，如今保存在大英图书馆印度室里，我在那里找到它。那里很静，各人守着自己面前的一盏灯，将书放在面前的书架上,那是个像乐谱架一样的木架,书以它最舒服的姿势(这竟然也是读者颈椎最放松的姿势),安稳地靠在三十度斜角的书架上,像一个正要与你促膝长谈的人。桌上的台灯像柔和而明亮的老式钟罩,隔离出一个私人的精神空间。那间印度室,是我见过的能激起一个人阅读的荣耀感和使命感的阅览室。

而上海惶恐的相貌,就这样在恶劣的印刷和体贴的安静中浮现在面前。这惶恐更是一种前世的回忆与宿命,在几代人心中连绵回响的嘀咕终于成为现实。

谁在离开?谁在感伤?谁更不幸?

欧洲人整船整船地离去。

英国人的左臂上戴着蓝布条,这是英国领事馆通知本国侨民撤离时规定的英侨标志。天蓝色的布条是他们的终极身份。他们经意大利回国。一些年轻人拥有英国护照,说标准英语,却是有生以来第一次回英国。

船上还有一些幸运的俄国人,他们大多要在热那亚下船,转道前往法国。俄国贵族与法国有千丝万缕的联系,他们以为到法国流亡,才是名正言顺的流亡。他们在上海已经练就了一副粗壮的神

二、宿命

经,为了维护欧洲人在亚洲人面前的集体尊严,他们曾千方百计避免被中国人看到白种人落难的窘迫。他们曾给上海带来了时代变迁的感伤,强烈的怀旧的抒情。就是来自于彼得堡大宅子里的粗使丫头,都自称为伊万诺维奇伯爵家的小姐。他们的到来和离开,好像只是偶然,但却教会上海这座感情粗糙的城市去玩味感伤。不消几年,上海就学以致用,这从流亡者转辗而来的寥落情怀,渐渐成为它血液里的氧气。

在朝不保夕的重重阴云下,邮轮启航,路过外滩。

大多数乘客都来到甲板上,目送外滩与他们的分离。

当年他们来上海时,也要先经过外滩。当年,他们在发黄的水面尽头看到山一样连绵的大厦时,在航行中听到的这个"东方娼妓"的种种传说,统统涌上心头,使他们浮想联翩。

如今,他们再次向那些伟岸的大厦行注目礼告别。看着挨了炸弹的汇中饭店像被单一样披挂下来的屋顶,还有那些大楼顶部旗杆上低垂的,一动不动的洋行的旗帜,它们宛如一些站在大雨中浑身湿透,动弹不得的鸟儿。

外滩处处散发着弥留的匆忙不安。

多年以后,在欧洲零星发表的,长短不一的回忆录里,我读到了对那些定期欧洲邮船的描写。

有人记录了甲板上喇叭里播放的音乐,是第一次世界大战后风靡欧洲的德国乐队演奏的抒情小品。

有人记录了甲板旁小卖部里供应的法国香槟酒,以及开香槟时那令人心情为之一松的"嘭嘭"声。

外滩：影像与传奇

摄影：佚名

有人记录了黄浦江夏天水面上难闻的气味。在上海生活过的人，应该永远都不会忘记那种无法无天的难闻气味。

一踏上意大利邮轮公司的欧洲班轮，他们好像立刻就回到战前殖民地那无忧无虑的生活当中。邮轮仿佛是一个浮动的天堂。对从上海离开的人来说，欧洲式的生活情调是最好的安抚。他们惊奇地发现，惶恐的心情似乎有些多余了。

在上海搞到一张船票的艰难也立刻被忘记。

二、宿命

仿佛应该悲伤的不是他们,而是外滩。他们眼睁睁地看着它深陷于东方充满危险和敌意的泥沼,再也无法自拔。多年来,他们总是怕失去它,此刻他们意识到,其实它更怕失去他们。失去了他们,失去了音乐,香槟,和欧洲各国旗帜的保护,它会怎样呢?

而他们,只能袖手旁观,在心中惋惜它的离去。

他们在德国小提琴强烈的揉弦声中,右手把着香槟酒的大肚子酒杯,凭栏眺望。渐渐,外滩成为水面上黢黑模糊的一条细线。最后,它消失了。

仿佛是参加了一个葬礼,然后,他们转身离开。

东方航线上的遗孤

写作《上海:买卖之城》(*Shanghai, City for Sale*)时,豪塞(E.O.Hauser)二十六七岁,与埃德加·斯诺(E.Snow)同是美国报社派往远东的记者,正是年富力强。那个年代,人的心智成熟得比现在早,他已进入自己的黄金岁月。他是德裔,整个家族因为宗教原因在十八世纪移民美国。他的上海观察记,同时供给四家当时美国本土的重要杂志:《纽约日报》,《旅行》,《美国精神》和《图像观察》。那正是上海黄金岁月的尾声,它已经有了近一百年

外滩：影像与传奇

丰富多彩的历史，在西方世界的想象中名声远扬，社会屡有戏剧化的巨变，老上海们已在英国和美国陆续出版了回忆录，这些都给了他足够的写作资料，彼时，上海步步走向亚洲战争深渊的命运，又给了他足够的写作动力。1936年到1940年之间写作这本书，能称得上是天时，地利，人和。千里万里之外，他遇到了一个值得写的城市，遇到了最值得写的时刻，这是他的命运。这本书称得上他一生中写作的最出色的书，胜于他后来写的意大利和日本以及大战时代的欧洲各国。

与其说豪塞在书中勾画了一个早期世界主义怪物充满异国情调的形象，还不如说他勾画了那怪物妖光烨烨的心灵世界。对一个怪物绘声绘色是令人兴奋的事，就像与他同时在上海，为《纽约客》写上海专栏的项美丽（E. Hann）做的那样。如果个人生活中能沾染几分东方的光怪陆离，更是1930年代美国人向往的人生。上海对人生给予的无限开放，正提供了这样的舞台。所以，墨索里尼的女儿依达和丈夫在上海旅行的时候，上海的侨民社会里传说，上海社会提供了这么多冶游的机会，以致丈夫几乎无法集中精力让依达怀孕。那时上海的传奇真是数不胜数，但很少人能越过对传奇的记录，去追问这怪物的心灵世界。那内心是那样难以描绘，因为它的独一无二，和它自身的冲突矛盾，以及它的毫无规则，但是，豪塞紧紧捉住了它。

豪塞选择的词，大多数都有正反面并存的意思，所以，他书中始终回荡着弦外之音。他的赞扬好像是讥讽，他的描述时时更像揭露。这符合1930年代美国知识分子风行的独立价值观，审慎的左

摄影：佚名

倾，并带有欧洲启蒙主义的遗风，但不如欧洲人那么激进。在书里可以看出，他是站在外国人的角度观察上海和它的生活的，他的资料背景全是英文的，甚至在书中忽略了好几个与当时的英国领事同样重要的上海道台的姓名，我猜想，他无法正确拼写他们的中文姓名，同时也无法理解表面上窝囊迂腐的上海道台激荡的内心世界。他们其实是比英国领事层次更为丰富的历史人物。他站在英语的立场上。

但他未必真的赞同上海地主们的立场，也未必赞同侨民们对自己身份的界定：上海地主。所以，他在书中赋予他们一个新名字：上海先生。但他在书中忽略了整个上海人的世界。这是他力不从心之处。

即使这样，他还是看到了上海孤儿的神情："它到底是上海地主们在四万万不友好的中国人中间建立起来的城市啊。"他感叹道。穿越了重重对殖民时代的道德判断，经济奇迹的炫目，对居留地侨民亚文化生活的猎奇,他体会到上海内在的困惑,那便是对自己归属的困惑。"无疑的,上海是个亚洲的城市。"有时他这样写,但他马上就在此后的几个段落中否定了这种说法,"不不,它毕竟还是属于白人的。"当绝大多数上海著作都被传奇迷惑的时候,他已走向上海的内心。

《上海:买卖的城市》表达了一百年来三代上海先生们心中挥之不去的身份困惑,它贯穿在整个对上海历史的描述中。从对三位开埠英国领事的描写,到太平军之战,到费唐大律师的上海自由市调查,到《字林西报》上英格兰·约翰的文章,到对维克多·沙逊的描写,豪塞详细地描绘了上海内心对自己身份的苦闷,和为了确认身份,侨民做出的努力。这努力,从描写埃尔考克领事在青浦教案时的铤而走险,到描写维克多·沙逊在外滩建造他的现代宫殿时,这个过分英国贵族化的犹太裔英国人内心对自己身份的介意,豪塞将这外滩最高建筑的纪念碑性与英国侨民对沙逊的身份排斥联系在一起。于是,从最初上海发达时英国本土对上海大班们的讥笑,到租界末年沙逊在上海滩微妙的位置,上海的身份困境便如同一条动脉,始终在一百年前赴后继的故事里跳动着。他在他的书里,也常常半开玩笑地称他们为"魔鬼",半带着亲昵与同情,我猜想那时因为他能理解上海先生们的苦恼,但又半带着轻佻与调侃,那便是他欺负他们处在两张椅子之间的尴尬。说到底,上海先生们都是名声不佳的商人,他们对自己苦闷的护卫带着他们鸦片战争以来一贯的霸道姿态,以及刻意掩饰,其实他们做的,说的,完全不得要领,自然要让旁人生出幸灾乐祸的心。全世界都将这些上

二、宿命

海地主称为魔鬼,它的含意,不光是邪恶,毁灭性力量,不可理喻,不可理解,也是另类。

豪塞在光怪陆离的上海里,看到了地理大发现的时代带给人类的一个大问题,不是殖民地的财富被掠夺,不是帝国主义的兴起,无关乎国际政治,而是,世界上将要出现混血孤儿般的城市,作为当西方遇见东方以后的证据。他从上海这个当时世界第五大都市的身上,看到了混血孤儿的面容与内心:充满噩兆,令人不安的滚滚浓烟,从广袤大地的深处逼近城市天际线,就像孤寒忧戚和茕茕孑立正在全身弥漫,调整着他脸上的线条,四肢的姿势以及身体的气味,他与这世界血缘联系的亲切被深深锁进心中。

沙袋堆到了南京路口

1949年5月,这一次,沙袋堆到了南京路口,垛成一个小小的街垒,准备巷战。

上海曾经是一块飘扬着十二国旗帜的,拥有特权的土地。靠了租界的势力,它常年游离在中国之外,似乎与中国连绵不绝的天灾人祸,甚至风土人情都没关系。中国大陆常年内战,而上海没有军阀。路过租界的中国军队都不得荷枪而过,土豪太太带大批奴婢过界，还被当作拐卖人口的罪犯起诉。中国大陆北方旱灾饿死人，南方水灾爆发瘟疫，上海已是一个繁荣的城市，厨房里有自来水，街道有下水系统。圣公会牧师颜永京十九世纪末的时候，曾建议工部局参与救济内地的灾民，但被工部局断然拒绝，因为他们看不出上海与内地灾民有什么关系。民国前夕，上海是普及民主理想的思想大本营，各种救中国的言论都能听到，却是因为租界是整个帝国言论最自由，思想最活跃的地方。

法租界夏天暴雨过后，街上涨大水，小孩子就从家里拿出木盆来，浮在水里玩，游客们则忙着照相，留下法国总会门口一片水洼的照片。2002年，我在维也纳看到那些私人保留了多年的旧照片。当年照相的犹太人已垂垂老矣，他只微微一笑，脸上皱纹便像多米诺骨牌一样四下散开，遍布了整张脸。他远远地望着在我手上记录了涨大水的照片，说："上海真有乐趣，比欧洲好玩。"

上海背后那广袤的中国大地上，那些泛滥的河流，决口的堤岸，颗粒无收的泥地，腐败的国家系统，暴政，军阀握在剑柄上的白手套，人民蝼蚁般的肮脏的身躯和脸，世袭的痛苦，一切都与它无关，它们仅仅是《良友》画报上的照片。

上海曾经是一块欧洲在中国的飞地。

它一直有令人不能置信的运气，总能从整个中国的厄运里逃脱出来，甚至从整个世界的厄运里逃脱出来。

这么多年来，它从不与别人共患难，只管自己一天天地灯红酒绿起来。多少年来，脱离中国，成为市民自治的自由市，表面上看，这念头起于工部局董事会的会议桌，止于费唐大律师的调查报

摄影: Sam Tata

告,被英国公使驳斥为妄想。但其实,它一直在上海人心底萦绕,悄悄地,却没有消失过。它始终有一股自顾自捞世界的劲头,一副海事时代商人全无边界的心肠。

直至它终于被拖入太平洋战争。1937年豪塞离开上海时,已看到上海天空上战神的阴影,那是一尊中国战神,红脸,提着大刀,来收拾这个海边的杂种。中国战神将上海一掌打回中国版图，它终于不再有例外的运气。日本人来了，内战来了，越过一次又一次堆起来的沙袋，外滩终于成为中国人的土地。

最后，沙袋都堆到南京路口了。

可1949年的外滩似乎还没明白沙袋的意味。街垒外面，黄浦滩上仍旧一派繁华喧杂。高高在上的警亭里能看到交通警正在指挥繁忙的交通，红绿灯也在工作。

穿长衫和穿西装的人们仍挤满了沙逊大厦前的人行道，人们仍保留着东张西望的机灵，他们的脸像洋行楼顶上的旗帜一样，扬向四面八方。

街道上的黄包车上，仍坐着一对衣衫周正的男女。在他们前面，能看到黄包车夫那弓起的后背。那是个典型的黄包车夫姿势，拉到一趟生意，就拼命往前跑。

海关大楼的钟正走向下午4点。每逢正点，它都会敲出一段完整的大本钟报时曲。钟声如细沙一样稳重而均匀地从半空中重重撒下，无论下面是怎样的得意，或者惶惑。

十年前，租界军队在外滩与日本军队交火的时候，德国相机爱好者维克多·沙逊从华懋饭店冲上街，冒着炮火，撑着双拐，在一片硝烟的外滩到处拍照。这一次他已经不满足于在办公室窗前照相，得亲自上战场。租界的士兵差点一枪打死他，他倒还为自己的历险洋洋得意，将照片冲洗出来，拿给别人看。

在外滩的人好像都生了一副怎样也不相信坏运气的脑筋。

外滩实在是个不见棺材不落泪的地方。

二、宿命

葬礼

日本军队，国民党军队，共产党军队，占领上海的每一支军队，都要在黄浦滩上列队而过，仿佛这是一个重要的入城仪式，象征着对这个地方的征服。

作为租界的外滩，就在十年来一次次亚洲军队在黄浦滩的游行里，死去了。

不同番号的军队在外滩游行。他们经过沙逊大厦，汇中饭店，《字林西报》大厦，汇丰银行大厦，渣打银行大厦，上海总会大厦。大厦们静默地高耸，生机灭绝，无数扇紧闭的玻璃窗乌洞洞的，里面仿佛有沉重的目光扫射过来。在阴沉大厦的映衬下，军人们一致地显得矮小瘦弱，无论日本兵还是中国兵，但他们地雷般沉默而决绝的神情，却如水洼能反映出阳光的光芒那样，反映出了大厦内在无可挽回的死亡之气。

他们的军服总被街口席地而起的旋风吹乱，他们荷枪实弹，看起来却更像是葬礼上的仪仗队。

上海的死亡过程是如此的长。从1937年维克多·沙逊用他的德国照相机拍摄了华懋饭店门前第一颗炸弹爆炸；到日本人宣布废除租界，上海各家汉奸报纸1943年以"上海解放矣"为大标题，宣布上海回归中国；再到摄影师山姆·塔塔（Sam Tata）在《字林西报》门前拍摄了共产党军队高举红旗的方阵……十年过去了。西方人一次又一次宣布它死了。开始他们以为，外国人的离去便是租界之死。后来，他们意识到，脑筋与国民党完全不同的共产党，将毁灭租界的生活方式，这才是租界之死。

英国人离开殖民地时，通常都抱着自豪的态度。回顾历史，他们将那些荒蛮的泥滩建成了繁荣的港口城市，从他们手里交还的，是一个个井井有条并生机蓬勃的大城市。他们以为，那些城市会回报给他们蝴蝶夫人式剧烈的感伤，这些城市都将是他们在地球上的纪念碑。

但上海的情形给他们迎头一击。

也许你想要在外滩和苏州河的交汇处停一停，观望四周。那里现在还留着两个水泥平台，因为国民党和共产党在那里打过一小仗。你在那里，能看到对面的英国领事馆。英国旗还在那里飘扬，它那辽阔的草坪也还像从前一样被修整得十分整齐，然而，领事馆的长走廊里现在挤满了嗡嗡作响的人们，而门口包头巾的锡克守卫却不见了。从前尤克特停泊领事游艇的码头，现在已经被用于停泊浦江游船。在你的右边，三轮车仍旧在外白渡桥上往返穿梭，那是超过了铁器行想象力的使用。但外滩已安静下来，半空着，不再嘈杂、忙碌和紧张。

过去著名的建筑仍旧站立在外滩，那是令人不能忘怀的天际线。精致的圆柱仍旧框在上海总会对开的大门两旁，只是，现在它已是海员宿舍。那如同爱德华七世时代显赫纪念碑的长吧还在原处，但如今与它的侧面相接的，却是毛泽东和其他中国领导人的大幅画像。宏伟的汇丰银行已经成为上海市政府大楼，大楼外面，那

摄影: Sam Tata

外滩：影像与传奇

两尊大英帝国的狮子如多年来一样，仍旧威严地坐在原地，迷信的中国人仍旧在经过它们时，不忘记摸摸它们的爪子，期望这样能给他们带来好运。而这个城市，如今除了厄运以外，别无其他。

共产党已开始无声无息地改造上海居民。虽然人们几乎没有注意到这种变化，直到诺曼·维兹有一天指出。在人行道上的货币黑市，那些带着叮当作响的银元的贩子已经不见了。事实上，那两千两百个贩子，包括大批的内部操作者，都已经被扫进了监狱，或者已经被枪决了。赌场，甚至那些地下的鸦片馆，都悄悄歇了业。赛马场的一半改做兵营，另一半成了运动场，年轻人去那里练体操——周围挂着巨幅的毛泽东和周恩来的画像，成了共产党宣传电台的背景。几乎所有的舞厅都已经关闭。城中的舞女们被围捕起来，送去罐头加工厂或者纺织厂自食其力。花园饭店那美丽的屋顶露台，还有在顶楼上能看到上海眩目夜景的舞厅因为宵禁令的缘故被迅速关闭了，底楼的花园茶室也同时被关闭了，同时关门的，还有华懋饭店里的咖啡馆，那里曾经是城中的女士们最喜欢的约会点。说起来似乎是不可能发生的事，但这却的确是不争的事实：上海变得呆滞和阴暗了。一个总是在一个又一个的危机中还能笑着的城市，此刻甚至失去了它的幽默感。

作家尼尔·巴伯（N.Barber）在他的著作《上海陷落》里描绘了1949年到1953年之间的上海。他目光所及，到处都是急剧的萎缩和变质，他感受到的都是对上海色彩的清洗，他不能控制自己一个西方人心中沸腾的悸然，以及悲凉。

二、宿命

摄影：佚名

摄影：佚名

戴黑色高帽子的英国人

黑色高礼帽，镶边燕尾服，浆过又烫过的衬衣，那是十九世纪最正式的男人装。那个人让我想起旧书里记录的穿礼服救火的上海救火会义工的逸事。我不知道照片上的这套礼服，是不是也经历过那个从酒吧的柜台边直接去救火的晚上。

站在外滩晚风里，穿着混合了焦木与香槟气味的黑色礼服的英国人的情形，带给我一种奇异的感慨，让我想到了动荡不宁，但充满奇遇的生活，那就是上海早年的生活写照吧。以后，很难再有穿晚礼服去救火的可能了，生活也渐渐变得乏味。

照片上还有另一个穿深色礼服的男人，一手握在前襟上，另一只手，拄着一把伞。他修长，可以说得上瘦弱，而且沉郁，看上去是那种常沉没到自己内心中去的人。他的风格让我想起赫德，他们很相像，很像一个忠于职守的官吏。照片上的他，让我想起外滩海关门前的赫德铜像。英国人代表中国政府收英国商人的税，为中国海关制定章程，中国人出面帮英国人在租界立像纪念，这是当年上海的另一个传奇。

坐在左端的男人，是唯一正视镜头的人。因此，他可以与任何一个看照片的人接上眼神。他指上夹着纸烟，有些疲倦和低落地看着照片外面，似乎对东方的生活失望了。他让我想起的，是受到启蒙主义思想影响的欧洲读书人。他们来到东方，怀着朝圣理想国的

二、宿命

诚挚，但看到的却是凋败的山河，愚昧的人民，狡诈的政府，和凋零的文化。理想国就这样幻灭了，他们渐渐相信，西方文明比东方文明更优秀，更有活力，有一天终将征服东方文明。这种想法，是早年侨民们趾高气昂在东方生活下去的重要支持。

这些早年到来的殖民者，就是上海这个城市的祖先。他们生活和思想中的某些东西，就像基因一样秘密存活在上海人的精神里。

摄影： M. Miller

外滩：影像与传奇

拎一只破皮箱来的冒险家

上海这个城市的大多数人，都是这样拎着简单的行李，怀着寻找新生活的梦想的移民。选择背井离乡来上海，就是为了冒险。新来的人不需要签证，也不需要护照。两手空空的，带着野心和罪孽，这个城市提供给新来者一个新的开始。在这个城市被抚养成人的杰利可女士回忆说："这里没人问别人为什么来上海，好像每个人都有点什么需要藏着。"上海对法规和秩序的方式证明了平等的吸引力。外国商人信仰自治政府和最小限度的规章。多年来，他们保护了身份完全不同的人们：如美国骗子，白俄妓女，日本爵士乐手，有轨电车的高丽掌车，从纳粹手里逃出的犹太人，还有那些各自从敌对党手里逃生的中国革命党人。就像今天的纽约，上海变化多端的社会创造了一种紧张和强制性的气氛，就像它的创新气氛和金融上的成就一样。那里的生活是需要大价钱的事，中国人叫它"JENAO"，指一种在感觉上总是紧迫的喧嚣。哈罗德·阿克同（H.Acton）爵士对这个城市作过描写，他写道："到处都是这样的人，他们推搡着冒险家们，与人们摩肩接踵，他们不知道自己是多么非凡，这种非凡已经成了一种平凡：一种奇特的平凡。"

日后城市的封闭，如毒药般腐蚀了原本勇于冒险，渴望成功的人们，他们往日充沛的精力化为自卑与自大交织的复杂性格，他们由于身份严重丢失变得自恋，而且不得体，1970年代以后，上海人渐渐成为被中国各地嘲笑和厌烦的人。

摄影：佚名

外滩：影像与传奇

最后一个聚会

我家住得离旧法国总会不远，有许多个宜人的傍晚，我曾路过那栋灰色的大房子。它也有豪塞形容的上海总会那样呆板而造作的样子。只是因为多年被迫偃旗息鼓，游泳池坏了，满园子的花草都没有节制地疯长，渐渐生出了没落，才变得好看。它最好看的时候，是春末夏初晴朗的晚上，暗洞洞的，所有的窗都关着，宽大的汽车弯道上回荡着草木夜间的清香。从墙外看着它，它安静得不寻常，仿佛沉湎于回忆的老人，让人对它的过去浮想联翩。

2005年春天，我在伦敦找到这张照片。第一眼看到它，就想起我少年时代经过法国总会的晚上，对窗子里的黑暗的想象。面对这张照片，仿佛那窗子里的黑暗突然消失了，我少年时代草木深深的庭院突然退回到照片里那阳光灿烂的午后。一切曾沉浮我心中的对旧房子里情形的想象，在这张照片上显影。是的，夹着纸烟的教士们，是的，桌上的西式点心，是的，西化的上海淑女，是的，浮云般的背影，是的，没有一丝陈年雨痕的玻璃窗。是的，一长条盛开的菖兰。我少年时代的想象原来是这样的，是的。它曾经模糊不清，就像一团实在的物质一样存在于我的心中，然后在这张照片里真相大白。透过这张照片，我更可以看到配有黑色高帽的燕尾服，从欧洲带到上海的破旧上线牛皮箱。

我握着这张照片，想起当年体会到的时代更迭时人心的惆怅。

二、宿命

比起当时的侨民，一个中国孩子的惆怅似乎来得很没理由。

但其实，这种感情来源于对现实的失望，也是一种对自己历史的探索。这是一种莫名的，迟疑的，温暖的怀乡情。我很久以来，都将这种"不健康"的感情理解为家庭境遇的巨大变化投射下的阴影，理解为个人的感情。是在上海渐渐成为一个怀旧地，被商业化以后，我才遇到越来越多同龄的上海人，对我说起自己1970年代的经历，我才发现，原来它竟然是公众的感情，只是大家都秘而不宣罢了。

摄影：Sam Tata

外滩：影像与传奇

死一般的寂静和空洞

让我们去1949年。

初夏时分。

外滩。

一个人，无名氏，从这个照相机的取景框里望出去，看到了南京路的街口。一边是沙逊大厦，一边是汇中饭店，这是上海最著名的丁字路口。一头沿着南京路，可以一直深入到广袤而污浊的中国大地，另一头止于浑黄的河水，这已用得烂熟的河水，连通着东亚的大海。这个取景框好像陷在泥沼里一般，跟着在雾气中泛出微光的电车铁轨，一路向前，眺望沙逊大厦和汇中饭店中间那空荡荡的马路，这是一个忧郁的取景框，默默框出了满街的寂静。

在沿外滩的街角上，还留着国民党军队准备巷战时筑起的街垒，沙逊大厦顶楼露台上散落一地的机关枪子弹夹也没有来得及清理。国民党军队跑去征用华懋饭店顶层，《字林西报》的记者乔治·万（George Vine）正好路过饭店的门口，去报馆上班，他目睹国民党军人带着米袋和机枪，以及一条驮军需物品的骡子走进大堂的情形。但转瞬之间，内战就结束了。

阳光西斜，右侧的汇中饭店坐在一团含糊的阴影里。它有外滩最英国化的典雅老迈的大堂，带着半殖民地骄矜而破碎的英国气息。参加世界禁烟大会的圣公会传教士，英国来的超级骗子，刚刚

二、宿命

离婚的温莎美人辛普森夫人,汇丰银行初创时期的用户,都曾陆续在大堂正中的褐色木头楼梯上款款上下。这正是南京路最热闹的下午时分,但此刻的马路上却没有人,没有黄包车,也没有电车。能看到沙逊大厦门前泊了一辆车,好像是一只匆忙中遗失的旅行箱一样,无助而又戒备地困在了街边。

这就是一百年来外滩最繁华的路口?

这辆车,不由地让人想到1937年8月这个街口停泊的另一辆汽车。也是一个下午,中国飞机误炸外滩。当时正是个雨后的下午,街口熙熙攘攘,混杂着美国来旅游的工程师,推销咔叽风雨衣的犹太难民,一口江北口音的黄包车夫,趁休息天从闸北来外滩公园谈恋爱的青年工人,穿宁波红帮师傅做的粗呢西装的教师和职员,和放洋归来,在上海上岸的苏州籍外交官,以及如皮肤上的风疹块一样,在人群中不安地隆起的小偷,乞丐,水手,妓女以及无赖。维克多·沙逊正在自己的三楼办公室里做事。中国飞机扔下的两颗炸弹,都落在这个街口,爆炸。照片上的街口,四处横陈着血肉横飞的人体,华懋饭店的碎玻璃以及汇中饭店古老的屋顶瓦砾。也有一辆深色轿车,就困在血腥中间,也像一只失去主人的旅行箱。

1937年,西方记者第一次宣布了外滩之死。为美国四家大媒体同时供应上海故事的记者豪塞描绘了外滩"死亡的空洞和寂静"。

"寂静笼罩了整个城市。"豪塞笔下的这一刻很是壮丽,就像他后来写意大利的书里描写的罗马帝国的灭亡。"在战争的喧嚣后,这寂静异常特别,一种滞重而沉闷的寂静,死一样的静。巨大的白色办公楼,银行和饭店仍旧在外滩俯瞰着浑黄的黄浦江,没人去破坏它

摄影：佚名

们，但在那些窗子后面已了无生机。从外面看上去，它们似乎比以前更令人敬畏，但那只是一个和昨天一样伟大动人的外表，一个上海巨大的外壳。上海终于干净彻底地死去了。"这对1937年外滩的描述，尽可以原封不动地抄下，用做这张照片的说明文。

是的，从取景框里，能看到几乎是一样的空洞和寂静。

那只覆盖在快门上的食指轻轻按下去，快门被打开了，取景框里出现了短暂的黑暗，那是照相机里的小镜子被翻起来了，胶

二、宿命

片正在感光，金属发出细小而坚决的声响，"咔嚓"，然后，眼前再次看到了同样的情形，还是早先的那个令人恍惚的街口。它是1937年的，还是1949年的呢？外滩已经死过一次，现在，又正在再死一次。

这个端着一只装着胶片的老式照相机的无名氏，他心里惊奇于这一次又一次被宣布死亡的街景吗？我只知道，这是一个没有留下名字的记者拍摄的外滩。他那只追悼海事时代诞生的伟大城市终于落入共产主义者手中的右眼，曾贴在取景框后，充满感情地注视空洞的街口。这街口，这些房子，这辆道奇车——1940年代的上海深受美国的影响，从电影、丝袜到汽车与塑料制品，甚至口音——还有在空洞的阴影里隐现的人们，却如同水草一样沉默，脆弱，并随波逐流，听任命运的安排。外滩本是个不能静的地方，一旦静下来，便有辽阔，空洞，和死气四合的感觉滋生出来，仿佛才咽气的人，你能感受到他身上从丹田深处迅速扩散到皮肤上的死气。你看那淡淡地悬在街面上的雾蒙蒙的阳光，即使只停留在照片上，仍让人感到窒息。如果深究这个街口的历史，这里本是李家庄外的乱坟岗。怎样的大楼，怎样带有枪炮的大船，怎样的声光化电，原来都压不住这土里的死气。

无论如何，"毕竟是泥滩上建起的城市"。当年豪塞的感叹，拿过来用，也刚刚合适。

1949年春天，住在上海的侨民大多离开了，饱经忧患的洋行大班们也陆续走了，守在外滩的，多是准备见证上海"沦陷"的西方各国的记者。其实，1945年英国向中国政府交回租界，西方的外滩就

外滩：影像与传奇

已经死去。但在心理上，他们还是认为，共产党占领外滩，才是真正的沦陷之日。留下这张照片的无名氏，就是那班记者中的一个。

局势渐渐吃紧，留下的西方人便收拾起细软，再次陆续住进华懋饭店。其实，住在淮海路附近的公寓里，比在外滩安全得多。但他们还是宁可住到外滩来。

内战在继续中，愚园路方向的城外不断传来枪炮声。记者们不敢四处乱跑。这也许就是那个夏天记者从上海发回西方世界的照片，大多都取自于华懋饭店附近的原因吧。那只装了一卷1940年代铁壳柯达胶片的照相机，那块富有殖民地忧郁的取景框，那根按动快门的食指，为海事时代的外滩留下最后一瞥。

2005年的春天，伦敦亚非学院图书馆的日光灯在我头顶上丝丝作响，我望着照片里1949年初夏的外滩南京路口，看两个时代在照片上的对峙。年代久远的照相纸散发着干涩的气味，如同档案里的纸张通常的气味。

同一天，我还在档案里见到意大利人贝托（Felix Beato）拍摄的1860年代在中国的战争。他拍摄了大沽炮台的失守。阳光照耀着坚硬得像岩石一般的一百五十年前的泥土，照耀着颓败的要塞土墙和清兵成堆的尸体以及他们身上柔软的土布军服。在格外清朗的战地艳阳里，也能看到两个时代的对峙。那是慵懒的帝国时代与豪夺的海事时代的对峙，就像两个仇人的对峙那样，你死我活。然后，大沽炮台里柔软的土布军服，变成华懋饭店门前的美国汽车，这是四海为家的海事时代与报仇雪恨的民族主义时代的对峙。

时代就是这样，如同仇杀，越过一个，又一个。

二、宿命

眼泪

上海的外国记者，商人，传教士和外交官终于再也住不下去了，连华懋饭店的经理也落荒而逃。

这次，看样子他们是永远地离开上海了。母亲和父亲带走了小姑娘，小姑娘带走了娃娃，他们甚至带走了家里的帆布折叠椅。从1937年，到1949年，他们终于认命了。

邮轮按照原来的路线，缓缓经过外滩。

他们都来到甲板上，告别那条"令人不能忘怀的天际线"。

"当汇丰银行，海关大楼，怡和洋行，汇中饭店，沙逊大厦在我眼前缓缓经过，又渐渐远去时，我和母亲禁不住泪流满面。"一位1950年离开上海前往澳大利亚的犹太女孩，在她的上海回忆录里写到这个时刻。她没提到甲板上是否还有战前供应的香槟和音乐，她顾不得这些。

她面向外滩流下的眼泪，在我看来，更多是怜惜自己一段殖民地生活的失去，而并非对这片土地的感情。她在上海避难六年，从来不曾学过上海话，没有交过本地朋友，也不吃上海菜，而是生活在一个欧洲犹太人的小圈子里，在法童学校上学。

当时的法童学校里，孩子中也有微妙的等级感，纯法国人，欧洲侨民，西欧来的犹太人，东欧来的犹太人，欧亚混血儿，亚洲人，上海本地人，同学分成不同的圈子，教师也给予某些种族和政

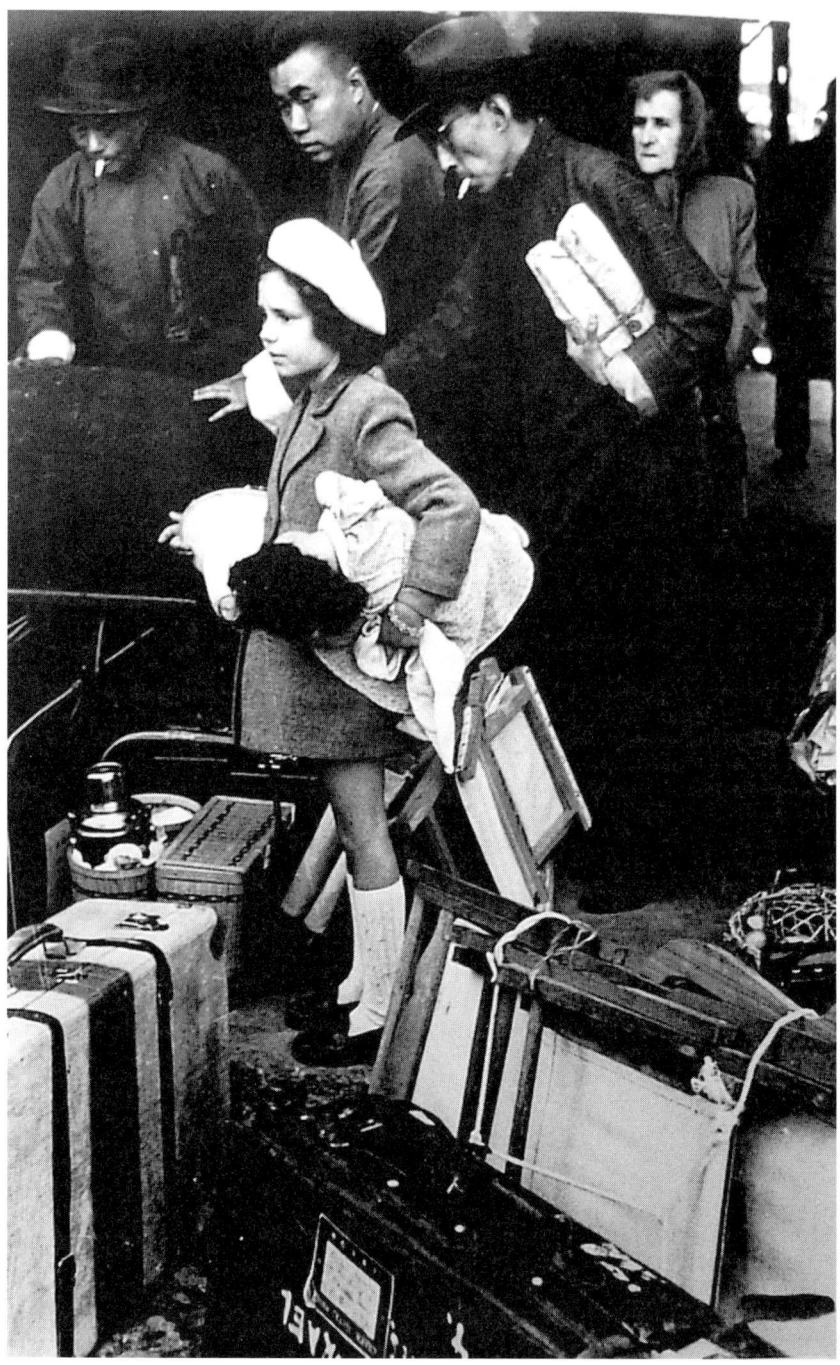

摄影：佚名

二、宿命

治的暗示，那也是一个小殖民社会。

孩子们学习法语的同时也学习把握殖民地生活的分寸感：那是一种对体面和身价精确估价的能力。

六年里，她始终没有找到一个可以邀请到家里来做客的朋友。

她家在上海，过着通常殖民者过的保守而简单的生活，如同一滴漂浮在汤上的油脂，漂浮在通常的生活之上，好像随时都可以被撇去的。

有些人迷恋这样有些离奇的生活。因为这样的置身世外，这样的游离，让人有更多的自由，更少的责任感，更多的孤独，更少的对归属地的挑剔。她正是这样一个迷恋游离生活的犹太人。

上海以后，她在澳大利亚生活。用英语生活，工作，没有回去自己的祖国以色列。

晚年，她在一台1980年代出产的电动打字机上回顾自己的一生。

她将自己的回忆录打印出来，寄给分散在世界各地的亲友。就像她母亲老年时将自己写的回忆录分送给亲友们一样。一代一代的故事，就是这样在家族中流传下来的。年轻一代不怎么在意，但老人们并不着急，因为他们知道，等年轻人老了，就会想到要读读这些装订好的手稿，然后接着写下自己的生活。

后来，她收到从世界各地陆续寄回的稿子，稿纸的空白处常常被亲友们写的补白填满。老人们心中的往事被她的回忆录唤醒，便随手记下来。有人还特地将自己的补充打在另一张纸上，用红笔标好，附在她的回忆录后面。其中不少，是对她回忆中差错的纠正，特别是上海生活的部分。她总是提到上海,但总是记错地点,时间,有时根本是无中生有。她姐姐指出,当年离开上海,自己也在甲板上,就站在母亲和她身边。的确她们都看着外滩大厦在斜阳里远去,但她们都没哭。

这时,她才体会到,她怀念上海,因为后来她找遍澳大利亚各地,再也找不到上海那种富有精确自我意识,身份却又模糊不清的环境。她怀念的不是地理上的上海,是生活方式上的上海。

"无论如何,要是现在我离开,我一定为之泪流满面。"她在姐姐颤抖的花体字眉批后面补了一句。

蓝天中排列成V字的美国飞机

在夏天的某个上午,我在外滩堤岸上遇到一位老人,他对我用的老式单反照相机很有兴趣,一直在一边微笑着看我忙乎。他脸上有一对炯炯有神的大眼睛。

我们就这样聊起天来。

他让我猜他的年龄。我看他自豪的样子,知道他一定是年龄和外貌看上去极不相称的。于是我说:"有七十岁了吧?"

他哈地一声笑起来,像小孩一样欣喜:"我已经九十了!"他说。

十六岁到上海学生意。十八岁进了广东路上的洋行。白天上

二、宿命

班,晚上到四川路上的夜校去补习英文,渐渐做到了大写(资深职员)这个职位,下午有资格与大班们一起吃下午茶。帮瑞士同事搬家,经过外白渡桥时正遇到飞机误炸南京路,目睹了满街的血污。幸亏做的是家瑞士小洋行,才能在战争渐渐扩大的阴影里挣扎求存,旁观了那些英国洋行里的中国职员在圣诞节前夕纷纷失业。"我还算是个会鉴貌辨色的人,凡是看到穿西装戴铜盆帽的中国人,一定是在洋行做的职员。凡是看到这种人走路不迈大步子,就一定是停生意了。皮包里装了一份双薪,一份老板的英文介绍信。"他告诉我说。

战后换了一家美国洋行工作,当高级职员,享受每年的带薪休假。解放后成为一家工厂的办公室职员,"文化大革命"那一年退休,天天到外滩打拳。这样算起来,可不是已经九十岁了。

"我这一生,顶喜欢美国人。他们对自己人真好,对自己洋行的工作人员也好。我们洋行连苦力都有两个礼拜的带薪休假,那两个礼拜随便你到哪里去了,车票都可以拿来洋行报销的。美国人顶讲道理。我没见到过共产党的时候,也拥护共产党,因为我读了斯诺的书。美国人说共产党好,那一定有道理。

"1944年的时候,有一天,我在外滩,忽听到天上飞机响。美国飞机在天上排成一个V字,从虹口飞过来,一直向龙华飞过去。这次它们没有轰炸。外滩的人吓得到处躲,怕它们扔炸弹。我一看,就知道日本要投降了。我就喊,萝卜头日脚到头哉!

"你猜我怎么知道?V就是VICTORY的意思呀。美国飞机用这个办法告诉上海人好消息呀。你说说看,世界上有谁能将一件事做得这样风光？也只有美国人。"

老人的脸上放着光芒，事隔六十年，他还是为自己当年的机灵骄傲极了。

"我这一生，顶恨日本萝卜头。日本人最坏。本来外滩多么好看，有好多雕塑的，都被日本人敲坏了。日本人将外滩洋行里本来好看的家具，沙发，大班台子，不知道弄坏了多少，他们将家具的脚全都锯掉了。你知道为什么，就因为他们生得太矮了，这个理由滑稽吧？我说这种人天生就用不来好东西。要是没有日本人破坏，我们上海老早像纽约巴黎一样好了。日本人要进攻租界的那天早上，外国人银行里连夜给美元造册，然后将钞票烧掉。你想想看，银行被逼到要烧钞票，这地方怎么还弄得好呢。"

我想象排成V字，掠过上海天空的轰炸机，想象在外滩仰头望着它们的人群："大家肯定都高兴死了。"我说。

"那是自然！"老人说。

"那么，是怎样的心情呢？"我问。

"觉得有希望了，过去的日子总算又要回来了。"老人说，"我去告诉我的朋友，他是我在夜校补英文时交下的朋友。本来他在一家英国洋行里上班的，后来被停了生意。你知道他第一句话说什么？他说，啊呀，还好我的衣裳都没有蛀掉。马上要拿出来晒晒霉。后来，他就到龙华集中营里去看望他们大班，还特地蒸了一只油汪汪的老母鸡带去。"

1944年战时短缺时代，对市民来说，一只油汪汪的老母鸡真是一大笔的财富，包括巨大的口福和心理上的富足感。这个中国职员

摄影：Sam Tata

的表达方式真是现实，精明，也令人感动。这就是上海人。

上海人对自己一直抱有希望，1937年的时候是这样，1941年也是这样，1944年和1949年当然更是这样，看着城市真的到了自己手里，看着自家的孩子排着队自由进出外滩公园，看着外滩成为人民政府的所在地，成为主人的愿望一次次油然生起。

中国风景的蚕食

山姆·塔塔（Sam Tata）的相貌像意大利人，或者是印度人，他的简历里没提到他的祖籍，所以只能猜测。但却提到他出生在上海，成为摄影师。他拍摄了许多印度独立运动和中国解放运动的照片。直到1956年才离开亚洲，定居在加拿大。大概，他能算是最后一批离开上海的外国人了。

我喜欢琢磨山姆·塔塔拍摄上海的照片。他对东方殖民地的独立很有兴趣，他看东方的角度不修饰，不猎奇，不感伤，不沙文主义，而且冷静清醒，又有慈悲心肠，比大部分西方摄影师多了平等与宽容，他不强迫镜头里的景象汇入某种评价体系，他理解它们各自独立，彼此冲突的价值。他真体贴。

这一切难得的个性，与他出生在上海，生长在一团世界主义的气氛中有关系吗？

看他拍摄的1949年的外滩，能看到许多中国人占据后最初的变化。

解放军战士骑在高头大马上，走过马路中央。他年轻严肃的脸上，有种驯良而迷茫的样子，一点也不耀武扬威，也不精神百倍。这样的表情，也出现在国民党士兵年轻的脸上；如果忽略他们身上不同的军服，他们就是两个有些茫然地走在高房子前的中国青年。房子太高，气势太盛，他们不得不走得庄重，而且正义，可心里却不怎么自在。这是占领者埋藏于内心的感受吗？

二、宿命

　　穿黑袍的天主教神父独自走在人行道上，他是个衰老的外国人，可他也有种困惑不安的样子，他僵直地斜着肩膀，仿佛还没从听到坏消息的那一刻中恢复过来。他这样子，与在法国总会最后一次聚会的照片里出现的神父大相径庭。那里有两个神父，夹着纸烟在说话。有东方殖民地传教士地道的自信。也许是因为，他觉得这地方已经不再熟悉了。山姆·塔塔在照片说明里提到，这个神父没有申请到共产党政府的离境许可，深感挫折。是的，外国人离境，正变得越来越困难。他们再也不能为所欲为，再也不能来到外滩就像来到自己的家。

　　与外滩有干系的人，好像在外滩不怎么自在。

　　自在的，倒是那些本来与外滩毫不相干的人。

摄影：Sam Tata

外滩：影像与传奇

　　家庭妇女坐在外滩洋行门前摆下的小竹凳上，专心做着针线；她的孩子就坐在近旁的婴儿车里，胖乎乎的，安静的中国小男孩，独自在大厦的阴影里玩耍；他们的神情真是自在，就把这洋行门前宽大的通道当成自家天井，又通风，又敞亮，一点没觉得非分。

　　穿月白布褂的人正靠在洋行墙角处乘凉，享受大厦之间的穿堂风。他是外滩这个好去处最早的发现者。渐渐地，住在外滩附近的中国人都到大厦脚下乘风凉，成了外滩一景。外国人都走了，洋行也都陆续关了门，往日威风凛凛接近不得的大楼，现在不过提供了酷热夏天里的穿堂风。说起来，外滩大楼的穿堂风，真是有名的好风，最闷热的下午，树叶纹丝不动的时候，全上海只有这里还能感受到凉风。到了1970年代，夏天外滩的乘凉大军几乎占据了所有大楼墙角的人行道，蔚为壮观。

　　更有赤膊的难民，枕着自己的行李卷，在沙逊大厦紧闭的大铜门前酣睡；小乞丐们坐在汇丰银行的台阶上笑闹成一团，台阶上，放着用旧洋铁罐改的小桶，那是他们的吃饭家伙；华懋饭店前的台阶上则挤满了中国妇孺，摩肩接踵地看南京路上庆祝上海解放的游行。他们既不激动，也不感伤，就这么望着，随波逐流。

　　他们的身影改变了外滩的气质。一种中国城市散漫而家常的气氛，因为他们的蚕食在人去楼空的洋行外面滋生出来，腐蚀了从前一座世界主义都市的面貌。他们与外滩的大楼充满温和但令人沮丧的对比，却没有对抗。我相信这更接近事情的真相。

　　看山姆·塔塔的照片，常能感受到他对殖民地变化的兴趣和理解力，也为上海曾养育了这样视野广阔的人而快慰。他完全可以像

二、宿命

尼尔·巴伯那样东方主义,像劳拉那样站在自己立场上当仁不让,到底他是地道上海人,等到最后一刻才肯背井离乡。但也许正因为他是地道上海人,才能理解和体贴,能绕过所有的政治符号,保全独立的,通情达理的立场。

在照片里,好像是不经意而为,总能看到一个中国人远远地直视他的镜头,那道冷冷的目光,一直可以透过镜头,落到看照片的人的视线里。那道与其说是包含着报复,不如说是审判的目光,总是让人想起从前租界的惶恐和悲观主义者们的预言。因为有了这道目光,山姆·塔塔记录下来的外滩的情形,就不再是从前外国人镜头里的外滩那样天人合一,而是一个水落石出的外滩。外国人的外滩如潮水退去,露出它的上海面孔。

他的照片真是能勾起人对外滩未来的好奇。

但他的照片和他本人,都再也没有出现在上海。他终老于加拿大的法语区,似乎只有找到一个充满殖民气息的地方,才能安顿下来。他拍摄魁北克的照片获得了极大成功,但那些上海的照片,却被地理和心理上的距离淹没了。

外滩：影像与传奇

用碱水洗刷过的城市

在我小时候，人们用碱水洗刷太脏的东西。当时洗洁精还没出现在日常生活中，厨具常常油腻不堪。每到春节前夕，人们就将厨房里用了一整年的油腻碗橱出空，化半盆碱水，用刷子蘸上，奋力地刷。

碱水有很强腐蚀性，很能去除污垢。在印象里，只看到一条条的黑水流到碗橱四周的地上，握刷子的手指被碱水泡得惨白，而且微微肿了。碗橱却突然变薄了，显出了斑驳的漆色。它薄脆地浮在木器表面，木纹突起的地方，已经露出漆色底下白生生的木头，即使是油漆，也已被碱水洗去了。

然后，将空荡荡的碗橱大敞开，晾干。

晾干的碗橱像一件缩水的衣服，摸上去，不再油腻，也不再光滑，而是涩涩的，有些细碎的木纹，像汗毛一样翘起。缎子棉袄的袖子偶尔擦过，能听到极轻微的沙沙声，那是缎子被裸露的木纹勾住，并拉断。被碱水刷洗过的东西，就是这样，有着尖锐的，彻底的，粗暴的清洁。

外滩，在小心翼翼的镜头里，第一次呈现出一种被碱水刷洗过一般的僵硬和清洁。

它已经经历了政府对各家洋行致命的征税打击，经历了镇压反革命时上海总会酒吧前夜夜不断的失踪话题，经历了各家洋行不得

二、宿命

不将办公大厦抵债后的仓皇搬迁,还有咖啡馆,西餐社,舞厅和俱乐部的陆续歇业,邮船码头的停航,《字林西报》的倒闭,清理外汇市场,打击投机商人,清理马路上的乞丐和流莺,改造流氓和舞女。经历了这一切,上海已经不再是世界冒险家的乐园,它在变成一个内陆城市。符合中国农民世界观,和共产主义者严厉的道德观。要是说它还有什么麻烦,那就是它的气质还够不上民族主义者的标准。无论怎样洗刷,它还是不够纯洁。听说曾有人建议当时的上海市长陈毅炸毁外滩大楼群,彻底清除殖民遗迹。陈毅不置可否,事情就这样拖了下来。

清洁的阳光照耀着外滩,江南田野一般的安静。

人群缓慢地散着步,朴素本分。他们身上的衣服式样也变了,身体的语言也变了。

沉闷的车辆,让人感到它像耕牛一样地喘着粗气。

大楼看上去,则更像山脉。

一百年来挤满各种船只的黄浦江,突然能看到满江的波光。

最繁忙的路口,在下午1点半,突然能看到在红绿灯前漫步当车的过路人了。

从前在半空中飞扬的各家洋行的旗帜降了下来,升上去的,是同一规格的五星红旗。大楼内大班堂皇的办公室,成为上海朴素的各局委办的党委书记办公室,精致的柚木小更衣间里,如今挂着的是洗得发白的劣质棉布军装。

大楼里经久的咖啡气味,渐渐被中午食堂的热汤面气味所代替。

曾经以讲英文为必要条件的外滩办公大楼里,在留任的旧职员

外滩:影像与传奇

中开始流传一句新的洋泾浜英文,还按照洋泾浜英语的传统,套用宁波方言中的发音:"English,阴沟里去。"

外滩从前歇斯底里的能量和混乱,已被强力刷洗干净。如今,它再也不需要按照伦敦和纽约的期货交易市场的时间二十四小时地工作了,参加沙逊晚会,秉烛夜游的人们也已经星散于世界各地。即使华懋饭店更名为和平饭店再次营业,它的大理石大厅还是亚洲最豪华的饭店大厅,但醉生梦死的气氛已荡然无存。

黄昏仿佛第一次降临此地,那么自然的暮色,沙逊大厦像山崖一样,江中唯一的船,即使是一条英国领事馆对面的划艇俱乐部留下的赛艇,却让人联想起唐诗中的渔舟。

外滩如今,是中国的了。

摄影:佚名

二、宿命

宿命的疑问

豪塞一定没有想到,他1936年对上海心灵的碰触,是他对上海人最意味深长的贡献。经历沧海桑田的岁月,当年上海地主们(Shanghailander)对自己居留地的惴惴不安,已转变为上海人心中对自己城市身份的忐忑。1950年在上海人心中欢天喜地的"外滩终于回到中国人民手中"的归宿感,终于消失在1972年尼克松访问上海,中美在锦江小礼堂发表《上海公报》以后的岁月里。上海人不知道上海该不该属于传统的中国城市。这时,重读豪塞的书,曾经纠缠在人与城市之间的不安,再现于物是人非的城市。从某个角度,那可以说是上海的苏醒。

1972年2月28日,美国总统的空军一号在虹桥机场起飞回国。那是个上海冬天里少有的大晴天,清晨,从锦江饭店到虹桥机场沿线的市区街道统统戒严,每个路口都站着警察,沿途街道的居委会纷纷在弄口设卡,劝阻居民在美国总统车队经过时外出。当时,"李明反革命案件"刚刚侦破不久,上海人已被当时追查"李明"时,大人小孩统统集中起来查对笔迹的侦破方式严重警告过了,所以大多数人情愿守在家里,也不愿意招惹是非。当时也不允许家家户户将衣服晒出阳台,怕美国人见笑。所以上海的街道上出现了少有的整洁以及肃杀,只有政府挑选出来的人在事先划分好的地域走来走去,充当行人。

外滩：影像与传奇

那天《上海公报》已经发表。全上海都已知道，中国这次要打开大门了。对上海来说，这个消息，真是久违。现在回想那个上午，全城在灿烂阳光里的肃静，更像是一个正在屏息期待的人。

车队过去，警报解除，家家户户的衣服被褥便一起出现在万丈阳光下。无数蓝制服和红花面子的棉被迎风翻飞，有时也能看见凤凰牌的纯羊毛毯，织着一大花团四边小花的图案。那是当年最出风头的毛毯，因为它是锦江宾馆接待美国总统时，床上铺的毛毯。街道上能看到一批又一批换了出客衣服，去淮海路散步的人。2月28日的上海街道上，突然出现了一种如释重负的气氛。

那时我还是个孩子，只记得大人们脸上突然出现阳光般蠢蠢欲动的神情，但并不知道为什么。我母亲领我去了淮海路，到燕云楼吃了晚饭。那天居然有不少人在燕云楼吃饭，我们不得不与一对夫妇拼一张方桌。陌生人之间不会闲聊，甚至不打招呼。服务员将我们各自叫的菜送到桌上时，总先端着，问清是谁叫的，再放下。我们与那对夫妇始终没说过一句话，但仍旧有一种和煦的喜气，在那张方桌上轻轻荡漾。

在我的感觉里，上海最禁锢的时代，就是在那天结束的。那天以后，上海的孩子纷纷开始学习一门手艺：英文，乐器，书法，绘画，修理电器，打字，唱歌……无论什么，总之是一技之长。大人们对孩子说，将来总有一天要用上的。

街头的沉寂，就是这样被练习乐器的声音打破，夏威夷吉他的揉弦声，竹笛单薄而尖亮的嘈杂声，贝司提琴沉闷阴郁的音节练习，唢呐像电钻一样直捣耳膜的无产阶级欢庆胜利式的高亢，黑管

摄影：佚名

圆滑流转的练习曲，小提琴在当时难能可贵的甜腻抒情，手风琴的欢快，月琴的窸窣，琵琶的大珠小珠……那些错误百出但不屈不挠的练习声，宣告了独立的到来。

广播电台开始公开教授英文和日文，每天中午和晚饭以后，收音机里就能听到缓慢的英语和日语的声音。空中教师的声音虽然还是拘谨和毫无感情的，教材虽然因为太多生硬的革命内容而显得可笑，但那毕竟是英文和日文，那些声音提醒人们，在吴淞口之外，从虹桥机场启程，还有一个普通话以外的广阔世界。那个广阔的世界，仿佛是上海失散多年的亲人。

学画的男孩子们背着画板，骑着旧脚踏车，四下寻找类似印象派画作中的郊区风景。青年工人们自己动手做清水油漆的家具，据说式样是从工业展览会上的捷克工厂目录里借鉴来的，所以他们就称这种家具是"捷克式"。烟糖公司的青年美工在布置淮海路橱窗时，展出了第一张抽象画。

紧接着，外滩出现了情人墙，那是一种即使在大庭广众之下，也要建立自己生活方式的集体的心心相印。

紧接着，大人们嘴里迟疑地出现了"从前"这个词。"从前"如同一部比《三国演义》还要长的章回小说，各色人等的回忆渐渐温暖过来，如农夫胸口的那条冻僵的蛇。在厨房剥新春小豌豆的时候，在夏天晚上纳凉的时候，在冬天有太阳的中午，某个陌生弄堂口，在吃饭桌上，在初夏晒霉的时候，在跟家庭教师学琴，学画，学英文的时候，任何时候，都可能听到那句"从前"。那些回忆因为封闭太久，又经过不平凡岁月的冲击，而大多数充满感情色彩，更接近传奇。但是，毕竟，这个城市从上海人的回忆里开始接上了它的过去。洋行职员的回忆，小学教师的回忆，交大毕业生的回忆，黄包车夫的回忆，纺织工人的回忆，电影院领位员的回忆，商人的回忆，肥皂厂业主的回忆，售货员的回忆，保姆的回忆，家庭妇女的回忆，舞女的回忆，翻译家的回忆，警察的回忆，儿科医生的回忆……那是上海人自己的故事，自己的天地，自己的悲欢。

对上海来说，这是一个新生的时刻：从前它属于外国的租界，又属于中国大陆，此刻开始，它属于自己的市民。

二、宿命

上海人发现，自己终于厌烦了自己越来越像一个中国内陆城市，厌烦了对自己都市身份的刻意改造，隐藏和遮盖，厌烦了1950年以后内心对过去租界历史的惭愧、歉疚和负罪感，厌烦了俯首帖耳的态度。当他们发现尘封的大门已经松动——那时其实离中美建交，还有十年要等，上海人还得小心隐瞒着自己的海外关系，装成身世清白的农民——十九世纪通商口岸城市本性就喷薄而出，再也按捺不住。他们这才发现，原来多年的蓝罩衣下，这个城市仍旧保有一副当年世界第五大都市的肝肠：那是对辽阔世界的渴望，和对自由往来于世界之间的热情。这副四海一家的肝肠，不仅属于上海地主们，也属于上海人。

回想这一切，我只是吃惊于上海竟是以那样出其不意的方式回归了自己。

我想起1972年2月最后一天的晴朗早晨，我家离淮海路常熟路的街口不到一百米，那里是尼克松车队去机场的必经之路。那时我家住在一楼，我往楼上望去，看到的是毫无阻挡的蓝天。中间没有一件衣服，没有一根竹竿，只看到窗户上紧闭的玻璃在闪光。原来在上海人心里，还保留着楼房上飘万国旗便是贫民窟的判断。这条由城市经验产生的审美观，竟是以这样曲折的方式继承下来，又是以这样专制的方式呈现出来。记得那天，我和母亲从燕云楼吃完饭回家，从常熟路一拐到五原路，就看到大楼上家家户户的衣服，楼房好像陡然胖了出来。母亲"哼"了一声，低声责备道："又挂成这个样子！"这时，兴奋过后的失望，像冰凉的暮色一样从四面合拢过来。

BEYOND REALITY

PIECE.03
不可能的世界

　　这是一个木乃伊,还是一个睡美人?它将死而复生,还是轮回成另一个生命过程?这是外滩的哈姆雷特之问。命运自有它对旧通商口岸符号的现世安排,它要在这里上演埃舍尔的画中世界,这是命运创造出来的最复杂的世界。

外滩：影像与传奇

1950年代开始，外滩经历了长夜一般的寂静，持续一百年全无心肝的乐观和惊心动魄的赌博气氛，终于平息下来。镀金时代暴发的炫耀，渐渐被天长日久的积尘覆盖了，经历了岁月蹉跎，外滩呈现出令人舒服的古旧，和被遗弃后的带着些神秘的感伤。它日日沉默地面对同样沉寂的黄浦江，宛如一条巨大的沉船。

穿行在大街和窄小横街上的长条公共汽车，42路，21路，49路，55路，26路，倒像是默默穿梭在沉船间的大鱼。车厢里像沙丁鱼一样紧紧挤在一起，并排列有序的人们，像鱼子一样静默地眺望在眼前掠过的建筑，高大坚固的大楼之间如深渊般的街道和夹弄。夕阳西下以后，外滩的楼群渐渐沉入静夜，它们远远看去，像漆黑的山峰。从黄浦江上来的风横扫过行人寥寥的大街，过去它叫黄浦滩，现在它叫中山东一路和中山东二路。海关钟声响彻之时，犹如滚落山谷的石头发出的声响，在楼群中撞出无数回声，然后慢慢沉寂，如巨石沉入泥沼，平复无痕。1950年代末，中国出版的各种介绍新中国的画册，无一例外地回避外滩的影像。要是从那些画册上认识上海，上海就是连云港或者鞍山，一个阳光灿烂的新中国工业城市。

它的寂静，竟是这般的静。

在这样的寂寞中，外滩却悄悄走进中国人心里，成为上海城市的标志。外滩楼群天际线的速写第一次被印在从1960年代到1980年代上海出产的各种人造革提包上，在天际线的上方，印着"上海"两个字。这种式样简单，结实耐用，并装有拉链的大小提包以及旅行袋，因为品质良好受到大江南北中国人的欢迎。在中国纵深的腹

摄影：Mary Cross

地，它更是时髦的象征。1970年代开始，西方首脑纷纷秘密或者公开访问中国，铁幕后的上海开始露出它变得神秘的面容。他们在上海行程中的固定节目，就是在中国共产党领导人陪同下，登上海大厦楼顶，吃七元人民币标准的国宾淮扬菜，喝绍兴黄酒，并眺望外滩。从广播大楼，外贸大楼，中国银行大楼，到和平饭店，桂林大楼，市政府大楼，一路望过去，直到水上派出所的旧法国气象信号塔圆柱，到处红旗飘扬，那鲜艳的红色，给灰色的街道和建筑带来既活泼又沉寂的气氛。跟着解放军大部队进入上海的胶东青年，已成为上海海关的保卫人员，他就住在原来的海关职员宿舍里。那是海关大楼北翼宽敞舒服的公寓。他家使用的煤气灶，是前任房主留下的西式煤气灶。他的孩子们都出生在这栋大楼里，并在此长大成人。虽然他和他从胶东带来的太太一直保持着胶东口音，但他们的孩子都能说地道的上海话，当然他们同时也能说胶东方言，成为双语者。许多在上海的移民家庭都产生出这样的双语者孩子，并不值得奇怪。

外滩的上海时代，就这样开始了。

三、不可能的世界

在堤岸

公共客厅

1906年，新天安堂（又名联合教堂）的英国驻堂牧师写的《上海导览》已经卖了第二版，是当时在上海出版的英文畅销书。他在书中建议，来上海的游客应该到江岸上去看风景。他认为那里是外滩最重要的观景点，能看到繁忙的江面上从世界各地来的船只和国旗，并感受到一个伟大港口都会的特殊气氛。德国人Elleen Hsu-Balzer 1974年访问上海时发现，那里仍旧是来外滩的人最喜欢去的地方。人们倚靠在堤岸边的水泥矮墙上，眺望江面上过往的船只，男人们为女人和孩子指点船和旗帜，要是偶尔有外国的船进港，他们就有机会看到外国的国旗和站在甲板上的水手。有时，彼此也会遥遥挥手致意。

天气好的时候，在那里，甚至能看到江口锚地上停泊的巨大的货轮，船体漆着暗红色的油漆，桅杆上高高飘扬着各种旗帜。许多上海孩子，是在这里学到了关于轮船识别的、道听途说的知识。他们渐渐在地理课上知道，沿着这条水道出去，前面就是大海。也许他们并不十分明白这条水道的意义，但街头巷尾听到过的关于旧外

外滩：影像与传奇

滩的只言片语，让那条水道变得神秘。

这里的空气，即使是在1974年，也比别处要活泼些。夹杂着从大海上吹来的咸味的空气里，仍旧带着喧哗不宁的意思。船在眼前往来，仿佛这里仍旧与四海相连，而不是一口深井。

外滩堤岸是上海的公共客厅。在这里不再有瑟金特提到的十二种不同的语言同时袭击你的耳朵，但仍能同时听到不下二十四种来自全国各地的方言。

人们在仍旧拥挤的堤岸上散步，看船，看房子，看别人。用国产的海鸥照相机照相，"笑呀"，人们彼此提醒着，郑重其事地对照相机露出毫无希望与欲望、个性深藏的微笑。要是在堤岸上仔细观察，就能看到各种各样在外滩留影的人：一户团圆的大家庭，或者几个来上海出差的外地采购员，正在恋爱的男女，在外滩搞开门办学的中学生们，以及年轻父母带着幼小的孩子。他们大多出现在底片中央，左边的一半是外滩大楼，而另一半，是黄浦江和船。这些照片就是他们曾经来过上海的证明。

半大的少年们成群结队地来到堤岸上，发出喧哗声。有时也能看到一些独自来外滩的男人，他们沉默地面对江水。还能看到单独来这里的精瘦男孩子，浑身写着寂寞。他们仍旧让人想起留在1930年代从外滩码头上岸的欧洲游客回忆录里的上海小瘪三。见到偶尔一个单身女人，因为穿着深蓝色的咔叽短外套和裤裆肥大的长裤，而显得那么安分守己，以至于让人感到怜惜。单身女人的出现总是引人猜测的，因为来堤岸的女人大多数有人陪伴。当年那些关于东方娼妓的欧洲神话，那些将旗袍的衩口一直开到大腿上，在街头

摄影：Eileen Hsu-Balzer

与白俄妓女争抢水手的上海女孩早已不知去向了。人们心里猜想她独自来这里的秘密。她不陪父母，丈夫，孩子，没有女伴，难不成要自杀？这些年来，全上海都知道一句话："要自杀就去跳黄浦江呀，黄浦江上又没有盖子。"要是她突然对着一个方向微笑，她等的人来了，她才正常了。

"笑呀。"人们对正在开启的照相机快门隆重地微笑，不愿意辜负一张上海出产的底片。他们穿了自己最好的衣服，擦亮了皮鞋，烫得平平整整的裤子上留着一股樟脑丸气味。他们的样子纯洁到无辜，他们的身体安分到没有任何光荣感，他们动作笨拙，不懂怎么摆姿势。巴恩斯通（Barnstone）在他中国摄影集的前言里，也谈论到中国人这样的身体："当我的照相机对着人们，在我感受的深处，和对着山水一样。人们是这样自然，没有姿势，他们根本不会摆姿势。"

外滩堤岸甚至在极其疲惫无望的1974年，还是个让人心胸一宽的地方。虽然也许接踵而来的只是茫然。

白鹤亮翅

外滩居民在1960年代后，渐渐形成了早晨去堤岸上打太极拳的传统。从清晨6点30分，黄浦公园开门以后，住在附近的中年人和老人就陆续来到堤岸上，将随身的菜篮子，塑料袋，人造革皮包放在空地上，跟自告奋勇为师的太极拳师傅打一套太极拳。

说它是外滩的传统，因为师傅和习拳者，几十年来流水似的变化着，但打拳的队伍从未消失过。他们是外滩最为静默的人群，每个人都紧紧抿着嘴。虽说是聚在一起，但个人默默研习中国古人传下来的养生健体之道，少有私人交往。

三、不可能的世界

住在外滩的人，大多数都住得不宽敞，原先的单身宿舍，现在住进了一家人家。原先的一间办公室，现在住进了一户人家，原先给一户人家住的公寓，现在一间房间就是一户人家，所以，很少有人家中有独立的厨房，更不用说自家的阳台和院落。也许，这是堤岸上会有几十年不休的太极拳队伍的原因。他们让我想起上海家庭种在破搪瓷脸盆里的吊兰和宝石花，那般对生活既肯随遇而安，又不肯将就的心劲。

1970年代，形势虽然还时常紧张，但生活终于正常起来了，大人上班，孩子上学，早上出门，傍晚回家，人们早早地吃了晚饭，便上床睡了。9点以后，城市就又黑又静，弥漫着一团睡意。清晨，跟着海关大楼大钟的第一声《东方红》报时曲来打太极拳的队伍，也渐渐壮大，并稳定下来。

与从前形成的传统一样，人们还是轻易不交谈，不问彼此的来历，甚至见面也不打招呼，不微笑，就像马路上的陌生人一样。他们缓缓做出一招一式，整齐划一。明亮的晨曦照耀着他们每个人身上的封闭、疲劳，甚至悲哀，就像照耀着一个个雨后泥地上的水洼。

马步，鹤立，努力将空气中的阻力推开去。划动双臂，寻找和维持着无形中外界与内在的平衡。悄无声息地移动，飞快地转身，好像默默谋划着什么大事。细细地看他们，他们拘谨封闭，而且不快乐的身上，散发着默存于心的神秘气息。

但是，流言还是在打太极拳的人们中流传开来。

某人是江西路小开，不要看他穿得马虎，那可是名士派头，他可是烧冰糖红烧蹄髈的好手。口味是有钱人家的，能烧到入口即化，吃不出一点油腻。他常常宁可晚上排队买阿尔巴尼亚电影票，送给卖肉的小青年，以求得肉票不够，能多买到半斤。

某人是德国洋行里的旧职员，能说流利的英语和德语，遇到外国人也来外滩，试着与人交谈，他一直装听不懂。直到有一天他听到两个德国人说慕尼黑德语，他突然凑过去，和他们说话了。原来，他当初学的，是德国南部的德语。过后，他说，语言也与骑脚踏车的技术一样，是终身不会忘记的。

某人是失势的老造反派，当年王洪文一个厂里的战友，一起去安亭坐在铁轨上，只不过运气不如王洪文好。这人也是复员军人出身，懂得好汉不提当年勇的规矩。每次都是打完拳，就去中央商场里吃小笼包子和牛肉汤，然后回家。

某人和某人则是露水夫妻，只靠每天早晨打太极拳的机会相会。

某人和某人，是称病不肯上山下乡的落后青年，他们正悄悄跟某人自学英文，而某人的英文其实是半路出家，并非科班出身。

还有某人，刚从精神病医院放回来，1966年，她丈夫在浴室里上吊，她早上推门看到，立刻就疯了，所以她的胖，是因为吃了激素。她可真是胖得不成样子，像一个在水里泡过的馒头。但即使是这样，还能依稀看到她本来的美貌和她走路规矩的样子，看出她出身在一份好人家。

还有某人，身体异常精壮，又热心教授别人，很有运动天赋的样子，从前却是外滩的旧警察。所以，有时他突然就漏出一句"I say"，这原是印度巡捕说话的开场白。

渐渐地，又知道了一些人的来历和住处。住在上海大厦后面弄

摄影：Carl Mydans

堂里的小业主，住在河滨大楼里的下放干部，住在旧理查饭店楼里的药厂职员，住在海关大楼里的工会干部，住在元芳里的病退青年，住在福州大楼里刚从龙华精神病院里出来的教师，住在四川路上从甘肃大饥荒中逃回上海来的支内子弟，住在旧仁记洋行办公室里，刚刚退休回家的内科医生……他们俨然是个微缩过的外滩小社会。

不过，即使这样，他们当面还是保持着什么都不知道，什么都没兴趣了解的状态。这是他们多年磨练出来的世故。

外滩：影像与传奇

堤岸边的爱情

当然，堤岸上最著名的，是成百上千面对江水伫立的恋人们。他们是充满钳制人性的中世纪气息的中国的奇迹。从1970年到1989年，打太极拳的人离开以后，他们就渐渐从四面八方赶来，蚕食了整条堤岸，一直延伸到旁边的外滩公园里。无论风和日丽还是阴雨连绵，他们双双对对，密密相连的背影，像一堵加高的防汛墙。1930年代在外滩公园由上海人形成的约会地传统，此时不仅保留了下来，而且在1970年代后发展成外滩最亮眼的风景。

他们是外人眼睛里的租界遗韵，如今唯一可以与曾被称为东方娼妓的都市的种种传奇攀上瓜葛的景象。凡是来外滩的人，不论是最看不起上海的北方人，还是前加拿大总理，都要来这里看一看站满江边的上海恋人，看他们如何奋勇地当众亲热，如何在工人纠察队的厉声呵斥下顽强地坚持。1974年的时候，大多数来上海公干的外国人都住在上海大厦，或者和平饭店。一到傍晚，他们便招呼了一起来的同伴去江边，看上海恋人。《纽约时报》的记者记录了他看到情人墙时的情形："沿黄浦江西岸的外滩千米长堤，集中了一万对上海情侣。他们优雅地倚堤耳语，一对与另一对之间，只差一厘米距离，但决不会串调。这是我所见到的世界上最壮观的情人墙，曾为西方列强陶醉的外滩，在共产党中国，仍具有不可估量的魅力。"

摄影：Carl Mydans

他们是上海少年心口相传中激动人心的十三频道。当时上海只能接收到十二个频道的电视节目，所有的晚间节目都很乏味，而且没有一星半点的人情。在1970年代长大的少年，看到苏联电影里仅有的一小段瓦西里夫妇的吻别，个个都激动，紧张，害怕得直咽口水，个个都以为自己响亮的咽口水声音已经被别人听去了，羞辱就要降临。他们是在被抹杀了一切欲望和人性的环境下成长起来的，突然，有人悄悄告诉他们说，到外滩堤岸上去，就能看到十三频道。那个频道里，能看到别人是如何谈恋爱的，光天化日之下，全部真人表演。这个消息，就是在寂静生活中爆炸的一颗原子弹。少年们常常结伴去外滩看恋人们，喜欢恶作剧的孩子不光旁观，还努力加入到恋人们中间去。他们装作懵懂的样子，硬挤开一对恋人，在他们中间站好，或者挤在他们身边，眼睁睁地瞪着他们的一举一动。有能力引起恋人们的窘迫，让少年们感到某种带有恶意和嫉妒的振奋。

外滩：影像与传奇

他们是外滩工人联防队最有兴趣玩弄于股掌之中的猎物。联防队是几个工人组成的治安小组，常常拿着短棍在堤岸上巡逻。公开谈恋爱所牵涉到的风化问题，足以使恋人们自惭形秽。所以，联防队的中年男人们，只要在他们身后，选择合适的机会大喝一声，就足以吓他们半死。联防队员要是当众打掉年轻男人悄悄拢在情人腰间的手臂，并大喝一声："你在做啥！"那对被呵斥的恋人，通常只是耷拉着手臂，连头都不敢回。不光他们，连他们周围的恋人们，也都默不做声地背对着联防队员，几乎屏住呼吸。有时，联防队员们嫌恋人们挨得太近，就突然出现在他们身后，将手中的木棍插到恋人们中间。从后面看去，他们能看到恋人们的脖子和耳朵因为受惊和羞耻，还有恼羞成怒，已红得要滴血。但还是没人敢回过头来。如果有人敢回过头来争辩，联防队员就可以将他们请进联防队办公室里去，将他们扣下审问，最后，打电话给他们的单位，让单位派人来领他们走。这样，丑可就出大了。那些敢于与恋人抛头露面的女孩子都是年轻的，忘情的，给她们难堪，迫使她们求饶，特别是当她们的面，羞辱她们的情人，击穿恋爱中的女人对情人甜蜜的依赖，这是那些中年男人乏味生活里的高潮。

说起来，堤岸上的恋人们，并没有多少猜想中的甜蜜。他们只是顽强，只是生生不息。

他们甚至是一些同时代的上海恋人们所不齿的，因为那种恋爱的不体面。他们的行为里有种公开自己隐私的泼辣低俗，他们无所顾忌地揭露了恋人们局促不堪的爱情生活，他们成群结队在外滩展览，可以说是勇敢，可以说是浪漫，也可以说格调到底粗

三、不可能的世界

俗。另一些上海恋人悄然流行的恋爱地点，是从前法租界的几条幽静小马路。

那些小马路还残留着战场般的狼藉，墙上有早几年留下的大字报残迹，大楼门厅前，花园门口，甚至弄堂口，总是红漆斑驳，依稀可辨当时敬录的毛主席语录："革命不是请客吃饭，不是做文章，不是绘画绣花，革命是暴动，是一个阶级推翻另一个阶级的暴烈的行动。"或者是1966年的革命对联："老子英雄儿好汉，老子反动儿混蛋。"以及共产党第九次代表大会时，大街上新画的毛泽东像，和盛开在画像下的九朵黄色向日葵。在"林彪事件"以后，再看到当时巴巴地用油漆画上去的忠心耿耿的葵花，那愚昧地仰起的圆盘更像一些句号，一个盲从时代的句号。对于见多识广的上海居民来说，盲从更是对他们所崇尚的精明的侮辱。

行人脸上遍布戒备，反击和猜疑。夏天时，街道上的人无论男女老少，都穿着白色或者浅蓝色的短袖上衣和深色的长裤，自觉地抹杀一切个性的痕迹。人人都像被清洗过的案板一样干净而刀痕累累。

恋人们在人行道上散步。并不当街亲热，也不忘乎所以，甚至不挽着手。但他们周围流动着一种显而易见的默契和甜蜜，他们只有时轻轻碰碰肩膀，只轻轻说话，就有种温柔倾泻出来。情人们好像一个休止符号。他们出现，一切暴烈的声音都停顿下来，享受爱情的渴望，宠爱和被宠爱的美好感觉，像陨石一样突然降落在人行道上。所以，他们将迎面而来的男人吓了一跳。

小马路上的恋人们，以自己的清高和计较，注释了堤岸恋人们开放和粗鲁的特征。那种集体的争取爱情空间的心心相印，那种集体舞般的对爱情的分享，成为堤岸恋人特有的回忆。当年的恋爱史都是短暂的，不到几个月，人们就分手，或者结婚了。他们就离开堤岸，像1930年代公园里的恋人一样，投入到各自漫长的生活中。他们一定没有想到，以自己短暂的爱情，竟也为这堤岸制造了一个传奇。

参考

那个时代的新闻纸是不足信的。1970年代的报纸，打开来，无处不是强颜欢笑和高亢的宣传与批判。插图和照片上，都是劳动者健壮的四肢，昂扬的圆脸盘，被剔除了任何花哨和时髦的城市色彩的打扮。新闻纸里的世界，是一览无余的，一成不变的，一手遮天的虚假。

那个时代，人们私下说，报纸上只有一行字可以半信半疑，那就是全报纸最小的一行字，天气预报。到了春天，天气预报报出："今日晴，午后多云，有时有阵雨。"人们简直只能对那天的报纸完全绝望。

外滩的堤岸一带，此时却建立了比任何时代都要多的阅报栏。

三、不可能的世界

上海闹市街头，从1928年6月起设立民众阅报栏，市民一向有看公共报纸的习惯。一是不用自家买报纸，节约了一笔小钱。二是站在报栏前看报的市民，大多读过一些书，也喜欢了解社会变化，背景类似。他们习惯了边看边发表评论，看报看得热热闹闹，一张报纸看完，也差不多将新闻分析过一遍，搞清楚那些新闻事件，对自己的生活意味着什么。

外滩的居民并没参与政治的热情，他们大多安于自己都市小民的位置。他们在新闻里找的，是国家的政治和政策将会对自己的生活产生什么影响，然后去设法争取，或者逃避。总之要迅速找到对自己最有利的办法，使自己能做有尊严的市民。这是他们多年以来在阅报栏前学到的读报技巧。上海的一些大厂会渐渐迁移到外地去，说是支援国家建设。要是不想离开上海，就得趁早将工作换到商业系统去，或者就去没什么技术性的二流公司，保住一页上海户口。林彪一夜之间就被中国共产党清除出去了，号称最忠于毛的人，可能是毛的死敌。所以，做人一定要无党无派，不论对谁，都要不近不远，才能保险。中国最终一定会与美国建交，所以，掌握一口没有缺点的好英文，必定能在将来捧到一只好饭碗。那些无所事事，整天跟在红旗后面咋呼的小孩，最后必会被社会淘汰。从上海出去的知识青年将可以有条件地回城，所以赶快要通知自家孩子做好准备，不要参加当地的招工，也不要在当地结婚。国家又要开放股票交易了，解放前，为了股票跳楼的人不知有多少，更何况现在是国家操纵的股市，所以，最好还是让别人先下水，自己在边上看看山水。他们是精明世故，善于保护自己的，他们当然懂得识时

摄影：陈丹燕

务者为俊杰的含义，只是见多了沧海桑田的变化，他们渐渐变得冷静，计较，一切以自身安全与尊严为重。

那时，大家都喜欢看的报纸，是内部发行，只能通过各单位集体征订的文摘小报《参考消息》。它选摘的，当然也都是经过严格政治审查的外电报道。对中国，当然也是只说好话，对世界，当然只是痛骂美国，后来，痛骂的对象又加上一个苏联。但即使这样，毕竟能看到它们顶着路透社或者塔斯社的名头，毕竟摘的是西德《明镜》月刊或者美国《基督教箴言报》的文章，毕竟句子的结构，用词都新鲜，不是党八股。开头的一段会写一个细节，一个人物，有点人间烟火和正常的智力，而不是"东风吹，战鼓擂，现在世界上到底谁怕谁"，结尾处也从不用"让我们沿着社会主义康庄大道奔向前方"，让你觉得，你是被当成一个读者，而不是一个被洗脑者。所以，即使你知道那张小报被动过多少次剪刀，你还会紧紧跟随它。它提供了那个时代的公开出版物中最能动人的语文。不过，它从未在公共阅报栏出现过。它是私人阅读时的享受。

三、不可能的世界

小小球儿闪银光

面对这张照片，我刹那间重返自己的童年。在左边肩膀上重新感到沉甸甸地别着一枚毛主席像章和一只长方形红小兵标志的分量，它们拉扯着衬衣前襟，吊在肩膀上。这是在一间美国大学的图书馆里，我四周是高大的书架，放满了书。我坐在一张淡褐色的旧铁椅子上，本来是要找十八世纪美国传教士带回美国的旧照片档案的，哪知道迎面却遇到了我童年的旧景。

我辨别着照片里抄在白报纸上的那支歌，试着开始唱。舌头上的记忆，竟然比意识里的记忆更早复活，当我大脑还是空白的时候，歌声已经从嘴里出来了。1972年的声音。小小的乒乓球在那一年推动了地球，美国乒乓球队访问上海，然后，美国总统访问上海。紧闭的大门开始松动，上海立刻从多年背向世界的沉睡中睁开眼睛。这支简单的儿童歌曲在这期间响彻上海所有的小学，连小孩子都意识到，事情将有所不同了。通过新闻短片，全上海的人再次看到了大门外面的世界，原来人们现在穿着喇叭裤！原来男人们留着长发，像基督一样。

上海人就是这样，从林彪事件的精神打击中缓过神来。1972年初一直传达到小学生的林彪事件，终止了上海人多年来勤勤恳恳改造自己，改造城市，使它符合一个中国内陆城市的努力，这曾是上海最大的盲从和迷信。林彪事件引发的中国信仰危机，在上海，是

摄影： Willis Barnstone

人们不愿意再相信自己和自己的城市真的需要改造，不再认同那些改造的标准，被欺骗的恼怒从心头升起，有人便为此自杀了。幸好，不久以后，美国人来了，为沉寂的城市和人心带来了莫名但强烈的希望。上海的失望和信仰危机不如中国其他城市来得剧烈和持久，与美国人带来的希望大有关系。

　　被关紧的大门终将要打开，上海总有一天要回到开放的世界里，这就是当年默默流动在上海大街小巷里的信念。它并没有忘记自己在一个开放世界里的价值，此刻，这种回忆更成了心里希望的支撑。因为这信念，上海人的自我意识觉醒了。自学英文是第一个潮流，用解放前的旧英文课本，用《毛主席语录》英文版，用秘密流传的香港版的《英文900句》课本，用中国对外宣传刊物……无论用什么，总归是英文，总归是在学英文。一个小小的乒乓球，就这样唤醒人们。

三、不可能的世界

红绸

　　1972年，黑格将军为落实尼克松访华的事，先期访问上海。在阴霾的上海冬天，他在中国共产党领导人的邀请下，登上上海大厦楼顶的阳台。1949年，《字林西报》的记者乔治·万曾在这里目睹了海关的地下党在钟楼顶上升起一面自制的五星红旗，现在，黑格将军看到数十面同样规格的红旗飘扬在沿江所有建筑物楼顶的旗杆上。这里是2000年前观赏外滩最佳的地点，被研究上海犹太富翁历史的美国学者称为犹太人在外滩最北端竖立的纪念碑。黑格将军在旧百老汇大厦顶端，看到了一条仍旧充满海事时代港口风情的外滩。这便是上海留给这个美国人的强烈印象。

　　1970年代是上海大厦的黄金年代，即使是在1949年前，它也从不曾如此显要和神秘。无论是终于到访的美国乒乓球队，还是相继而来的法国总统和日本总理，以及充满好奇的各国记者们，他们都以能到这里来为荣。他们不同于外滩从前星星点点出现的外国游客，他们是从真正的西方世界来的主流人物，他们被江风高高吹起头发的身影，暗示着某种重要的变化就要降临了。

　　一个老人，药厂的老职员，当时已经退休，整个上午都在外滩打拳。有一天，他正在外白渡桥上，准备过桥回家。偶然地，他看到上海大厦顶上有影影绰绰晃动的人影。他猜想那又是哪个国家的领导人来了。那几年，周恩来总理陪同外宾在上海大厦上的新闻，

外滩：影像与传奇

三天两头出现在报纸上。他说："我远远望着那些比火柴头还要小的影子，我猜想一定会发生什么事。我猜到了，中国会和帝国主义国家慢慢要好起来。我心里是高兴的，但也很害怕。我不相信国家要做这样的事，几年以前，有海外关系还是政治污点呀。尼克松来的时候，一个上海小青年为了给香港电台写了封信，就被枪毙了呀。眼睛一眨，帝国主义头子就站在上海大厦楼顶上了。我也想象不出，国家和那些帝国主义要好了，又怎样向那些为自家有海外关系吃足苦头的人交代。"他当时埋下头，赶快离开外白渡桥回家。直到离开外滩，他都没有再看一眼楼顶的身影，他怕招惹杀身之祸。

而孩子们却在学校的组织下，离开课堂，穿上白衬衣，蓝裤子，整整齐齐排列在通向外滩或者机场的街道两边。当上海牌轿车和红旗牌轿车肃穆的长龙缓缓经过，他们便在老师的带领下大声呼喊："欢迎欢迎，热烈欢迎。"

照片上的这个小姑娘，1973年的上海小学生，和我当年一样大，和我一样站在街道的欢迎队伍里。在照片上，她汗津津的，高举着一段红绸子。红绸子是1970年代不怎么值钱的塔夫绸，不时能看到布面上粗细不均匀的线头，但握在手里却很服帖，因为里面没有一点化纤成分，满满一握，都是朴素，都是热烈。红绸子是我们那时跳舞的道具，挥舞起来，满台红堂堂的喜气，如同乡下人过年。有时，女孩子们就挥舞这红绸，向那些神秘的轿车欢呼，也向跟在这些轿车后面的面包车欢呼，面包车里的人大多都忙着对孩子们照相，也许，这张照片的作者，就是当时将笨重照相机挡住了脸的人。

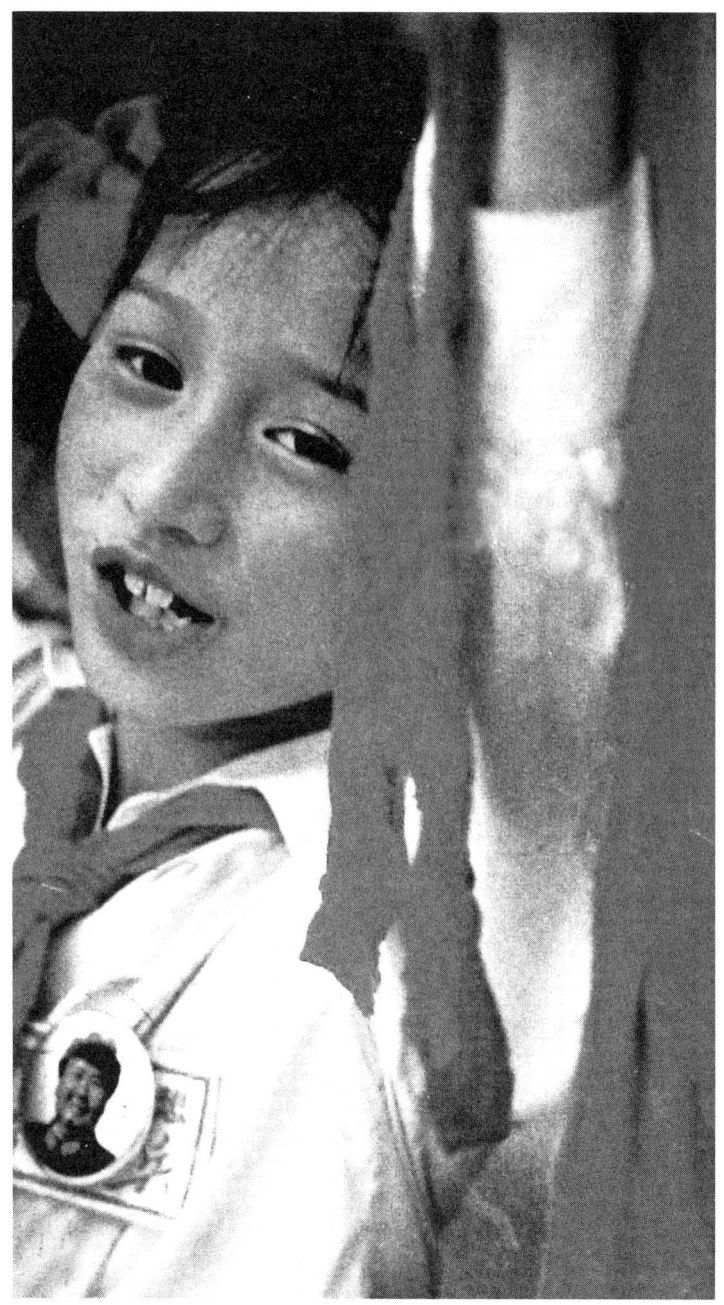

摄影: Willis Barnstone

外滩：影像与传奇

她穿着泛黄的白衬衣，那是厚厚的棉布做的，洗后又没有烫平整，再被穿着跳舞，所以衬衣上有成百上千条皱纹。棉布白衬衣是1970年代每个中国孩子必备的礼服，游行，主题班会，欢迎尼克松访问上海，十月一日国庆节，跟妈妈回娘家，好朋友凑齐了零花钱去红卫照相店拍四角八分三张的合影，都用得上白衬衣。只是棉布的衣服，领口，袖口，前襟都很快就会泛黄，大人们一般都禁止小孩穿白衬衣吃西瓜和杨梅这两样水果，虽然那时白棉布很便宜，但大家的工资也很低。

她用像章后面的别针，别了毛泽东思想红小兵的牌子。那个白底红字的牌子，其实是一小块塑料夹子，里面夹着一张厚白纸。那时，小姑娘们常常将毛主席像章和红小兵标志别在一起，省得在衬衣前襟上多戳两个洞。我从来没这样精明过，我母亲也不计算这些，从班上的女同学那里，我学到了这个窍门。上海女孩子，即使在1973年，还是学到了如何精细地生活，并尽可能保持体面。

老师在我们班级的方阵后面高声地起了一个头："欢迎欢迎，热烈欢迎。"然后，站在人行道上的孩子们便有节奏地欢呼起来，站在第一排的女孩子们，高高地舞起了红绸，笔直的黑发，白衬衣，飞舞的红绸，这是那个年代能贡献出来的最美丽的颜色。在通向机场或者上海大厦的街道上，直到大风萧萧的停机坪，直到外滩堤岸前的漫长街道上，孩子们挥舞着红色塔夫绸，对外滩来说，这是一个不寻常的时刻。

有一次，一个外国人拨开汽车后座窗上的白色纱帘，迷惑不解地看着我们对他欢呼。是的，他不明白。

三、不可能的世界

大楼们

成千上万只十五瓦的灯泡亮了

1966年的最后一天,大乱之年,人心惶惶,但外滩仍旧依照传统亮了灯,庆祝新年到来。寒冷的夜晚,为了保暖,气管弱的人便戴着大口罩。可即使口罩遮去了大部分脸,露出的眼睛里仍旧流泻出他们麻雀般机警的表情。这是个不适宜庆祝或者许愿的年份,但那个晚上外滩还是挤满了前去看灯的人。

1966年夏天,海关大钟的报时曲,从英国曲调改为《东方红》。每一刻钟就奏出一句乐曲,到正点时,就能听到整段乐曲。对于大钟来说,即使是这支单纯的陕北曲子,也过于复杂了,能听到有些走调了。在灯火通明的夜晚,缓慢的报时曲调每过一刻钟便拂过黑压压的人群,仿佛是一只巨大的黑色翅膀,带着羽毛的叹息气息和温暖的气味。

人们缓缓从被成千上万只十五瓦的灯泡勾勒出轮廓的大楼前走过,海关大楼的钟楼,和平饭店的金字塔顶,一一凸显在暗夜里,像一个个惊叹号。那一年,和平饭店楼上的中餐馆传统的中国龙凤以及蝙蝠的浮雕被人用白报纸贴了起来,沙逊在外滩的家成为上海历届市长最喜欢的高级小餐厅。尼尔·巴伯在书中提到的那尊弥勒佛坐像被放在库房某处的地上，与沙逊请客时使用的银具堆放在一起，而华懋饭店时代客房的陈设和家具却仍旧使用着，包括传说中洗脸池上方的银质龙头。如同奇迹一样，沙逊家族的族徽也原封不动地保留在墙上，楼梯上和屋顶上。但怡和洋行门楣上刻在花岗岩上的标志却被铲除了。

汇丰银行的标志并不是在那时被清理的，1955年，上海市政府将要迁入，在对大楼的整修中，工人们用薄薄一层石灰老粉将大堂里的壁画掩盖起来，没有动门口的狮子，也没动铜门上的银行标志。要到三十多年后，在上海经济起飞中，新兴的浦东发展银行置换到汇丰银行大厦，这家新兴的银行才将汇丰银行的标志一一铲去，换上自己的标志。他们的新标志与修整后的大堂、充满海事时代通商口岸风格的壁画形成悖论般的对峙。

大楼的外表还与过去一样坚固，但它们散发着过度使用但少有维修的异味。桂林大楼里多年没好好清洗的厕所散发着阿摩尼亚气味，电台大楼一楼的食堂散发着煮面条经久不散的碱水气味，外贸大楼里的大部分抽水马桶都漏水，在安静的长走廊里，能听到无处不在的潺潺流水声，海运局大楼的下水道因为老旧而时常堵塞，因此厕所的洗手池里遗留着一圈又一圈褐色的茶渍。从前的桌椅终于用旧，开始被淘汰出大楼，而新的涂捷克式清水蜡克的本地产桌椅沙发，在高大的旧办公室里，显得非常单薄与不匹配。

而它的外部则蒙满了灰尘，让对烟尘过敏的人在路过外滩时可以连打几十个喷嚏。

摄影: Emil Schulthess

电灯在上海普及以后,每到重要的节日,外滩大楼就会张灯庆祝。这个传统贯穿了外滩的租界时代,以及后来社会主义时代的几十年,直到1972年元旦才突然停止。上海市政府当时解释说,为了节约闹革命,实际上却是因为林彪事件爆发,一时无法向公众解释他在庆祝仪式上的缺席,便停止了全国大规模的庆祝活动。即使是在上海最动荡的1966年,外滩仍旧灯火通明,如暗夜中一座凸起在汪洋大海中的孤岛。大楼前仍旧挤满了人群,人流缓缓地从外白渡桥向南移动,让人想起闸北开战后外滩挤满的难民。那时外滩的大楼还是簇新的,中国银行大楼还被围在脚手架里面,大楼沿街的大玻璃窗都擦得很干净,还从未有沙袋的影子。难民们散发出来的哀愁与无助衬托出大楼的坚固和安稳。此刻,在灯光下,大楼仿佛再次焕然一新,仿佛是彼得·潘的永无国,仿佛一个远没结束的奇迹。

宿醉

1980年代后,到了每年的国庆节和五一国际劳动节,外滩楼群的天际线再次被千万只由电线连接起来的彩色灯泡装饰起来。与1960年代不同的是,这时虽然用的灯泡还大多是十五瓦的,但其中有了不少彩色灯泡。入夜,电闸一合,阴沉的大楼突然大放光明,像暗夜中突然集合而来的大船,挤满了从前的泥滩,赶来参加中国人的欢庆之夜。

外滩挤满了人,人们手里拿着气球,红色的纸国旗。你走在人

三、不可能的世界

群里,就像一滴水落进大海。

仰望高楼,那些粗大的柱子,讲究的窗框,一种久违了的以奢华为美的气息在大红大绿的灯光里飘曳而出。经历了那么多事,那么大的变化,外滩过去的风光和传奇,渐渐成为上海人口头流传的民间故事。当灯光照亮了风尘仆仆的大厦,当你仰望灯光里的大厦,它们的传奇便浮上人们心头,也浮上了人们的舌头。

走在看灯的队伍里,常能听到有人悠悠一声叹:"这房子真好看呀。"

然后,听见另一个声音答道:"那是自然,你晓得这从前是什么地盘?全上海最贵的,在全世界也数得上的黄金地段。"这个声音老于世故,有些讥讽,又有些牢骚和炫耀。

"你看那扇门里的走廊!"惊喜的手指直指过去,灯光照亮了一个铺满金色小马赛克的走廊,"金碧辉煌噢。"

"从前的《字林西报》大楼呀,外国人办的英文报纸。上海最早的一家新闻纸。你阿晓得洋泾浜英语?来叫come去叫go。" 他所见到的旧上海,那个被反帝反封建的词语密密封锁起来的世界,便露出万丈光芒,"在这种外国人的地方找到生活,一个人就能养活全家人,到新式里弄里去顶一栋房子,雇一个阿妈,一个苦力,绰绰有余。"

"那你阿晓得从前这房子是什么?"再问,声音里一半是好奇,一半却是不相信。这不相信里面,一半是不相信从前真有这么好,另一半是怀疑他的吹嘘。

"从前是汇丰银行呀!这里我倒是从来没进去过,中国人不好进去,这是外国人的银行,大班才能进去。他们炒银洋,你知道怎么炒?都是半夜里船直接开到外滩码头上,蚂蚁一样密密麻麻的苦力,要搬上整整一夜。"再回答。那声音怎么听,都是吹嘘的,但却无法反驳他,"你知道里面有多少根意大利运来的大理石柱头?这房子号称是整条苏伊士运河上最豪华的房子。你只要看看,就晓得那时候上海有多少钱了,哪里是现在的瘪三相。"

"这里从前就是饭店,外国人开的,不让中国人进去的,就是鲁迅也不能例外。"那声音又说,这是在介绍南京路口的和平饭店北楼,"哪里叫和平饭店,它从前叫皇宫饭店。"

"现在也不是差不多?老百姓也不能进去的,就是进去了也坐不下来的,我们又没有外汇券。"年轻的声音说。

上海故事就这样沉渣泛起。仿佛是偶然的,萍水相逢的,通过一个苍老的声音。

如果你此刻转过头去,你看到的一定就是灯影幢幢的沉默的脸,你被江南人颧骨微隆的脸包围着,这里有上海人阅历深厚的眼睛,那里有被劣质纸烟熏得焦黄的嘴唇。但你找不到刚才对话的人。他们都默不做声地看着你,而你只能在别人警惕的眼神里感觉到自己的唐突。聪明的人就装聋子,一路跟着走下去,听下去,看下去。

被灯光照亮的大厦,有种奇异的面貌,立面留下的巨大阴影仿佛是时光交错的痕迹,一个传说中充满魅力的旧世界正在闪烁,好像万灯齐明的外滩一样稍纵即逝。那些柱子,亭子,窗台,门楣中央的石头浮雕和被撬坏的痕迹,被鞋底磨出凹陷的大理石台阶，你熟悉，又陌生。那种华美，颓唐，炫耀和捉襟见肘，你样样都似曾相识，都能心领神会，仿佛就发自你的内心。人们仰着头，看着一栋栋在灯光里列队相会的大厦，被灯光晃花了眼睛和心。时光飞逝，沧海桑田，那些粗粝的暴发户的往事，被怀旧的感情抹去了它们热气腾腾的世俗，变得含情脉脉，有种浪漫的追忆可以好好把玩。

节日之夜过去，清晨到来，那不再发光的电灯泡，禁止车辆通行的通知，被千万人踏过，还没来得及清扫的马路，就让人想起了灰姑娘留下的水晶鞋。

名片

某天，在某栋大楼门口，非常偶然地，我遇到某个台湾女人。她有保养得很好的面孔，只有在泛出结实浓重的白色这一点上，才能发现她不再年轻的事实。她如同那些走南闯北精明势利的女强人一样，说话行事都非常高调。她要告诉我，她当年目睹外滩大楼的清洗。"My goodness."她叹了一声，用右手捂了一下嘴，手指上日本的大钻石戒指像彗星一样划过她的下颌处。

"那时候上海真没什么人了解外滩的价值，有钱人都逃到香港

撮影: Hiroji Kubota

外滩：影像与传奇

去了，有文化的人又都逃到台湾了。原先我在台北的时候，总是听说外滩如何如何，像神话一样。在香港，又是什么《上海滩》，我交往的都是当年从上海逃出来的大商人家族，外滩又是如何如何，也像神话一样。所以一到大陆，我就吵着要来外滩看。我第一次看到外滩，My goodness，黑黢黢的一大摊，又脏又破，一点也没什么好看。我住在和平饭店，说是上海最高级的了，里面什么都是旧的，破的，地毯上都是味道，品位很坏。服务生都长着寡妇脸。My goodness，要是在我手下，早早就把他们都炒了鱿鱼。我是实在看不出有什么辉煌的过去。后来清洗大楼了，不得了啊，洗干净以后，真是令人刮目相看。老实说，我倒是真的是来上海的先驱了，看着上海怎么一点点发展起来。"

她说的，就是1986年对外滩大楼外墙的清洗。

摄影： 陈丹燕

三、不可能的世界

这次清洗以后,上海市政府在大楼前钉上铜牌,极其简单地说明大楼的历史和名称沿革,准备向北京申报外滩为国家重点文物保护单位。

那是外滩复兴的前夜。

接着,外滩申报成功。外滩成立外滩建筑灯光办公室,从1989年到1991年,完成了外滩建筑夜晚亮灯的工程。从重大节日亮灯,改为每周末都亮灯,又改为每天夜晚亮灯。

1993年,外滩改造工程完成。改造后的外滩面积是原来外滩的五倍。

1994年,外滩大楼"筑巢引凤"置换工程开始。市政府要求占据外滩大楼的市政各部门搬离原来的大楼,将大楼腾空,给有意进驻外滩的商业机构。市政府在1995年中国共产党生日那天,首先搬离外滩大楼。但原来的主人汇丰银行因无法承受赎回原大楼的费用,而放弃将上海分行迁回外滩的机会。

1996年,1940年代在上海创办的美国友邦保险顺利迁回原址,而且并吞了原来的房主《字林西报》,成为整栋大楼的主人。字林西报大楼易名为友邦大楼。同一年,有利大厦被置换到了新加坡公司手中,它就是日后的Three on the Bund。

2005年,入夜,从外滩中心顶楼上,从镜头里看外滩,外滩的上空被灯光辐射成一团红色。从远处看,外滩夜色比它的白天更好看,也许也更接近它的本质,它此刻更像一个物质主义的幻梦。此刻,全上海都已承认,外滩是上海的名片。全世界对此没有了异议。

外滩：影像与传奇

一个不可思议的笑

在和平饭店顶楼小餐厅工作的服务生有个习惯，夜宴结束后，总是两个人一起做收尾工作。他们都害怕独自留在房间里，那有着考究的深褐色护壁板的房间常常吓着他们。"怕什么呢？"我问其中的一个女服务生，那个告诉我这事的人。她笑着说："不知道，反正就是很怕。"

我熟悉那种恐惧，那是被异己压迫的紧张，被吞没的担心和侵犯了别人的不安。独自待在外滩光线幽暗的大房子里，许多人的怕油然而生。

还有人出现过幻觉。有一个在电台工作的音乐编辑告诉我，她刚进电台时，常在电梯升降时有些恍惚，她总是听到电梯里有细小的舞曲声，总是害怕当电梯门打开，她看到的不是播音区黯淡的楼梯间，而是金碧辉煌的大厅，旧上海照片里穿黑色燕尾服的人们正在跳舞。电梯门打开，音乐停下来，他们在金碧辉煌的旧景里，用愁云惨雾似的眼神剜着自己。她就是在那种常常不期而至的恐惧里熟悉了电台大楼，并渐渐成长为一个怀旧的人，最喜欢给各种节目推荐1940年代的美国舞曲。

小餐厅的服务生也是些深得恐惧意趣的人，有时他们甚至能享受这种恐惧。当外滩大雨滂沱，室内一片迷离的下午，他们常常聚在原先维克多·沙逊的书房窗前。现在那里放了一套黑色的皮沙

三、不可能的世界

发，供客人就餐前闲谈时用。沙发后背，就是巨大的拱形窗，能看到黄浦江在雨中变成了黑色的细流，白色的客轮灯火通明地划过，好像梦中一样浮动。年轻的服务生们就挤坐在那套大沙发上，轮流讲鬼故事。一直讲到他们觉得那些1929年做工精细的护壁板都动了起来，向他们迫近，房间里的各个角落都发出窸窣的响动，某个人忍不住发出一声惊叫，然后，他们争先恐后地从沙发上跳起来，飞跑过幽暗的房间，跑过墙上镜框里那些关于这家饭店的老照片，全都撤退到厨房里。那里灯火通明，炉膛里温暖的蓝色火苗在跳跃，沸腾的大锅里白汽袅袅，散发着食物刚刚煮熟时的香，玻璃窗上一条条滴下了水珠，那是人间的安稳，它使他们渐渐安定下来。

告诉我这个故事的服务生是个美丽的上海女人。她是家族里在和平饭店工作的第二代了，她父亲曾是沙逊大厦的电梯工，她中学毕业以后，接替父亲的位置，进入和平饭店工作。

"我喜欢在这里工作，其实，我也可以说自己是从小就认识这里的。"她点了点白色的天花板，那上面有些白色的藤蔓和花朵的浮雕，"从前这些浮雕都是有颜色的，好看得多。第一次我父亲带我偷偷来这里看，我还是小孩，我记得那时的天花板好看得要命。"她仰脸看着天花板，惋惜地说。

她举止非常得体，既有服务生的那种周到谦恭，也有长期在豪华场所工作的人的挑剔与不卑不亢。"我父亲才是训练有素的人，他的衣服一定要烫过才穿的，他的头发永远要用凡士林梳得光溜溜的。他开电梯，从来是站着的，所以他一直到很老，一直都站得很有样子。"她说。与大多数1980年代以前进入饭店工作的青年一样,这里一直是他们见到过的最华丽的地方,他们为自己能在这里工作而自豪。

她细细地点给我看沙逊壁橱里的那些抽屉的藤条底,用她柔软的淡褐色手指细细抹去一条灰尘:"你看,这藤条的质量多好,现在还是白生生的呢。"她指出。她还带我去看了沙逊的私人浴室,她让我注意"他"的镜子,"你看,镜子里的水银定得多好,一点也不走形。"她自己在镜子前打量了一下,将头发拢好,"我年轻的时候,有时中午休息,就到这里来看小说,门一关,坐在浴缸上,一个人,舒服极了。"

那是怎样的一种舒服呢?"和好东西在一起的舒服。"她说。

她成为领班以后,像当时她的领班那样,晚上总体贴地安排两个服务生一起工作,要是只能安排到一个人,她自己就留下来陪那个服务生,将到处的灯都打开来,免得他害怕。

"我年轻的时候,有时收工晚了,就留在这里睡一夜,不愿意半夜回家。晚上醒来,常常能听到脚步声,是真的脚步声。"她说。

"也许是巡夜的。"我说。

"不,巡夜不上这里来的。"她否认道,脸上浮着一个不可思议的笑。

"你看到是什么了吗?"我问。

"哪里敢看,只是将头缩在被子里,动都不敢动。"她说,"心里总觉得是'他'。不光是我,和我一起工作的人多少都有些觉得,所以大家才能在一起讲鬼故事啊,'他'好像一直还留在这里。"

"他",是那个没人见到过的维克多·沙逊爵士。

摄影： 陈丹燕

我想起有一次与电台的女同事同乘一架电梯去播音区，她告诉我她的故事，她脸上也浮出一个不可思议的笑。那时我们也已经成为某种知己了，我知道她来自于一个机械工程师的家庭，母亲是受过教育的家庭妇女。她以为自己的害怕与家庭背景有一定关系。"我的灵魂一定长得旧，就像用旧了的磁带一样，容易听到没擦干净的声音。"她这样总结说。

但我却认为在外滩大楼里隐现的鬼故事，更多的是环境的产物。那是一个容易给人暗示的环境。

一间外滩厨房的传说

这是一间宽大的厨房，有六角形的白色马赛克地面，和乳白色线条精致的门框和窗框。白色的洗碗槽很宽大，与1930年代的美国东部公寓厨房里的洗碗槽是一个类型的。这间厨房属于旧海关高级职员宿舍中的一套公寓。

1949年春天时，它的主人是在海关工作的高级华人职员，他是一个上海地下党员。但他家里没人知道这个秘密，他的家人在这套公寓里过着安稳的资产阶级的生活。他的孩子在厨房的冰箱里取冰激凌吃，他的太太常常亲自下厨调制烤鸡翅的蜜汁，他早晨上班前在厨房桌上翻7点钟就送到的《字林西报》，喝牛奶。他家的女佣叫阿小，是宁波人，她做的上一家人家是户美国人，所以她很在意厨房的干净，却不怎么会做菜。她1947年才来他家，因为她的旧主人举家回国了。

很快，中国解放了，他被国家调往北京的海关总署，他家的房子就空了出来。

1950年，这套公寓被一分为四，租给了四家海关职工。主卧室住进一家留在上海海关工作的地下党员，他在解放前夕保卫海关的时候，就将自己的家小从松江乡下接到海关大楼来了。他家最早从海关当时的单身职员宿舍里搬进这里，将自家的一只木头碗橱搬了进来，放在本来放冰箱的地方。相跟着搬进来的是从老区海关来上

三、不可能的世界

海接管上海海关的解放军一家。那是一户年轻的山东人家，他们几乎什么家当也没有。一放下行李，就满街去找大蒜和大葱，还有面粉。不到一个星期，厨房里就充满了不易散去的大蒜气味——他们家不管做什么菜，都先放一小撮拍碎的大蒜去炝油锅。接着，另一家搬了进来，男主人是从前为英国高级职员开车的海关司机，现在他为接管海关的解放军首长开车。他已经在海关后楼住了大半辈子了，与海关的后勤人员住在同一层上面，为了服务的方便。这次，是他的长子结婚了，海关因此又分了一间房间给他。他家最有过日子的样子，搬来了煤炉，碗橱和大蒸锅，还有一个圆台面。他们在厨房墙上打了一颗大钉子，将圆台面挂了上去。又在门框上打了一排钉子，挂了竹篮，铁锅，和一只风鸡——他家是浙江人。原先厨房里的煤气已经分给了地下党员家，后来的人家只能用煤炉烧饭了。他家的煤炉就安在吊橱的下面，所以，那排乳白色的吊橱很快就变得又黑又干燥。最后一家搬来的，是从朝鲜战场上荣归的军人，他没在海关工作，组织还是将他家分配来这里住。理由很简单，因为他的妻子就要生孩子了，这里是外滩离医院最近的地方，对他们很方便。他们住在这套公寓的餐室里，离厨房最近，还有一扇门，可以直接通到厨房里。晚饭时分，一只煤气灶和三只煤炉一起开伙，厨房里烟熏火烤，蒜气缭绕。到1970年，他家的第三个孩子已经长到实在不能与父母同睡在一张大床上了，他们必须为这个孩子安排一个晚上单独睡觉的地方，他们在那间屋里量了又量，终于决定将通往厨房的门封死，把一张沙发放在门前，给孩子睡。

1970年，这套公寓的每一处都挤得不成样子。孩子们出生并

摄影： 陈丹燕

长大，即使是老司机的房间里，也挤进了长大的孙子孙女。老司机夫妻早已与儿子一家分开开伙，每天晚上孙子孙女在楼上吃完晚饭后，就来他们这里睡觉。

所有的公用部位都塞满了各家的东西。"公用"成了令人头痛不已的公共关系。合住的人家共用一个电表，一个水表，一盏厨房灯。天长日久，谁家用厨房时间长，谁家就在电灯费上占了其他住户的便宜，因为厨房的电灯费是平摊的。于是，大家决定不合用厨房灯了，大家各自点自家准备的煤油灯做饭。

三、不可能的世界

在住户们多年力争后,电力局来为各家装了分户电表,厨房里这才有了各家自用的电灯。厨房的电灯开关并不装在厨房里,而是装在各家房间里,这样可以保证别人不会用自家的电灯。谁家要用厨房了,人还没进厨房,灯就已经亮了,他们在房间里面先开了灯。要是忘记了开自家的灯就进了厨房,常常等别人家烧好了饭,端进屋里去了,厨房突然黑了,这才发现自己刚刚用的是邻居家的电灯光,自己家的电灯没开,就在厨房大声喊上一嗓子,让在自家房间里的人开个灯。那喊声里倒没有不快,只是冷清。

临近春节的晚上,家家户户都在厨房里准备过年的食物,四盏煤油灯照亮了整间厨房,那里一派繁忙。山东人从老司机家学到了用一只盛饭勺做鲜肉蛋饺的本事;松江人家在煎单位里发的冰冻小黄鱼和小鲫鱼;老司机早已退休,他的头发仍旧每天梳得一丝不乱,脸面上收拾得仍旧极干净,他在厨房里忙着做香酥鸭,醉鸡,发香菇和金针木耳,做十八鲜,他还教会了山东人家做八宝暖锅,他家人多,又能吃,暖锅是最受欢迎的,最下面一层,放多多的大白菜,然后再铺上一层粉丝,然后,铺一层咸肉,肥肉和肉皮都是好的,在肉皮和咸肉上,铺一层冻豆腐,然后再铺一层蛋饺。从前,蛋饺就是元宝的意思,过年了,总要讨个吉利。蛋饺上铺一层香菜,海带丝,这就齐全了。山东人家的大女儿,在这套房子里出生的第一个婴儿,已经长成了一个灵巧的上海大姑娘,她一天能做出上百个蛋饺来,放在竹篮里,在寒冷的风口吊着,够全家人从年前一直吃到正月十五元宵节。

初一早晨,山东人家起来的第一件事就是煮饺子吃,他们也特

外滩：影像与传奇

意给一间厨房的邻居家都送上一碗，他家的饺子，是最正宗的北方大饺子，深受邻居的欢迎，甚至别人家也试图像他们一样，吃生蒜就饺子。老司机最受不了这个，每次都败下阵来。而老司机的孙女吃了以后，则整天嚼着茶叶，也不敢出门。

从天南地北汇聚到这间公用厨房里的人家，彼此感染了对方的口味。

天长日久，乳白色的厨房一点点变黑了。墙上，窗台上，玻璃上，地上，瓷砖缝隙里，门框上，凡能挂住灰的地方，都挂满了油汪汪的、黏稠的褐色灰尘。裸露的电线上，像晾着纱布一样挂满长长垂挂下来的烟尘。除了各家的灶台和煤气灶，各家都只管自家领地的干净，对公共的厨房墙壁和屋顶的重重油污视而不见。用煤球炉做饭的人家各自设法装上了煤气，但用煤球炉的年代留在屋顶上的烟黑，在墙上一直保留到了大楼大修的时候。大修的时候，公家出钱粉刷墙壁，工人从墙上铲下了一寸多厚的油灰。

到了1980年，松江人家的大儿子带来了一个女孩。

那天傍晚，其他人家正好都集中在厨房里做饭，昏暗的走廊里出现了穿得整整齐齐的大儿子和矜持得谁也不看的女孩，他们一掠而过，好像惊慌的麻雀。那是进入这个合住公寓的第一个特殊的外人。厨房里的人们立刻心领神会。这是一个特殊的时刻，提醒日日埋头在生活中的人时光的流逝。

邻居们各自在自家灶台上忙着，抗美援朝家的妈妈却突然回忆起了自己第一次路过这间厨房的情形，挺着大肚子，从来没用过煤炉做饭，连有两道蓝边的瓷碗都是现买来的。"那时候，你还梳了

三、不可能的世界

一条大粗辫子。"山东人家的妈妈在自己身上比划了一下,"像个蝌蚪。"厨房里的人都被这个比喻逗笑了。

紧接着,老司机的孙子也带女朋友回来了,山东人家的女儿出嫁了,出嫁那天在不远处的东风饭店办酒,将家里的锅悉数带去,装回没吃完的酒席菜。而老司机家的女孩却吹了对象,她认识了一个香港海员,立刻决定跟海员去香港。她的未婚夫为家里买了友谊商店里全套的优质家用物品:上海牌的全钢手表,蝴蝶牌缝纫机,凤凰牌脚踏车,金星牌电视机。他们家将那些令人眼馋不已的家当一一搬进房间的时候,那些崭新的纸板箱给陈旧拥塞的走廊带来了动荡与欢快的情形。

儿女们的婚事,儿女亲家的背景,都是厨房里重要的交流。厨房是邻居们的公共客厅,外来的媳妇和女婿们,就是在这里互相认识的,在公共厨房里认识是最得体的,既不特别隆重,又有格外的亲切。邻居们凑趣地告诉他们些孩子们小时候的趣事,一半是客气,一半也有家人般的亲热,还兼有外人的挑剔和比较以及冷眼,这时候,厨房就变成了另一种品头论足的审判台。

1990年的冬天是个上海当时还不多见的暖冬,那一拨孩子中最后一个结婚的人终于生了孩子。她是抗美援朝家最小的女儿,回家来坐月子。按上海人的习惯,她每天得吃五顿。厨房里整天炖着给她发奶的鲫鱼汤和蹄髈汤,热气袅袅,肮脏的玻璃窗上流淌着一条条蒸汽。可她就是发不出足够的奶水。到了半夜,她妈妈就披上件蓝色的旧海军棉大衣,到厨房来给小毛头烧牛奶。她是个粗心的女人,常常将牛奶烧得太烫了,一下子冲进玻璃奶瓶里,冰凉的玻璃奶瓶承受不住热胀冷缩，"嚯"地轻响一声，就裂开了。牛奶沿着裂缝，流到油污的桌面上，又曲折地流在遍布油垢、疙疙瘩瘩的桌面上。她便赶紧从煮奶瓶的大锅里再取一个出来，这次她小心地先倒一点热牛奶进去，晃一晃，让玻璃瓶均匀地热了，才继续倒下去。然后，给哭作一团的外孙送过去。

1990年的时候，老人们和孙子辈的孩子在厨房里进出，第二代大多已经住出去了。

WELCOME

弗兰西斯·伍德（F. WOOD）曾是个激进的剑桥学生，1972年跟随第一个英国左派学生访问团访问中国。来上海时，在和平饭店接见他们，为他们讲解"文化大革命"大好形势的，是当时的上海革命委员会主任王洪文。

"当时接到王洪文会接见我们的消息，大家都觉得很重要。"弗兰西斯日后回忆起来，笑了，她将嘴边的热茶杯拿开，放在她家厨房的桌上。那是个下雨的复活节早晨，她旁边的架子上，多年来一直放着那次从中国带回来的纪念品：一只印着一排葵花和一个红太阳的有盖搪瓷大口杯。如今，她是大英图书馆的中国部主任，一

三、不可能的世界

个中国通。

"那时我们大家都觉得很幸运，但不是为王洪文的接见，而是为我们这个小访问团的先见之明。在英国时，大家都期待毛泽东本人能够接见我们，我们都读过他的小红书，都认定他是敢于反对一切传统的文化革命巨匠。这种对毛的想象，简直迷死了在英国这样文化深厚、等级森严的国家里长大的热血青年。访问团由来自不同学校和党派的左派学生组成，我没有那么政治化，更多的原因是因为我已经开始学习汉语。但他们相当的左翼。访问团总要有一个团长，一个第一个与来接待我们的人握手的人，更确切地说，一个坐在中国领导人右手边那个最中心的沙发上的人，我们需要决定谁是那个人，但争执不下。最后，大家决定每个人轮流一天，坐在中国领导人右边的位置。来到中国以后，我们已经知道毛本人不会接见我们，但一个工人领袖会接见，他就是王洪文。我们感到幸运的是，我们已经有协议了，所以不必当着中国人的面吵嘴。"

她印象中，王洪文是个白胖的中国人，有点空洞和愚蠢。"大家有些失望。我猜想，最失望的，应该是那个坐在王洪文右手边上的同学。"她说。

中国的一切对弗兰西斯，都是新奇的，不光是王洪文。接见以后，王洪文请他们在和平饭店吃饭。她看见了一个到处残留着装饰艺术痕迹的豪华饭店，她听说了沙逊家族的故事。席间，一位五十岁左右，表情极其温顺的服务生走到她身边，弯腰下来，问她想喝苏打水还是茶，她惊奇地发现他使用的英文，竟然是她母亲时代的人使用的英文旧称。她吃到了地道的中国菜，美味的江南清炒河

摄影： 陈丹燕

虾，那么清爽温存，没有唐人街上的菜式里无所不在的棕色肉汁。

她还去了外滩的友谊商店，注意到这是个只允许外国人使用的商店。在英国，这是不可思议的。而且在一个左派学生看来深具讽刺意义的是，这家特权商店就在黄浦公园的斜对面。传说中，华人与狗不得入内的故事就发生在那里。那个故事，曾是英国海外殖民时期最著名的污点之一。中国人奋斗了六十年，最后才得以进入公园。而现在，中国共产党自己在中国各地建立外国人商店，同样不允许普通中国人入内。

晚上，她在自己房间里看到窗前有一张老式的卧榻，与她英国各地一些老式旅店房间里用的一样。要知道，这不是在约克郡或贝尔法斯特的什么地方，而是在红色中国。她听到窗外传来海关大钟奏出的《东方红》。

"这就是中国。有趣的地方。"弗兰西斯说。她客厅前有个小花园，她在那里种了些地道的中国竹。最初的一株竹，还是从陈西滢家讨来的。

三、不可能的世界

世界大同

黄浦公园

1950年代，1960年代，1970年代，1980年代，这些年在上海长大的孩子，每个人都曾排在这样的队伍里，进出过黄浦公园。黄浦公园多年以来，是学校最重要的爱国主义教育基地。

虽然这个小公园门口到底有没有过一块牌子，上面写着"华人与狗，不得入内"，谁都不能肯定；但这租界的第一个公园，在开园最初的六十年里不允许中国人入内，却是事实。当中国人纳税的钱比租界里的侨民还要多的时候，工部局还是不允许中国人进入工部局管理的公园，一样的纳税人，享受的是不同的公权，这也是事实。外滩不允许中国人进入的地方远远不止一个公园，汇丰银行不允许中国人从正门出入。华懋饭店门口曾有两块指示牌，建议中国人和绅士分门而入。汇中饭店不欢迎中国客人与外国客人同乘一个电梯。怡和洋行的中国职员和外国职员有各自的厕所，而且厕所里的陈设和待遇都大不同。歧视与隔阂无所不在，只不过公园的门禁，成了一切华洋关系的基本象征。

所以，自由进出黄浦公园的大门，是一项上海孩子重要的政治

摄影： 佚名

体验，体会中国人民从此站起来，上海从此回到人民手中的感觉。

从黄浦公园出来，队伍就过马路，去看和平饭店和中国银行两栋大楼。中国银行大楼比和平饭店大楼矮了六十厘米，据说这就是沙逊当年欺负中国人的明证：沙逊不允许在外滩造比和平饭店更高的房子，所以迫使中国银行修改图纸，最后比和平饭店矮了六十厘米，才算结束。站在滇池路口，从楼底仰望上去，六十厘米的距离怎么也看不清楚，感觉上，中国银行大楼还是比和平饭店高大。

我曾经是这些孩子中的一个，穿着与他们一样的棉袄，戴着与他们一样的棉布红领巾。我也曾和照片里的孩子一样进出公园，听小学老师讲华人与狗不得入内的故事。那时我完全没有历史知识，没有体会的能力，仅仅由于她语气里的强烈宣传特征——尖亮的嗓音，高亢的语调，背诵社论般的完整书面语，来势汹汹的态度，仅仅由于她平时一贯的传声筒作风，仅仅由于她的话在当时无可辩驳的政治正确，而排斥她说的一切。

在我心中留下的印象，是外国人比中国人优越，所以，他们可

摄影：陈丹燕

以禁止你去他们的地方，也有能力禁止你超过他，他们是高高在上的。中国人的恼恨，不平，争斗，都是为能和外国人平起平坐。

友谊商店

"1972年的时候，上海友谊商店里卖的是丝绸的女式连衣裙，但是尺寸很大，式样和尺寸都只合适俄国中年妇女，我还看到一些哥萨克式样的男式衬衫。想想看，那时中国与俄国交恶已经接近十年了，显然不可能有俄国人来买这些东西。好像中国人的视野里，俄国人就是所有的外国人了。"弗兰西斯·伍德回忆起在友谊商店里看见的情形。上海友谊商店就在黄浦公园大门斜对面的北京路上。

外滩：影像与传奇

我恍然大悟地想到，这种新中国诞生的外国人特权商店，最初就是为了照顾在中国工作的苏联专家和使领馆官员才建立的，它最初的名字叫外国友人购物处。那么多年过去了，苏联早已与中国交恶，友谊商店里的衣服尺寸，还是为苏联人服务的。将苏联人想象成除了中国人以外的所有欧洲人种，这样的事，竟然就发生在1940年代号称是世界大都会的上海，发生在外滩这个1930年代地价与曼哈顿一样昂贵的地方，发生在一个英国女孩子眼前。

她满心好奇地走进友谊商店，那是一座在旧英国领事馆著名大草坪一端的小楼房。她没理会在街道树影里徘徊的人们，他们正眼巴巴地望着自由进出的人们。她甚至没有注意到他们的存在。那时，上海街头刚刚又能看到外国人的身影，到处都是默默围观的居民，露出欲言又止的眼神。她不知道那些人正是在上海最晦暗的年代里，试图呼吸唯一一口外来空气的人们。他们渴望去看一看只有外国人才能进去的商店里，到底有什么了不起的货物。他们渴望能从里面买些东西出来，那都是能让家里增光的紧俏物资。出口到非洲去的缝纫机，出口到越南去的自行车，出口到香港去的梅林罐头，以及那些式样显然不是中国的丝绸衣服和头巾。他们不在乎是苏联式的连衫裙，还是哥萨克式的衬衣，只要不是中国商店里的制服，就是好的。

弗兰西斯不知道上海人居然渴望走进友谊商店去看看。

"第一次知道这里只对外国人开放，我很吃惊。这次是中国人，而不是英国人作出这样的规定，真的不可思议。"她说。

三、不可能的世界

摄影： 佚名

伤心者的心爱之地

"1932年,我小学毕业,到上海来学生意,住在四川路上我亲戚家。从那时起,我就天天到这个公园来。后来,我结婚了,也住在四川路上。我还是天天到公园来。再后来,上海要解放了,时局很乱,外国人要走,贱卖房子,我顶了黄浦路上的一间房间下来,一直就住到现在了。我的一生都住在这个公园的附近,这里就是我最喜欢来的地方了。

"年轻的时候,我每天上班前到公园里来兜一圈,打一套拳。退休以后,我每天在这里待一个上午,先打拳,再吃茶,看报纸,然后回家。

"这个公园从前是很好看的,从前门口有巡捕看守,不让人破坏花木,不可以躺在椅子上,不可以穿背心拖鞋进园子,大家都是遵守的。你要是行为端正,就与巡捕相安无事。原先这个公园很凉爽,因为江面上的风可以直接吹到草地上,夏天来这里乘凉很舒服。我年轻的时候将家主婆从乡下接来四川路,就带她到这里来。

"那时,外滩还住了不少外国人,外国女人带了小孩来公园玩,我们也带了自己的小孩来公园玩,大家都是客气的。当然,也有小瘪三混进公园来,不光是外国人不喜欢他们,我们中国人也不喜欢他们。人么邋遢来,喜欢偷东西,要么就盯牢外国人,或者谈恋爱的人讨钱。人到公园里来玩,就应该行为端正,守规矩。

"刚刚解放的时候,这个公园最好看。小瘪三和流莺全都被捉

三、不可能的世界

摄影：Zhongcuen Hao

去了，流氓也没有了，社会上很干净，大家都想好好做人。那时候，大家都最爱惜这个公园，没有一个人春天养草的时候会去踏在草地上，没有一个人会把自己的脚搁在树杈上去锻炼身体，大家都穿皮鞋，穿出客衣服来公园。总能看到年轻人来这里看书，就是谈恋爱的人，也是轻声轻气的，从不见有小姑娘可以光天化日下面，躺在男朋友身上这种事情。

"后来，老实说，就一点点乱了。谈恋爱的小青年专门带了塑料布来，铺到树丛里去，两个人就钻进去。好好地在江边坐一会，就能听到扑通一声，有人会跳江寻死的。工厂车间里那些难弄的人，被派到公园来当联防队，拿了棒球棍子到处巡逻，只要他们看不顺眼，就可以把公园里的人捉到办公室去审问。真的乱了，每天都能看到地上有垃圾，有痰。索性，草地也可以改成停车场了，你可见过公园里有停车场这种事？这是破坏呀。原来的亭子也没有了，江面上的风也吹不过来了，从早到晚，都有外地人躺在椅子上睡觉，样子是真难看！

"现在也有外国人来公园，我年轻时学过英文，现在还能说一点。从前外国人来，我还与他们搭讪，试试看自己的英文还能不能说。现在我再也不跟他们说话了，他们跟我搭讪，我就说NO ENGLISH。我怕他们问起公园的事，从前为什么好，现在为什么不好。我可说不好。我这个人是小老百姓，一向没什么觉悟的，但是，我都不好意思。我自己还是每天来这里报到。我来了一辈子，还能到什么别的地方去？不管它好和不好，我总是要来的，来到我死那一天。你知道我几岁了？我已经九十岁了。你算算看，1932年我来上海，是十六岁。"

三、不可能的世界

僭越者的梦想之地

"我是跟我老公去的友谊商店，1974年的时候吧。那可是当年上海最高档的地方，只有外国人才能进去。那时我已经与我现在的老公订婚了，所以作为国际海员家属走进去的。在里面买东西，也不能用人民币，要中国银行调换外汇的证明才可以，很复杂的。"咪咪说。

咪咪是上海人，长得洋气，又喜欢打扮，还能画一手仕女图。当年她是愚园路上的一枝花。中学毕业后，她长期在家待业，因为不肯去农村。1974年时，她设法嫁到了一个在上海港修船的香港水手，跟去了香港。比起弗兰西斯·伍德来，她实在是大时代的逍遥派，早早地自动退出革命潮流，并千方百计离开了中国。

"我第一次觉得自己像个人，就是在那间商店里。那天，我算是跟我老公订婚，他领我进友谊商店买东西，当聘礼。不怕你笑话，那时，他不会说一句普通话，我不会听一句广东话，我们是用最蹩脚的英文来交流的。他找不到我这样漂亮的女朋友，我一心要出国，我们就这样一拍即合，马上就订婚。我们是先结婚，再恋爱，就像李双双和孙喜旺一样。

"那间商店是一栋地板一尘不染，比一般人家的饭桌还干净的地方，一栋小洋房，外面是个大草坪，在当年的上海，真算是仙境了。我最记得那里的空气，空气里都是香的，是外国人身上留下的真正的香水味道，而不是花露水。你一定知道花露水和香水是不同的，那种不同，就是乡下人和城里人的不同。我终生不忘记，当我走进去，闻到里面香水气味的那一刻，我的整个人都醒了过来。你知道我想起什么来了？我想起《霓虹灯下的哨兵》里那个解放军说的话，他说，南京路上的风都是香的。我从来没有体会，觉得只有乡下人才能有这种体会。此刻，我发现这是真的。

"里边的人都有教养，见到人就笑，就点头。人在里面真是舒服，就觉得自己是个人。

"我老公有海员优惠卡，他可以在那里买到比外面市场价还要便宜一点的东西，还不要票。

"本来，我家里需要买缝纫机和脚踏车，我应该要他买一架蝴蝶牌缝纫机和一辆永久牌脚踏车。这是我与母亲早早就商量好的。我大弟已经谈朋友了，我妹妹也快出嫁了，他们实在需要这两样东西撑门面。我父母都是小职员，没有门路弄到买这两样东西的票子，老实说，也一时付不出这么多钱。但在那种环境里，我实在不想做得那么实惠。要做人，就好好地做一次人。我这个人，真的有点浪漫的，肯豁出去。

"最后，我叫他给我买了件丝绸连衣裙。我敢说，那是当时整条愚园路上第一件高级成衣，不是自己找裁缝做的，是真正的成衣。穿上以后，人的样子即刻就变洋气了。所以我说，不是中国人人样子差，而是衣服太差。他看我真的喜欢，就说，你就穿着吧，将原来的衣服包起来就是了。他不知道上海有多冷，断断不能穿的，但他看出来我有多喜欢那件衣服。你知道怎样，我穿那件新裙子，逛了整个友谊商店，临出门，到厕所去将它换下来的。其实那

三、不可能的世界

条裙子尺码太大了,但我竟然没有意识到。我从小跟妈妈学做衣服,我其实是很懂做衣服的,但我一点也没意识到那件连衣裙太大了,连怀疑都没有。因为我以为友谊商店里的东西是不会错的,只是我没见过世面,看不懂一种宽松的式样。但是老实说,我绝对是个衣服架子,那件衣服穿在我身上,是很大,但大得别有风味。

"我老公真是个厚道人,他自动为我妈妈买了一根珍珠项链,给我爹爹买了一条中华牌香烟,一瓶茅台酒。你知道那时一瓶真正的茅台酒才多少钱?十八元三角。他答应金货以后到香港去买。我一点也没想到自己能有什么金货。他说我们可以去周生生买金货,到铜锣湾买衣服,那里有家很大的日本百货商店,叫崇光。我好像

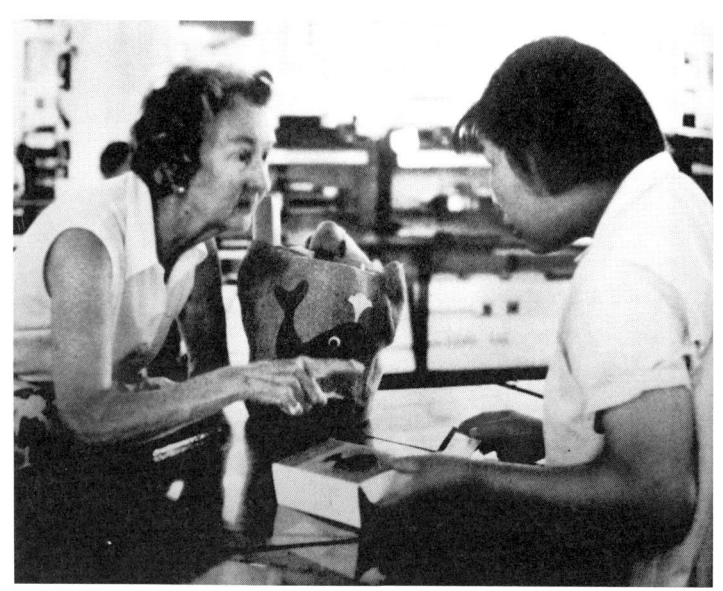

摄影: Carl Mydans

做梦一样，整个人都飘着。我对中国以外的地方没有任何概念，友谊商店，就是外国的总代表，因为我和外国人在一起买东西。想想，上海人真是可怜。

"走出友谊商店大院子的那一刻，我真是不舍得。我眼睛尖，马上就看到等在梧桐树下的大弟正眼巴巴地看着我。他等着帮忙我们搬那些大件回家。

"我简直就要哭出来。12点钟到了，灰姑娘的金马车就要变回南瓜。

"我那时下了决心，一定要嫁给这个香港人。"

"世界大同"的幻象

1966年，友谊商店门外墙上的宣传画主题是：全世界劳动人民大团结万岁。在那里画那样一幅画，实在是选对了地方。外滩建立五十周年庆祝的1896年，就在这面墙附近的街口，也曾悬挂过一条英文的标语，写着：世界上有谁不知道上海？外滩将自己看成世界圆心的秉性，宛如玛丽莲·梦露身上的性感，总是不由自主就表现出来。

摄影：Emil Schulthess

1966年的上海，旧货店里放满了没人要的钢琴，街道上到处飘荡着焚烧胶木唱片的臭味，早已关闭的教堂重新被打开了，这次是为了将教堂里的陈设彻底清除干净。1966年上海革命的一项重要内容，就是彻底清除掉城市的舶来色彩。

但被历史熏陶的人心却不那么容易被清理干净，于是，宁可说全世界劳动人民大团结，也要说出"世界"二字。宁可将所有的人都指向"劳动人民"，也要将各个人种排列在一起，展现出一幅"世界大同"的幻象。只是，这样的幻象，是在从前英国人不许中国人进入的公园旁边，更是在现在中国人不许中国人进入的商店旁边，表现出这幻象的复杂性。

外滩：影像与传奇

1992年，外滩的不可能世界：
堤岸上的埃舍尔小人儿

随着越来越多的外国人又有可能进入中国拍摄照片，外滩再次被倒映在法国摄影家，日本摄影家，美国散文作家，意大利驻华记者和德国旅行者各种型号的单反镜头里，继而呈现在世界面前。他们在中国紧闭大门的几十年里，因为各种机遇来到中国，被准许照相，记录了那时重重迷雾中的中国人。那是些我在中国从未见到的照片，面对许多借阅记录为零的摄影集，我一次次突然堕入沧海桑田的中国岁月，看到那些生活的价值，和因为离开得太匆忙，而遗落在原地的理解的智慧。

我在美国找到了两本马克·吕布（Marc Riboud）的中国摄影集。他是我最喜欢的摄影家，我乐于翻阅他的作品集，仔细地捕捉固定在照片中的细节。1957年的人们热衷戴白色大口罩，1965年政治学习会上躲在面部阴影里的伺机而动的小动物般的表情，1993年一间简陋的厨房里偏安于一隅的热气腾腾的汤锅。每次在他的照片上搜寻，我都能找到新的，与过去中国的连接，一种真切的连接，一些遍布在各个角落里的细节，如将一片苏打维生素投进水杯一样，激起心中奔腾的慈悲之情。而这原是哪怕有一丝猎奇的企图，都会刹那就破坏殆尽的感情。

他有一双即使在被传说化的古怪国度里也不会被迷惑的诚实而

三、不可能的世界

尖锐的眼睛。他第一次到中国,是1957年,然后是1965年,1979年和1993年。他那双德国人的眼睛,透过东方和西方,左派和右派,各种各样关于中国思想和见解的迷雾,捕捉到被形形色色的判断与幻想以及谎言再三打扮的日常生活中的人性——中国的生活里充满了政治符号,和戏曲化的对峙,有时连一个中国人都难以相信这样的生活中还能看到人性,他记录和保留了它们:

我真正见到了时代和生命被捕捉到的那一刹那。那简直太真实了,似乎要是你此刻聚精会神地望着它的话,在这张照片里捕捉到的生命,一定会继续下去。已经消失了的,可望不可即的先生,不知为什么,或许可以抓得住——只要注视得够长久,或许就会察觉到那开始时几乎察觉不到的东西。

当我看着他镜头里的外滩,总是想起一篇并不出名的美国小说里的一段话,并深以为然。在几十年前出版的极易失真的中国摄影集里,他呈现出的日常生活中丰富的人性,总是让我感动。

西方世界与外滩久别重逢。它的容颜,如同埃舍尔画中的小人儿,在颠倒混杂的时空里,毫无影响地行走,交谈,或者沉思。作为与旧都市一脉尚存的连接,外滩的容颜让人诧异。它的街道,房子,堤岸,人的身影,到处都是对立与再生,匪夷所思的断裂与连接,迷宫式的无所不在的死路与出口,让人因为无法把握,而深深不安。

它仍旧是混乱而令人兴奋的,与哈瑞特·瑟金特描写的1930年代的外滩没有本质不同。它在茫然中独自前行。它如同一个梦游者，不设防地，随意地，一往无前地走向无从猜测的前方。它奇迹般地保留下自己丰富的矛盾性格和混杂的特色，即使经过了四十年的禁锢，它还能在友谊商店外面的墙上画出一整幅"全世界劳动人民大团结万岁"的宣传画，表达自己对不同人种混杂的强烈兴趣。

细细地打量那些在伦敦，巴黎，纽约，法兰克福，东京各地发表的照片，看路上车子的变化，行人走路或站立的姿势，江面上轮船的变化，堤岸上沉湎于情欲中的情侣们背影与衣着的变化，橱窗的变化，细细地打量，如打量一个人逐渐沉淀了阅历的眼神，往下撇的嘴角，面颊阴影里细小的皱纹，你一定能感觉到埃舍尔式的秩序的力量，那是天命般强大的力量。《相对论》中的小人儿沿着自己的道路，毫不困难地走进不同的时空，那便是我回忆起做党委书记的父亲坐在渣打银行大班办公室里的情形，还有他的同志们：陈毅坐在工部局总董的办公桌前，贾振之坐在梅乐和的办公桌前。还有在沙逊套房里讲鬼故事的年轻服务生们。那也是1960年代僵直和沉睡般的身影，开始在沙逊大厦前再次相拥起舞，哀愁地眺望江面的情人再次紧紧相拥，是中山东一路上的包子铺旁穿三枪牌内衣的欧洲女模特儿的Pose，是穿了一条1990年代初在上海妇女中大行其道的紧身踏脚裤的女人的背影。过去重又归来，以埃舍尔的秩序，以及匪夷所思的真切。

看那张马克·吕布1993年在外滩堤岸上拍摄的上海的良家妇女带着孩子散步的背影，她那骇人的，紧裹在双腿上闪闪发光的紧身裤上，是一件装有夸张的垫肩的针织外套，她矜持地穿着它，端着

摄影：Marc Riboud

肩膀，握着晚会用的礼服包，郑重其事地走着。她的踏脚裤下，配了一双当年上海妇女热衷穿的高跟鞋。她外套上的图案是外滩的天际线，天空处织着浪漫的大星星，星空下，汇丰银行的圆顶在她的腰部隐约可见。

1993年春天，三十六年里四次来上海、拍摄中国影像的德国摄影家马克·吕布最后一次来到上海，在外滩刚刚修好的堤岸上捕捉

外滩：影像与传奇

到了这个女人的背影，一个背影，糅合了自卑和自大，不肯安分守己却又四顾茫然，整个身体像雷达一样敏感地接收着任何外来的注意，又像雷达一样寂寞地张望，却不愿意像雷达那样不停地转动，而坚持着昂然而过的面子。她清高的样子与她身上骇人的闪光紧身裤，形成了富有象征意义的景象。那是1993年，上海终于等来了松绑的机遇，它像一只鸟，正在抖落翅膀上的风霜雨雪，准备起飞。

形势正渐渐放松，立了陈毅铜像的小广场成了跳交谊舞的好地方。人们自备了交谊舞音乐，邀请了舞伴。因为是室外，不能讲究舞场的礼仪，所以他们中许多人是穿运动鞋来跳交谊舞的。

有时他们看出来在一边的观光客有跃跃欲试的意思，就会主动邀请他们一起来跳舞。所以，看到来上海观光的外国老人在外滩与一个中国老人一起，合着《蓝色多瑙河》的节拍跳华尔兹，并不需要惊讶。

1991年，海外娱乐团第一次租下太平洋战争前夜沙逊爵士举办假面舞会的舞厅，举行通宵的化装舞会——贝拉·维斯塔舞会。次日清晨，他们中的一些人走出门去，加入到堤岸上的跳舞人群中去，接着跳舞。《金融时报》的记者发回伦敦编辑部的照片，就是浓妆艳抹参加完化装舞会的海外娱乐团成员，与外滩脸上遍布风霜的布衣老人，在陈毅像前相拥起舞。

那些在露天跳舞的人，你能看到他们脸上风吹日晒的痕迹。看到他们漫不经心地邀请舞伴，又带着不那么自然的表情，在舞曲结束时离开舞伴——他们会跳交谊舞，喜欢，需要，但对它的礼仪仍旧感到不自在，因为它太西化了。那就是1993年的外滩。

作者： M.C.Escher

　　埃舍尔的小人儿在迷宫里颠倒而理所当然地走着，坐着，在从另一个角度看起来悬空的桌上吃着正餐，这便是再次呈现在世界面前的外滩。上海人的外滩，它在经年的茫然和不安中，已养成自己的气质。当绝大多数西方的上海书籍七嘴八舌地抱怨着上海的呆滞与黯淡时，当他们充满对比地形容着外滩漆黑的夜晚和席地而起的旋风，以及鬼魅般的大楼阴影，它们没料到外滩还有比埃舍尔的画更多彩多姿的逻辑。它从一个十九世纪远东通商口岸城市的符号，默默成长为充满历史象征和未来寓意的上海人的外滩。

作者：M.C.Escher

外滩的不可能连接：东风饭店里的埃舍尔瀑布

  埃舍尔画中的流水也是不可思议的。你看着它落下，转动了水轮，然后，水流顺着水渠流走了。你的眼睛跟着水流，看到它的确沿着水渠往下流去。但，流着流着，突然，最远最低的地方，变成了最近最高的一处，流去的水竟然顺理成章地从底楼流回到三楼，它们再次从原地落下，再次转动水轮。这是一条永动的，无穷的，不被打断的水路，打乱了你对前途和方向的常识。东风饭店的前世今生，以及在沧海桑田中那貌似荒诞，却有着永动着的内在，就像历史用了一百五十年的时间，将埃舍尔画在纸上的不可能，在上海外滩复制了一个现实。

三、不可能的世界

1950年,在上海总会长吧喝酒的记者们是留在上海,目睹时代变迁的最后一批西方人,也是长吧最后一批客人。从1950年到1953年,去上海总会的长吧喝点什么,不光是外滩式的生活,更是侨民之间互相温暖和鼓励的聚会。对职业记者来说,也是交换新闻,联系同行的重要方式。上海开始镇压反革命运动,这里更是打探有谁失踪的好地方。看到某人长久不在长吧露面,他已被抓去,甚至处死的消息就在酒杯之间流传开来。

照片中的记者乔治·万(右二),就曾经被传失踪,而且已被打死。当他再次出现在长吧,惊喜的朋友们为他举杯压惊。

摄影: 佚名

摄影： Godfrey Moyne ，1949年　　　摄影： 陈丹燕，2000年

这是一张有趣的照片。与其说它记录了在倚靠着长吧的社交，更应该说它记录了长吧正在消失的时刻。Godfrey Moyne为它留下最后的影像，鼎盛时代的气焰已是风烛之弱。1920年代时，"班格勋爵曾经想象那是个艳俗之地，进出的都是形形色色的水手，四海为家的冒险家，鸦片贩子，白种奴隶贩子，交际花之类的人，但那里大大出乎他的想象。那地方看上去就像圣詹姆士一样安稳。长吧给他留下很深的印象，特别是在星期六午餐前，周末将至，生意繁忙的时候。那时，穿白衫的中国酒保并肩站成一排，服侍在吧台外面站得满满的会员们。吧台的一端有个九十度拐角，与外滩平行，那一小段吧台是特意为大班们留出的专区，别人不被邀请是不得进入那个专区的。"当它第一次出现在瑟金特笔下时，它已经被斩断成三节："被分割成一块块的长吧，让我想起神话中被短柄斧砍成几段的巨蛇，没人想象它那种死法。碎裂的长吧呈现出中国人的报复：它曾见证了他们在这里服务，自己却从没机会点一杯喝的。"在被分割成三段的长吧上，可以买到正广和的橘子水和青岛啤酒，以及绍兴黄酒。当年在一起喝压惊酒的四个男人，已星散于世界各地。乔治·万和他的妻子住在波恩。他们再也没回过上海。

1971年，大楼改名为东风饭店，向公众开放。设有长吧的房

三、不可能的世界

间被改造成了中餐厅。那里供应1970年代口味浓重的上海菜：清炒河虾，松鼠黄鱼，香酥鸭，和三鲜汤。

家中几代人都是等在外滩洋行外，兜外国人生意的老黄包车夫，终于为自己儿子的婚礼，在东风饭店定下酒席。1974年的某个傍晚，他带领全家老小，沿着正门的大理石台阶，走了进来。这里的情形令他大失所望："服务生粗手粗脚，圆台面摇摇晃晃，店堂里人来人往，一点也没有派头。"他经过酒水柜台，那是长长的，但看不出必要的三段式柜台，他不知道那就是从前这里著名的长吧。二楼宽大的洗手间即使窗户大开，阿摩尼亚气味也经久不散，还永远能听到哪一个马桶水箱潺潺的漏水声。从沿江的长窗望出去，透过布满雨痕的玻璃，黄浦江的风景仍旧是吸引人的，特别是当在桅杆上挂满小旗的远洋船缓缓经过的时候。风尘仆仆的铁船上，巨大的铁锚上带着黄色的铁锈，仿佛昨日再来。1910年的西门子电梯哐啷哐啷地上升或下降，在楼梯上，能看到客人半截身体，让人很容易想起第一次世界大战前的西方电影里的情形。

老黄包车夫心中升起被欺骗的不快。

在我看来，长吧的消失，更可能是废物利用的缘故。酒吧在1950年代已经销声匿迹，在漫长的中国内陆城市的拘谨生活中，东风饭店的管理者实在看不出它的前途。这情形，就像我母亲当时将她满满一箱丝绸手工旗袍拿出来，给我改制成夏天的内衣裤一样。这不是仇恨，而是茫然。那是一个不知道拿精美而百无一用的旧物怎么办的时代。那时很容易感觉到失落，但十年后，酒吧将在这里重新开张的乐观，却很需要想象力。

外滩：影像与传奇

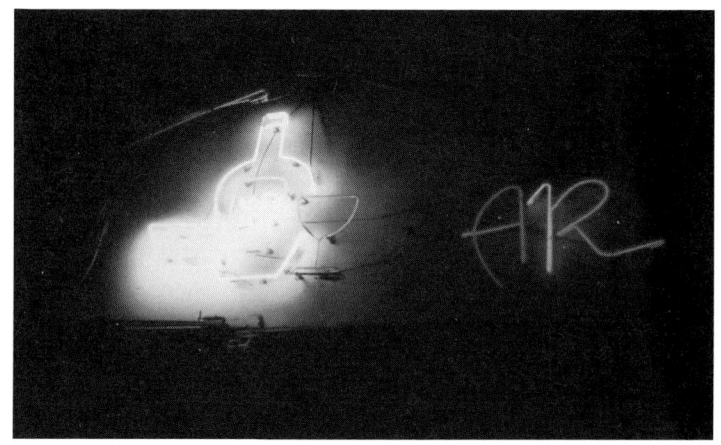

摄影： 陈丹燕，2000年

十年后，东风饭店的酒吧开张了，它是上海最早向公众开放的酒吧之一。有人说，它的前身，就是国际海员俱乐部时代，面向波兰，阿尔巴尼亚和香港水手的酒吧。那里可以喝到当时极珍贵的进口洋酒，最早出现在这个酒吧的洋酒，是英国的红方、黑方和人头马干邑。那时，上海人刚刚听说人头马，酒吧特意用人头马的广告词作为招徕，还郑重地定做了一圈霓虹灯，将它框起来：人头马一开，好事自然来。

那时，酒吧是暧昧的场所，没有人会轻易去那里。酒吧老板大多本着破罐子破摔的决心，才下海开酒吧。他们自觉自愿，就把自己划到阶级敌人的队伍里。

从这间酒吧中，传出了一个上海著名的笑话。

笑话说，有一天，一个上海暴发户，领着一大群人，到酒吧开荤。

吧女过来问："老板喝点什么？"

三、不可能的世界

"老板我要开一瓶乘零。"暴发户高声回答。

吧女不明白，又问："老板要的是什么？"

"我已经说了，一瓶乘零。"暴发户看不起那个土气的小姐。连这样有名的洋酒都不知道，算什么吧女。

最后，他不得不亲自去吧台，将酒架上的那瓶酒点给小姐看。"你的业务不灵嘛。"他抱怨。

那是一瓶XO。

等我去看那间酒吧的时候，已是1990年代末。大楼里原来的单位都已搬离。政府将这栋当年外滩最高级的俱乐部大楼空出来，吸引投资。但因为房屋太旧，租金太贵，这房子的历史太奢华，一直无人敢来接手，竟然一年年地拖下来，至今，成了电线老化，满楼潮气的危房。暴发户和小姐都不见了，空酒架上积满了灰尘，连墙上酒吧当年的霓虹灯都坏去一半。因为是被关闭的空房子，所以我只能跟着一些从美国来的投资咨询人员进入房子。他们每个人手里都拿着一叠上海总会的背景资料，还有一个强光手电筒，因为电线系统严重老化，许多地方的电灯已经不能开了。雪亮的手电筒光柱，在昏暗的酒吧里交错。他们想要寻找瑟金特当年见到的哪怕已经截成三段了的长吧。我告诉他们"乘零"的故事，他们愣了一下，哄笑起来。有人说："真可爱！那个暴发户，这不就是活生生的上海！这不就是广为流传的上海总会的暴发户精神！这不最适合外滩的今天！"

如埃舍尔那捉弄人的流水，砖砌的水渠一定是在什么地方接错了，才导致了这种不可能的景象发生。那么，是在哪里连接错了，才导致了这世界上最长的酒吧，在外滩发生这样的故事呢？

外滩：影像与传奇

摄影：佚名，1910年　　　　摄影：B.Baker，1996年　　　　摄影：陈丹燕，2000年

　　对比着看这三张照片，能看到1910年和1996年以及2000年的不同。它们如同埃舍尔瀑布里的那四段水渠，那捉弄人的流水，就是沿着那四段水渠默默流淌，然后颠覆了理所当然的世界。

　　1910年，它是仅接受白种男人入会的外滩最高级的夜总会。"会员们可以坐在回廊里喝着微苦的金酒，看江上过往的小舢板。二十世纪初，上海总会翻造了带有希腊廊柱的华丽建筑，那时，会员们可以住在顶楼的客房里。早晨他们可以吃到有欧洲烩饭，培根和鸡蛋的早饭，冬天还有稀饭，以及吐司面包和牛津果酱。新出版的报纸也在早餐时送到了，还都是温热的，仆人用熨斗刚刚烫过。"瑟金特的书里，这样描写了当年的上海总会。

　　在另一本书里，我又读到，当年建立汇丰银行的念头，就是几个贩卖鸦片的大班在这里饮酒闲谈中诞生的。

　　再有一本书里，写到了第二次世界大战时的上海总会。提到传说中沙皇家唯一存活下来的小公主,不在法国,不在德国,也不在美国,而是在上海,在上海总会当歌女。老人们都不肯相信这种传说,他们说处在社会底层的白俄走投无路,最喜欢造这种无伤大雅,但满足所有人虚荣心的谣言——对客人来说,被落难的皇室服侍,是很有面子的奇遇。对俄国人来说,落难的身份巧妙地帮助他们维持了自尊。上海的1940年代,很容易就遇到一个俄国公主,或者伯爵,连说俄语的点心师傅,都不忘记标榜自己,原先是落难的宫廷点心师。

1996年,能在照片里面看到1980年代用的那种笨重的窗式空调,它正很粗鲁无知地从1910年精美的旧窗饰中探出来。一旦开始制冷,它的出水管就会不断地滴出水来,沿着窗台,沿着墙皮,留下一条发黑的痕迹。它让我想起来1980年代末和1990年代初的时候,上海许多窗台上出现过的情形。那时,人们是这样急切地需要空调,一台空调,是更好,更现代化的生活的具体象征。人们顾不上别的,更没想过自己对建筑这样做有多粗鲁。

多少年过去,对摩登的追求还是上海人生活的最高目标,上海人的追求仍旧带着无视传统的浮浅与热烈,像从前在街头呼啸而过的阿飞少年。

1910年的照片上就看到的雨篷,还在原处。但在这张照片上,它被东风饭店和肯德基炸鸡店的店标挡住了。东风饭店这个名字,出典于毛泽东率领中国与西方决裂时的宣言:东风压倒西风。用它来命名旧上海总会,实在是有象征意义的。对上海人来说,也很有时代特色。它意味着在精美的大房子里,坐在摇摇晃晃的油腻桌子前,吃一份刀工粗糙,加了洋葱和甜椒,用大油热炒的蚝油牛肉，或者红烧肚裆。沉重的白色碟子的边缘，邋里邋遢地布满了油渍和肉汁，常常还能看到大厨留在上面发黑的拇指印。这是上海物质匮乏时代典型的餐馆景象，犹如一家破落户的生活。

1910年坚不可摧的六根希腊式水泥柱，此刻也已锈迹斑斑，1910年的钢筋在风吹雨打中，从水泥里面锈了出来。而1910年宴会厅的吊灯，却从一楼的窗户里透出了光亮。宴会厅多年以来保留了上海总会时代的传统：窗台上装饰着白色窗帘，而且以维多利亚时代的趣味松松地在两边款住。新秩序是建立起来了，但旧面貌仍点点滴滴，如锈迹浮现。

这时，山德士上校的美式微笑也出现在东风饭店店招的下方。此时，上海第一家美国肯德基炸鸡店在这里开张了。在大理石古旧的大厅里，炸鸡店红蓝白三色的招牌似乎并没破坏原来的华丽，反而为那里增添了更多的异国情调。

我常把它们拿给美国人看，然后再说上海总会的故事。他们大都看着发笑，好像为肯德基炸鸡店在上海被如此抬举，而感到不好意思。但我并不觉得耻辱，而是觉得有趣。这便是外滩历史最真实和自然而然的痕迹：它虽然荒诞，但却提供了一个历史视野。

那里总是挤满了喜气洋洋的青年和孩子，是情人约会时吃饭的好地方，也是孩子们得到奖励时最热门的礼物。6月1日，这里更是挤满了带孩子过节日的家庭。许多孩子脸上还留着重重的油彩，眉心中间点着粗大的吉祥痣——他们刚在学校的庆祝会上表演过节目。那个时代，在门口等位的旧习惯还未在市民中苏醒，店堂里每个坐着吃东西的人身后，都站着焦急等待的人。天棚高而精美的店

三、不可能的世界

堂里充满了炸薯条的香味。店堂里,到处都是令人向往的蓝色、白色和红色,以及小心翼翼用薯条蘸着一小包番茄酱的人。他们坐在肯德基环球一律规格的桌椅间,三十四米长的长吧,在这里是没有意义的。他们兴致勃勃地品味全球统一的炸鸡配方,还有美国式服务的笑容,"露出整齐洁白的牙齿。"

年轻的一代不抱怨这样的变化不成体统,他们为自己能在中国的土地上就能感受到自己与世界切实的联系而高兴。那些年,有人在这里庆祝过订婚,有人在这里过了自己的十八岁生日,有人在留学美国前,将与好友的告别聚餐特地订在这里,喝着可口可乐,感受着细小有力的气泡在口腔里到处爆裂带来的微麻,彼此相约:"苟富贵,毋相忘——在美国见。"

1998年,大楼关闭,等待修复。然后,变成外滩最著名的危房。

2006年,我在美国的演讲中用到这张照片。演讲结束后,一个温和的中年男子走过来对我说,他就是当年在东风饭店的肯德基店吃到第一顿美国快餐的。他说,他至今难忘的是,服务生将装有他点的食物的红色塑料托盘递给他,服务生兴奋而极不自然的微笑。他当时被那微笑吓了一大跳。他和服务生,都不习惯微笑,但都为这微笑感动了。"比美国的微笑实际上要真挚多了。"他对我说,然后,突然微笑了一下,"露出整齐洁白的牙齿。"

看上去,这里真是一片混乱,充满冲突。但每一种冲突,都有自己的逻辑。这不就是历史最有趣的面貌吗?历史在这里,就是埃舍尔的流水,它荒诞地流淌着,理所当然地创造不可能的连接。它可真是怪异,但眼见为实,它很雄辩。

摄影： 佚名

一楼酒吧旁边的台球室被保留了下来，这大概要归功于当初被尼尔·巴伯讥讽的共产党的决定：将上海总会改成上海国际海员俱乐部。建筑也有自己的命运，但它总会展示出自己的奇妙之处。俱乐部的形式在全世界劳动人民大团结的口号下继续存在下去，这也许正是上海总会时代的台球室得以保留的原因。太平洋封锁时代，能来上海靠岸的国际海员实际上很少，这大概又是室内的用具多年以来没被破坏，也没被用坏的原因。

台球室的窗户上拉着积满了灰的厚窗帘。刚走进去的时候，眼睛几乎什么都看不见。我去拉开窗帘，马上抖出了无数细尘。要保持球桌上绿绒桌面不发黄，就要让它尽量避免日光。我猜想，这是现在仍旧窗帘紧闭的原因。你不能觉得这情形的可笑，从前的球桌不就是这样才保留下来的吗？

摄影： 陈丹燕

如今，在一团狄更斯小说里描写的灰尘气中，还能看到装饰着彩绘浮雕的天花板，只是颜色已经被氧化了。周围深色的护壁板也还在原处，甚至还是坚固的，只是被涂过一层深褐色的劣质油漆。油漆乌糟糟的，反倒连累了护壁板的成色。钉在墙上的老式记分牌居然是照片里看到过的，那上面记录了至少三代人在这里玩桌球的分数，一代大班，一代海员——也许是个波兰人，还有一代1980年代的暴发户。可惜它不会说话，只是默默标明他们的输赢。桌子上方的吊灯位置没变，但灯已是另一种式样的灯。这是情理之中的事。突兀的是天花板上的日光灯，它在这里出现，自然是刺目的，但却明明白白地照亮了时光的沧桑，让人不至于恍若隔世。

摄影： Godfrey Moyne，1949年

　　带着对1949年上海总会大厅最后一张照片的记忆，2005年，我来到已关闭八年的大厅。那天是为了迎接另一个重要的台湾投资商，房管部门冒险打开了房子里所有可以用的电灯。被灯光照亮的大堂中央，放了一把用旧的躺椅，大理石的地上还放了一只搪瓷的大茶缸。它们是守门人的家当。躺椅上还有一个小收音机，守门人平时就在大堂里半躺着，喝茶，听广播。竹片的旧躺椅，印着单位的有盖搪瓷茶缸，还有砖头大小的收音机，都是1980年代初的旧物，放在1910年大理石的大堂里，四周布满了2005年的凋零，那个书中气派的大堂，现在，更像一个装置艺术作品。

　　王家卫将电影《2046》中未来车站的场景选在这个大堂里。王菲就在这里，搭车去了2046年。那是香港回归中国后的第五十年，中央政府承诺对香港的政策五十年不变。2046年以后将要发生什么，是悬在人们心中的疑问。人们不由自主要联想起上海1949年以后发生的变化，害怕香港的明天，就是上海的昨天。

摄影： 陈丹燕，2005年

　　我站在大堂里，四下打量着，却怎么也回忆不起《2046》那个未来车站的样子。

　　就问守门人。

　　他说，搭了景，又打了灯，这里就完全变了样子："老实说，我天天在这里，都看不出电影里的和这里有什么一样。"

　　我猜想着王家卫的心思，既然搭景要搭到谁也认不出这地方，那为什么还劳神来借这危房拍电影，不如到电影厂的摄影棚里新搭一个，岂不更干净利落。他是那么聪明的一个人，这么做，一定有自己的讲究。他是在讲究一个场景所能散发出的真实寓意吗？他需要一个地方无限的旧气，和旧气中无限的可能来象征通往未来的道路吗？以他一个七岁就离开上海去了香港的人，会有对上海和香港如此意味深长的，奢侈的，形而上的想象力吗？

　　埃舍尔的流水，汤汤而去，又汤汤而来，真是永无休止。

THE MONUMENT

PIECE.04
纪念碑

  作为一个天生的炫耀之地,就如聚光灯下的舞台,外滩的纪念碑有着自己的生命和运气。它们的此起彼伏,就像世道人心投射下的阴影,既是真实的存在,又是无法触摸的虚无。

外滩：影像与传奇

摄影： 陈丹燕

  这是在伦敦西敏寺修道院里的纪念碑，是那里铺天盖地的纪念碑中的一小块，嵌在走廊入口处的墙上。它纪念地理大发现时代，从英国开通的、去往世界各地的海上航线。英国人认为，正是这些从英国出发的航线，第一次将世界连在了一起，世界因此而不同了。其中有一条东方航线，沿着非洲海岸线，到南大西洋，到印度洋，到印度，到东南亚的群岛，到东亚，到南中国海，到中国，到上海，到外滩，到外滩的邮轮码头。

  站在石碑前，往走廊里眺望，墙上，地上，后院里，到处都是

四、纪念碑

英国伟人的纪念碑和石像。这些还不是最著名的，更重要的人物，都供在西敏寺的教堂里。乔治王睡在石棺里，爱德华王睡在木棺里，作家王尔德则是那里的一块小小的彩色玻璃。

绝大多数英国伟人的名字我都陌生。

石像的脸当然也陌生的。

甚至这张地图上中国的位置都陌生。比起我国的世界地图来，它如今的位置这么偏东，偏在世界一隅，好像就要顺着太平洋，滑去地球的背面。

我如今的航线，是机舱电视里的一张世界地图，从上海出发，沿着中国大陆，到俄罗斯，到中欧洲，到奥地利，到德国，飞过英吉利海峡，到伦敦，到希思罗，到西敏寺外。站在纪念碑前，每当我呼吸，总不由自主地感到某种异香，那是我想象中的鸦片的气味。想起我九十六岁的姑妈警告我的话：最好连闻都不要闻烧鸦片的气味，哪怕闻到，因为它太香，也会上瘾，浑身的骨头就酥坏了。而且，一定倾家荡产。英国商人卖给中国人的鸦片，曾让一个精美旧中国分崩离析。

令我不能释怀的是，英国人却没把对中国的鸦片战争真当一回事，它只是英国的几百场战争中的一小战，用的大多是雇佣兵。比起当年对澳大利亚，非洲，美洲大陆和印度的征服，这两场短促的战争真是不足道。英国人早已将它轻轻忘记了。我能理解英国人将殖民先锋作为民族英雄来纪念，能理解大英博物馆里展出紫禁城龙椅，甚至能理解他们强者为先的逻辑，但不能接受他们竟不小心全然忘记了中国。

天际线的纪念碑

江南的小家碧玉

收集上海沿江一带的图片,将它们按不同的年份排列好,很有趣,如看到一个人如何成长起来。

1840年时,黄浦江边,船是中国的沙船,墙是中国的城墙,树是中国的柳枝,对城墙上那文弱而倜傥的男人看了又看,我想,他们应该是在下象棋。用食指和中指夹起木头棋子,啪嗒一声放下,在画了田字格的纸板上厮杀。

黄浦江边的房子,是江南的白墙黑瓦房,应该有人在廊下闲弹琵琶,用苏州话唱绵软的曲子,唱词字字珠玑,若是用蝇头小楷录下,就是用词考究的诗歌。或者,有人在窗前按祖传的技法绣花,那是顾家的女人。或是有人在灶间,用熬好的猪油炒了当季的新大米,又将切碎的青菜和咸肉片加进去一起炒热了,加水焖,做成喷香的咸肉菜饭。

听说1840年的时候,这地方是天生的温和富裕,又很安分,像个江南殷实人家的小家碧玉,没什么大志,也不用心计,过着本分日子,但一直都是心安理得的。

四、纪念碑

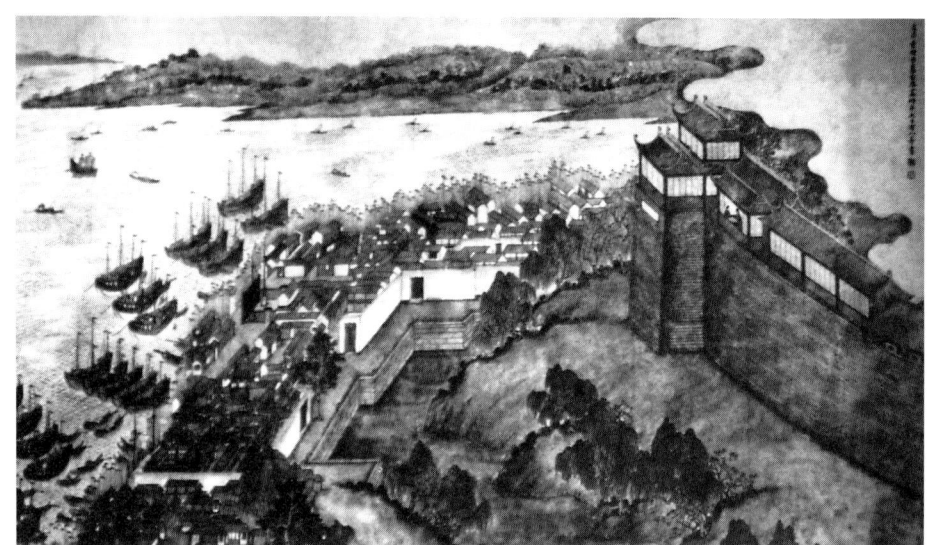

摄影：佚名

摄影：佚名

外滩:影像与传奇

原罪:鸦片与投机

1846年,上海开埠,英国领事从上海道台手里得到了一块江边的空地,开始了艰难的居留地生活。"上海并不是个可爱的地方。在由泥沙堆积起来的泥滩上,倾倒着一堆单调的平房,棚屋和仓库。那不是个健康的居住地。"一个早年来到这里的人写道,"想想那些住在这地方的人吧,潮湿的空气将他们弄得终日湿漉漉的,空气里的盐分又使他们周身发黏,风吹得他们长了皱纹,死水将他们囚禁。但是西方人勇敢地面对那些危险,因为他们的钱正在日积月累地飞快增加。"传教士帕特·巴(Pat Barr)写出了上海改变的动力。

英国商船在英国装满机织细布,先到印度,将细布换成鸦片,再来中国,将鸦片换成茶叶,丝绸和银子,再回英国。当中国政府不允许鸦片贸易,他们就为鸦片打仗,迫使中国接受鸦片贸易。中国打输了,不得不开放港口,接受鸦片。外滩被租给英国商人做鸦片生意。价值四千万银圆的鸦片通过外滩的码头从印度进入上海,然后,由外滩的洋行发送到中国各地。距离外滩几条街口的街道上,有超过一千五百家鸦片馆和八十家公开出售鸦片的商铺。那时从事鸦片贸易的中国人和外国人,统统发了财。要没有鸦片,就不会有外滩。

不过,要是中国没有巨大的鸦片需求,这宗大买卖也做不成。

四、纪念碑

中国人很早就喜欢上了鸦片。因为用它可以麻醉自己的精神，获取幻想，并增强性欲。举国颓废的时代，虽然官府禁止鸦片，但国民暗地里争相吸食。富人们吸鸦片，穷人们也吸鸦片，中国人将几千年熏陶出来的文明释放在享受鸦片上，能工巧匠们发明了雕花的檀香木鸦片床，通体碧绿的翡翠大烟枪，嵌了珍珠贝母的鸦片盒。一个颓废的中国社会，是外滩发达的基础。

鸦片是外滩的原罪，它永远不会清白。但在英国，他们甚至没感到过罪过，因为他们将鸦片看成在东方找到的香料，它的主要功能是止痛和增强性欲。英国法律未禁止商人买卖鸦片。英国似乎也从未意识到它对中国的伤害。

大多数西方人来到上海，就在堤岸上住了下来，加入淘金大军。后来，他们多少都在鸦片贸易中赚到了钱。穷小子成富翁的神话传回家乡，于是，越来越多的欧洲青年来到上海，争当殖民英雄。有时，货船从欧洲到上海，卸下货物之后，海员们纷纷留在上海做生意。有一条船，甚至船长本人也留下来，改行做商人。

外滩也因此日益繁忙，半空中日夜响彻苦力劳作的号子声，这声音在夏天使外滩居民难以入睡，每年夏天都有侨民向工部局投诉，于是，工部局就派出巡捕，制止苦力在搬运时发出声音。伴随着十九世纪贯穿于工部局文件的苦力号子问题，眼看着外滩超过了广州的沙面，香港的中环，马来亚的马六甲，甚至印度的克拉拉，日益接近了英国利物浦堤岸的样子。

江面上到处是大小船只，各家洋行的码头上，到处都是乱哄哄的人和说话声。洋行的码头就造在房子前面的滩地上，一时货物进不了仓库,会就近堆在洋行前的马路上。当年的洋行院落,大多简陋,史密斯家的宅院里更有一个大水池,夏天蚊虫泛滥。工部局董事会裁决,史密斯家必须填没水池。工部局的会议记录里,至今还保留着当时史密斯大闹董事会的记录。就是这个史密斯,对来调解矛盾的英国领事爱尔考克发表了著名的投机主义言论,他声称:"我的目的就是尽快挣到足够的钱,离开此地。我离开后,上海被火烧,被水淹,从地球上消失,与我再也无干。"他的冷酷,代表了当时许多上海商人的心情。

人人来此都为了撞"Chance",即使是那些富翁。无论华洋,贫富,长远的打算都是衣锦还乡。来自宁波的穷人们,即使死了,也不肯埋在上海的土里,要落叶归根回乡下去入土。人们彼此无法探到对方的底细,只靠装束来识别,只有靠衣服和手表的牌子来建立一个人的信用。这地方的人没有世交,没有老朋友,经常变换地址,甚至可以将旅店当成永久地址,万事都只能靠自己小心。为了钱,人们什么都敢卖,从毒药到人口,连牧师都敢诈骗,没有道德的底线。人们怎么肯将这样的地方认作家乡?人们对将一座城市当故乡,本来就犹豫,更不用说是这样的地方。如果此地不是故乡,又何必在意它的天长地久。

四、纪念碑

外廊在阳光下闪闪发光

到1897年再见,好像天上掉下来了一个欧洲小城。

马路很干净,不是老城厢里终日湿漉漉的街道。路边种着行道树,路上跑着欧洲马车。马车边站着两个穿深色外套的男人,其中一个人似乎还拿着一根手杖。他们很像早年的英国商人。他们立在树下说话,或许是在说运输的生意,或许是鸦片的生意,这两项都是当时最挣钱的生意。或许他们谈论的是外滩刚刚露出端倪的地皮买卖。那么这两个人,应该就是老沙逊洋行出来的精明的犹太商人。那时,老沙逊洋行开始从第一批告老还乡的商人手里收购外滩的便宜地皮,日后,地皮成了比鸦片还要值钱的生意。

史密斯已是外滩最大的地皮拥有者。他果然遵守当年的宣言,在地皮上挣了一大笔钱以后,就回英国养老去了。买了地皮,人心开始安定下来。

外滩出现了新而大的房子。照片里,外滩洋行高大的砖瓦房在阳光下闪闪发光,能看到一个穿白上衣的人在二楼阳台处凭栏眺望。他又是谁?是大班还是买办?他从栏杆上探出身体去,好像在注意堤岸上自家码头的动静。登高也只为了舒舒服服下一盘棋的闲适,此时真是过去了。再细细地看,白衣人的凭栏处,不是中国的,也不是欧洲的,那些房子比欧洲本土的房子多了一个宽大的外廊,那便是所谓的东印度公司式样。它是离开欧洲到亚洲做生意的

外滩：影像与传奇

欧洲人，在东方航线沿途建起来的房子。那一圈外廊，避免了亚洲各地的炎热空气和阳光直射到房间里。东印度公司航线上的亚洲港口城市，加尔各答，孟买，克拉拉，马六甲，吉隆坡，哥伦布，香港，广州，上海，对欧洲人来说，真是太热，太湿了。

不过，大房子里有了令英国本土的商人吃惊和妒忌的豪华菜单：

正餐开始于一道内容丰富的汤，和一杯雪利酒；然后，他们就着香槟酒，吃光一两道有牛肉，羊肉或者家禽肉和烟熏火腿肉的头盆，第三道是米饭，咖喱和火腿，用啤酒或者香槟佐餐；接下来是一道野味。然后，上布丁，糕点，果冻，奶油冻，或者牛奶冻，以及更多的香槟；第六道，是忌司和色拉，面包和黄油，以及一杯波尔多葡萄酒；最后，大部分情况下，再吃些橘子，无花果，葡萄干和核桃仁，以及两三杯红葡萄酒或者其他葡萄酒。然后这一餐以一杯浓咖啡和雪茄作为结束。

早期商人和传教士的书信和日记里，那些因为受潮而难喝无比的咖啡，晚上被蚊子攻击和上海危险的饮用水带来的腹泻以及受潮的袜子，因此都成为开拓者自豪的谈资。

此前的工部局总董金能亨（Edward Cunningham），曾对外滩表现出的短视大为不满。他讲究体面，在任时制定了不少规则，限制外滩堤岸上各洋行的码头和货栈，他希望外滩最终成为一处可以让外滩居民呼吸新鲜空气，散步和社交的场所，而不是相貌贪婪的码头区。金能亨卸任后，工部局仍旧致力于整理和保护外滩，他

摄影： 佚名

们通过了许多决议，迫使洋行一点点搬迁掉已建的码头，限制洋行建筑的扩张，将堤岸整理出来，铺上草皮，放上长椅，安上街灯，竖起纪念碑。他们开始用钱将上海装点得有一点文明气息：一间商会，一个俱乐部，一个小小的沿江的外滩，后面带着一个沼泽般的跑马场。码头看上去没什么装饰，可也出现了一些精心修饰的东西：比如，精心维护的公园，光线充足的马车道，花枝招展的闲适的妇女，这些东西帮助上海为稍后些被命名为远东模范租界而感到自豪，并受之无愧。

当史密斯和金能亨都离开上海了，工部局为外滩的一草一木与各家洋行的一砖一木进行的战斗，仍在激烈继续。这是上海人要将外滩看成家园，还是一处生意场的斗争。

外滩就这样从里到外都长成一副混血儿模样。不是中国的，不是欧洲的，它是上海的。

混血儿在东方不受欢迎，大家叫它杂种。上海的外国人只明白自己与中国人是有隔膜的,就是穿了长袍马褂,脸上努力像中国人穿在长袍里一样静默顺从,心里却泾渭分明。他们不明白外滩对于中国来说,比起他们,还要隔膜得多,而且位置尴尬。

如此的外滩对中国是个异数。一个耻辱。一根背上的芒刺。一面与自己对照的镜子。

错落有致的天际线,好像山峦一样

二十世纪初的外滩,带有外廊的房子被拆得差不多了,因为大班们想要更体面的办公室,想要更加凸显出自己的欧洲富翁身份,于是他们造了更高的楼房,用了更考究的材料,采取世界上最摩登的式样,侵占了每一分可以占为己有的土地。外滩原先的树,带有水池的庭院,给人欧洲小城错觉的景色就这样一一不见了。

只看到沿江岸边不停地推倒旧房子,造新房子。外滩的各家洋行都热衷于建大楼。暴发户们总是这样的。跟随东印度公司发迹的渣打银行,从意大利教堂买来了整扇铜大门,作为自己的大门。海关大楼的英国大钟,是当时亚洲最大的钟,原封不动地复制了伦敦大本钟的曲调。汇丰银行从世界各国采买最时髦和昂贵的建筑材料,将自己的新楼建造成"从苏伊士运河到白令海峡一线最讲究的

四、纪念碑

建筑",而沙逊大厦则一开始就抱着成为亚洲最豪华建筑的雄心,它的契丹风格,拉力克玻璃的身价,芝加哥镀金时代的混杂口味,给外滩带来几代人暴发以后,粗俗放纵与颓废挑剔并举的奇妙的狂欢风格。

外滩开始有了自己不同凡响的天际线,汇丰银行的圆顶,海关大楼的大钟,沙逊大厦像埃及方尖碑一样高高耸立起来,而苏州河对岸咖啡色的大厦如美国屏风一样,为外滩遮住了虹口早年的那些低矮歪斜的木结构的房子。外滩成了一座现代大都会的标志。

错落有致的大楼好像山峦一样,却比山峦还要壮观,因为那些建造在烂泥滩上的坚固大楼充满了人类征服一切的豪情。要知道,这一切,都是建立在一片沼泽般的泥滩上的呀。

1930年代从爪哇到上海工作的汇丰银行职员布莱克(L. M. Black),老年时为汇丰银行档案馆回忆了他对上海的印象:

对一个没有在那个时代去过上海的人描述上海很困难,要是你曾经在爪哇生活过,那就简直困难极了。上海不仅是彻头彻尾的国际大都市,而且是高度文明的城市,从香港或者爪哇来的人,走进上海的商店里,真会发晕。那里不仅有美丽的中国刺绣品,也有从巴黎来的最上等的成衣,从纽约来的最顶级的时髦品,以及伦敦的那些衣饰,皮草……全世界各地的各种商品,真是应有尽有,而且都是最好的。价钱也都合适,当然一分钱一分货,但是凭良心说,在上海也没贵得离谱。

摄影： 佚名

布莱克先生奉命从爪哇调往上海总行工作时，简直乐不可支。那时，年轻的英国人中有谁被调往上海工作，再也不用借助十九世纪麻翻水手的麻药了。此一时彼一时，他们全都渴望Be shanghaied。这个动词的意思，已经从被迫去上海，转向"被上海化"的含义。被上海化的含义，是成为见多识广、见怪不怪的、都市的、物质主义的、道德可疑的人。

只看到那里的楼房，像青春期的孩子一样转眼便长高了，马车转眼换成了美国的雪佛莱，黄包车如搬家的蚂蚁一样连成一线。到处都是奇迹到来的气氛，即使是在照片上，那一片嘈杂也跃然纸上。美国汽车粗鲁的喇叭声，黄包车上的人高声催促车夫的声音："Chop，Chop。"汇丰银行新楼的日夜不停的打桩声，和江面上船只各种各样的汽笛声，还有苦力们的号子声。工部局的董事们始终在寻找一种办法，能禁止卖苦力的人们用人力

摄影： 佚名

运输时，发出的号子。他们一直不明白，这声音就是外滩成长发出的呻吟。汇丰银行门厅里，那名扬四海的四根两人合抱的大理石柱，用意大利整块大理石雕琢而成，就是靠蚂蚁一般的苦力，从远洋船上运到工地上的。

混杂就是骄傲

奇迹真是多啊，从巴格达来的犹太富商转眼将几代人从外滩挣去的财产带回上海，外滩的地价，马上就与曼哈顿不相上下了。地皮转眼上涨了上百倍，当时买下外滩地皮的人，个个都成了大富翁。

外滩终于成为一座"万国建筑博览会"。

欧洲人本想嘲讽一下外滩的混杂，外滩竟毫不羞耻地接受下来，并引以为骄傲。它正一心一意追求现代性，正巴不得成为全世界的秀场。

外滩还在疯狂地长大，它一点也不理会别人的嘲讽。

对新到上海来的人来说，上海比传说中有过之而无不及。它站在黄浦江边上，那是条扬子江的支流。邮轮就停靠在外滩，那是上海最重要的大街，也是城市的中心。当你来到岸上，上海混杂了豪华和大蒜的独特气味就一举将你淹没。一打不同的语言同时攻击你的耳朵。乞儿吊在你的衣服上不肯离去，美国产的汽车正对着你的黄包车夫狂按喇叭。有轨电车摇晃着经过街道。在你头上，外滩的外国建筑物直冲云天，在你脚边，中国乞丐们用手指戳弄着他们自己身上的痛处，力争让行人因为不忍或者恶心而施舍。在街道的一边，一个中年俄国女人正和一个青春年少的中国女孩争夺一名水手。人行道上，中国式的银手推车剑一般地戳向正从俱乐部大门里步出的正装英国人。在路上，一个包了红头巾的锡克巡捕对两个中国女孩狂吹哨子，她们正穿着极高的高跟鞋奔过马路，她们身上的两片旗袍随着奔跑而翻开，几乎连屁股都露出来了。就是被蒙着眼睛，你也能感觉到上海有彻底的，几乎歇斯底里的能量。

四、纪念碑

　　这是英国作家哈瑞特·瑟金特《上海》一书中对当时外滩的描写。她如我一样，也是没有见识过外滩的年轻一代，靠四处的访问，查考保存在英国和美国以及上海的档案，一厘米一厘米地搜索旧照片里的细节，想象，拿着照片去访问看见过肆无忌惮的旧世界的老人，来还原大战前后的疯狂。当我一字一句地翻译她书中的段落时，我曾翻检过的照片，旧报纸，多年没有人碰触的纸张，变脆的档案一一浮上眼前，我有时能看出她的意象出自哪里，又有哪些是结合了自己的想象和夸张——到底是未经历过海事时代的人，对混杂的想象终于有限。即使我们属于那个时代两个正好对应的民族——心路竟是相似的。按照卢卡斯（Christopher J. Lucas）的说法，将"认真的事实与无限的幻想混合"了。这便是由图像帮助的历史想象的特点。

　　她小时候曾被她的父亲带来外滩，那时正值外滩的洋行陆续退出外滩大厦，英国和中国还有少量的生意未了。我想，这块土地奇异的相貌和对英国人来说略带诡异的气氛，一定给哈瑞特·瑟金特深刻的印象，她一定对此充满探寻的好奇，以至于她在长大以后，要为上海写一本书，而且要将这本书献给她的父亲。我和她，我们素无往来，都是被自己的父亲偶尔带去外滩，而认识了这地方；都喜欢做上海老人的访问并喜欢引用他们的话；都企图借重旧照片，来获得在场的感受，那种被激起的感情，就像放一小勺盐到肉汤里，不增加什么，但使整个叙述变得有滋味。

　　上海平等地提供了不同的娱乐。你可以去城市中心法租界的跑狗场，在一种叫海阿拉的葡萄牙人的游戏中下赌，或者去观看一场京剧中令人莫名其妙的表演。在上海，军队上街参加娱乐性的游行，外国兵舰在黄浦江上游曳，报纸由各种不同语言的大写字母和电影组成。傍晚时，被邀请去参加一个正式的英式晚宴，也许还有个余兴节目：去夜总会看一个自称为菲律宾公主的日本舞女跳舞，她随着一个德国犹太人组成的乐队波浪式地起伏着身体。要是此时你生病了，你可以找到二十八个国家来的医生给你看病，包括两个罗马尼亚人，一个亚美尼亚人，一个埃及人，一个墨西哥人和十个特别有能耐的匈牙利人。

你还能买到从每个西方国家来的奢侈品。从日式婚礼和服，到由中国小男孩手工缝制的镶边丝绸内衣，一应俱全。

这可把外国旅游者看呆了："这样多样的生活，这样小心翼翼的分流，这样强悍的潮流——这光景简直产生了一种类似惊骇的东西。"阿尔多斯·哈克斯勒（Aldous Huxley）在1926年写道。

这是哈瑞特·瑟金特的上海，充分地表达了它的混杂，和她对混杂的兴奋之情。我也是。混杂是一种能力，而且，就是骄傲之处。

四、纪念碑

天际线的最后一笔：一座蓝色的琉璃瓦顶

　　太平洋战争前，上海成了世界航运的中心，它和利物浦与纽约的距离是相等的，因此国际间的远洋轮都将上海作为一个必到的重要口岸。欧美各国的货物随之源源不断进入上海，然后再由帆船和驳船分销到内地去，最远的，已直达西藏境内的金沙江。

　　外滩各家银行里，家家资金充足。码头上堆满货物，道路上日夜奔忙着商人们。外滩的上海总会里的酒吧，竟要建造世界最长的吧台，来对付中午来午餐的会员。马车和黄包车刚被英国和美国产的小汽车代替了，就即刻又看到有轨电车和柴油汽车的公共交通出现了。纽约巴黎的高级奢侈品也源源不断地来到上海，在上海它们同样时髦，而且得到上海居民更疯狂的追逐。外滩公园的夏季音乐会上能听到几百支不同风格的乐曲，那支乐队能很像样地演奏整场古典作品的音乐会，很快，它就成了世界上数得着的好乐队。

　　外滩长大，简直像天方夜谭里的故事，它成了世界第五大都市。有人预计，以它的活力，它将超过其他的欧洲城市，成为仅次于纽约的世界第二大国际都会。

　　中国人开始在外滩展露身手了，从李鸿章的招商局成功收买英商轮船公司，将一座英国公司的办公楼改造为招商局大楼的几十年后，宋子文将沙逊大厦紧邻的德国总会建筑拆除，建造中国银行大厦。很多人将自己的希望寄托在这座大厦上，公和洋行的中国建筑

摄影： 佚名

师希望它是外滩最高的建筑，宋子文希望它能在英国人的外滩显示中国银行与一切外国银行平起平坐的实力，中国商人希望它象征着中国资本的力量。无论如何，它是外滩第一座糅合了明显的中国风格的大厦，它为外滩的天际线增加了一个中国式的蓝色琉璃瓦屋顶，那是外滩楼顶上唯一的中国人的蓝色。它还为外滩带来了中国建筑上的寿字纹，那是中国式的装饰。外滩天际线的最后一笔，是中西合璧的句号，纪念着中国人的梦想。

到中国银行楼外的脚手架拆去为止，外滩天际线的终于完成，一座由天际线组成的纪念碑也随之完成了。它纪念着一座在泥滩上建立起来的大都市的诞生。

四、纪念碑

红旗飘飘的楼顶

当洋行飘扬了一百年的旗帜终于陆续从天际线上降落,五星红旗一面面地升起。

汇丰银行成为市政府办公地,怡和洋行成为上海外贸进出口公司,招商局成为上海海运局,渣打银行成为中波海运公司和上海水产局。海关虽然还在原来的大楼里,而且,从赫德手中制定的各项基本规章仍旧沿用下来,并成为全国各海关的统一规章,但谁都不敢说一声赫德的好话,却都知道他制定的规章好用。要是看到他当年维护义和团的信件,谁也不能相信这个英国人对中国人的理解。

英国领事馆里的一部分甚至成了市政府机关的托儿所,另一部分成为上海友谊商店。这是上海被封闭以后唯一与外部世界有所联系的窗口:只有外宾和陪伴外宾的中国人才能进入那里购物。它是新世界的另一个"华人不得入内"的公共场所,距当年华人与狗不得入内的黄浦公园仅仅二百米之遥。有权经过国旗色的"Welcome"地坪走进商店的少数中国人,实在有着不寻常的感受:那是种被竭力隐藏的高人一等的感觉。可是,怎么可以再制造一个不允许大多数上海市民入内的公共场所呢?但要是不限制大多数中国人入内,怎么平衡分配呢?说来说去,又回到了当年工部局回答华人抗议者的立场。

华懋饭店与汇中饭店合并,成为和平饭店。它们仍旧是上海最

摄影： 佚名

高级别的饭店，当年辛普森夫人与她的军官丈夫离异的客房，当年墨索里尼的女儿和女婿为上海妓女吵架的客房，当年美国海军军官的太太们独自酗酒的客房，此刻入住的是来自华约组织的新中国贵宾们。不过，掌管大堂电梯的工人还是沙逊大厦时代的老人，他仍旧每天用发蜡将一头茂密的短发整理得油光可鉴，让人站在他身旁，也不得不检点自己的仪表。旧时代的礼仪怎么还是这样有震慑力呢？他只是个普通的电梯工，人们却在他身上看到了旧世界的光芒。

当这一切发生在外滩大楼里，天际线的纪念碑仍旧提醒人们外滩的来历。

四、纪念碑

洋泾浜英语的世界

洋泾浜英语的两个解释者

十九世纪末,那时洋泾浜还是一条真正的河流。外滩就夹在两条小河中间,一条是北面的苏州河,另一条是南面的洋泾浜,像一座莱茵河上的城堡。它几乎可以说是突然繁荣起来的,与四周依旧的杂乱山河比起来,就像一块落在泥地上的奶酪。

一个英国教士,在苏州河畔联合教堂中,为当时大量来到上海的英文读者写《上海指南》。联合教堂是上海最早的基督教堂之一,那时它紧靠着英国领事馆的后花园,在钟楼上能看到领事馆前面那一大块远东最整齐优美的草坪,那绿色并平缓起伏的草坡,是当时整个远东最像英国的一处地方。这是来自英国的教士挚爱的风景。他并不是想象中只有宗教生活的教士,他通晓上海各处的生活,并为上海的暴发十分自豪。他是个中国通,也到底是个英国人,介绍外滩公园时,没有丝毫华人不得入内的尴尬。这是让我惊奇的地方。我曾教条地以为,上帝面前,人人平等是每个基督徒的理想。与这个教士同时代的中国传教士颜永京,已经为所有人都能平等地进入公园,而争取了几十年。然后我想到,与颜永京在上

外滩：影像与传奇

海相处了几十年的外国传教士们，从第一本中文《圣经》的翻译者施约瑟，到第一批将西方科学著作翻译成中文的伟大的传教士们，他们的名字从没与颜永京一起出现在抗议的记录里面。

一个中国书生，在洋泾浜畔的广方言馆里，写了一百首《别琴英语竹枝词》，送给当时最大的上海中文报纸《申报》发表。那时，洋泾浜早已成为中外商人交易最重要的交汇之处，洋泾浜两岸有数不清的小货栈，处处能看到大小买办在岸边清点货物，半裸的苦力们日夜吟唱着号子，被印度源源不绝运来的鸦片包压弯了腰。混浊的河水上漂浮着各种小船，将外滩洋行里往来的货物向中国各地分流。这个常州人就这样天天被熙熙攘攘的人群裹挟着，往返于洋泾浜上。他是美国传教士林乐知的学生，我在那些广方言馆和洋泾浜街景的旧照片里细细察看，希望能辨认出这个中国青年的样子。他曾在黑板前默写拉丁文吗？他曾穿着白衫穿行在躁动的人群中和飞扬的外国旗下吗？他曾与当时时髦青年一样，将自己的辫子剪下来，送给心中感激的老师，比如说林乐知吗？我在美国的小城里看到过这样一条辫子，现在它是家庭历史中最富有东方情调的部分，被保存在一个旧木匣中。但美国人心里有一点疑惑和害怕：他们通常只保留亲人的一小撮头发，并不保留这么多。我对鲍奈斯女士解释，她现在是这条辫子的继承人——他将自己最珍贵的东西送给美国老师，是将老师当成父亲一样地感激。清朝青年的辫子不是轻易动得的。鲍奈斯捉蛇一般地握着辫子，轻声叹道：Wow。

外滩两端的两条河畔，十九世纪末的书桌前，各自坐着一个教

摄影： 佚名

摄影： 佚名

士和一个书生，他们都在自己的书里留下了洋泾浜英语的记录。

达温特教士在自己书的第一页，这样介绍中国的生意英语：

对来上海的访客来说，即使一点中文不会，也不影响去上海各处观光。但是，要是他略通洋泾浜英语，会觉得方便得多。在亨特的《广东番鬼》里有很多生意英语来源方面的内容，生意英语发源于广州已没有疑问。最初的外国商人既没有学中文的爱好，也没有中文方面的天赋。中国政府要是发现有谁在教外国人中文，就会砍掉那个中国人的头。处在同样情形之下机敏的中国人便发明了一种用外国词汇和中文词汇组成的语言，它只有词汇，没有句型和语法，"只是用它声调中的单音节将那些来源相异的词汇统一起来"。

生意英语是种用法独特的，夹杂了中国方言和别种外国词的英语。访客必须了解，生意英语不是像访客们通常会天真地想象的那样，在每个词后面简单地加上ee便可了事。这种习惯无疑是早期的葡萄牙商人形成的，他们来广州，比英国商人早了一百年。因此生意英语里有不少词是葡萄牙语。

然而，当英国人出现，英语中的词汇便大量被中国人借用到这种语言中，它也被正式称为生意英语。

而杨勋写的别琴英语，则是他赋予生意英语的文雅的中文名字。他是广方言馆最早的英文班学生，也是第一个将生意英语翻译成别琴的中国人。他不满于生意英语的粗鄙简陋，又感慨生意英语中体现出的社会现实，遂写了一百首竹枝词，记录它在洋泾

四、纪念碑

浜上使用的情形。

杨勋这样介绍别琴英语（Pindin English）：

生意原来别有琴（pidgin，business一词的变体），
洋场通事尽知音（通事是洋行翻译的称呼）。
不须另学英人字，
的里（Three）温（One）多（Two）值万金。

在杨勋的竹枝词里，那些洋泾浜英语的注音已经从《红毛番话》的广东方言注音，改为宁波方言的注音。那时，上海已经超过广州，成为亚洲最繁荣的通商口岸城市。广州三十六通事独占上海洋行买卖也已经成了过去。上海已经出版了由宁波商人编写的《英话注释》，洋泾浜英语作为中国的混合语，终于在上海成熟。

他们两个人，分处在两条外滩的界河边上，对生意英语的描绘也有不同的立场。

达温特教士作为一个英国人，不能不指出生意英语的非英语性，但他并不关心它的社会面貌。他是就事论事的。杨勋作为一个中国人，着重展示这种古怪语言包含着的隐衷。他是微言大义的。达温特教士是介绍一种好用又寒酸的语言，它的词，句型和语法。他劝英语国家来上海的访客为了方便，姑且用之。杨勋却借着这种"令人酸鼻"的鄙俚语言记载一个熙熙攘攘的时代，一个天翻地覆的地方，和其中各色各样的上海人。

通事们

别琴英语竹枝词:

露天通事另归司(Linguist),
各国人言无不知。
出入城厢市井内,
佣钱先讲后来支。

这些通事是中国最早的商业英语翻译,跟随已经在十三行落脚的洋行大班来到上海。在广州,他们已经写出了一本《红毛番话》,解释英文的用法,帮助新入行通事学习英文。

初到上海,他们是垄断了翻译行业的中国人。据说他们一共有三十六个人,中国人与洋行做生意,一定得通过他们。这三十六个人的联盟,永远保持三十六个席位,永不扩张,以保证他们的垄断性。

洋行的买卖在上海飞快地发展壮大起来,翻译不够用了。宁波人中的第一个买办,据说是在舟山战斗中被英军俘虏的清兵,叫穆柄元。他由英国人的战船带来上海,为他们充当翻译,尔后他便留下与英国人一起做生意。他是上海当时第三十七个通事,一个孤独的江南人。不久,他自己办了一个英语学校,专收宁波子弟学英文,学生们从他的学校毕业,由他介绍到英国商行做买办,如此,

摄影：M. Miller

打破了广东通事垄断的局面。当时的上海，宁波人是唯一与广东人争霸买办的社团。他们看不懂《红毛番话》，便自己编写用宁波话注音的英文书《英话注解》。接着，杨勋在《申报》上发表了一百首别琴英语竹枝词。此时，洋泾浜上的英文终于脱离广东话注音的垄断，自成一派。

琶孩

这是一个叫路易·马尼高特的商人和他的中国小仆人的肖像画。办公室窗外，能看到一派繁忙的港口，和水边带有东印度公司式廊柱的房子，飘扬着外国旗的远洋船，和中国人的沙船。港口，带有宽大外廊的房子，吃水很深的船，这就是洋泾浜英语诞生的典型环境，要是没有这些窗外的景象，洋泾浜英语就是中国人做梦也梦不到的怪物。

中国仆人的手里拿着一张名片，上面依稀能看到维多利亚时代流行的花体字，那是什么人来求见。中国男孩穿着蓝衫，表情驯服，英国人却目光锐利，盛满了赌性。

他们俩就是最早使用洋泾浜英语的中国人和英国人。

别琴英语竹枝词：

捺钟响处唤琶孩（Boy），
初做琶孩亦可哀。
弹姆（Dawn）甫罗勃辣达（Fool Brother），
吞声忍气笑颜开。

看完这段竹枝词，我忍不住再回去看那个蓝衫中国男孩。他看上去很平静，但他垂下的眼皮挡住了半个眼睛，让我猜想他眼

绘画：富华

睛里埋着的不甘心。那时能有胆识和门道进洋行工作，都已不是等闲之辈。心思灵活的上海百姓见识到广东的通事们是如何吃香阔绰，纷纷将自己的儿子们送进洋行去，希望他们将来有个好前程。果真，他们中不少人，日后发家当了买办，后来积累了自己的财富，从洋行跳槽出来，自己开业，用从洋行学到的手段对付原先的老板。他们就是中国最早的资产阶级。

这个男孩的命运会是怎样的呢？当他撩起眼皮，完全露出眼睛来，他眼睛里有多少和马尼高特一样的锐利的赌性呢？洋泾浜上的中国人，总是在一团耻辱中学习西方，但在心里，他们从来没有放弃过出人头地的愿望。

职员们

别琴英语竹枝词：

信纸常作拿脱卑（Note Paper），
书完考必（Copy）唤西厮。
须知紧要公司信，
切勿轻言袜四基（Maskee）。

用这种语言，在十九世纪末，外滩竟然就做成了半个中国的贸易，有一万万两白银之巨。外滩成了财富增长最快的地区。为了显示自己的财富，成功，和实力，大班们纷纷改建外滩的办公楼。那就是外滩历史上第一次和第二次建筑高峰的原因。造就外滩神话的元素里，公司职员们学会的办公室基本规则，和办公用的洋泾浜英语，真是立下了汗马功劳。

在外滩华洋杂处的办公室里，中国人正是用这种语言学到了国际贸易的基本规章。

此后，时光飞逝，沧海桑田。

到1979年，已经占用前怡和洋行大楼将近四十年的上海外贸局，将从前洋行的中国文员请回自办的职工大学，请他们上讲台，教各个进出口公司的年轻职员，在外贸生意往来中，怎么写一份规

摄影：佚名

范的英文商业信函。那时，上海被紧紧关上的大门已再次打开，上海展览馆开始频繁地举办各种外国机器、电器以及各种日用品展览，进出口贸易再次活跃起来。在贸易来往中，能写一份规范得体的商业信函，不至于引起歧义，再次成为进出口公司职员必备的技巧。当时，职工大学里没有现成的贸易英语教材，老职员们自己编写教材，自己录制磁带。而新一代年轻职员，大多只在中学里学过1970年代中学课本里的革命英语。调皮的学生，按照洋泾浜英语的规则修改了自己的英文课本：

Good Good Study, Day Day up.（好好学习，天天向上）
People Mountian People Sea. (人山人海)
三角裤卖来卖去。（Thank You Very Much）

1979年，他们回到自己职工大学的课堂里坐下，由白发苍苍的老职员一字一句地教授他们国际间通用的商业信函的规矩。我1990年代末采访过的不少圣约翰老人,那时都忙碌于在各局自己组织的业余学校,教授规范的商业英语和新闻专业英语。

老人们的本来满是污点的记忆"考必"(Copy)下来,成为1970年代末寂寞汪洋上摇摇晃晃的桥梁,上海竟这样,再次与世界接上了轨道。

侨民先驱赫格

用宁波方言注音的洋泾浜英语:

尔几时到中国来(中文句意)
How Long Have You Been in China?(正常英文)
哈何 朗 瞎铺 育 皮痕 音 却哀那(洋泾浜英文注音)
尔曾发财否(中文句意)
Have You Made Profit?(正常英文)
瞎铺 育 美叠 泼落非脱(洋泾浜英文注音)

照片中的英国夫妇,是来自柴郡的吉尼·赫格(E. Jenner

摄影：佚名

Hogg）和他的太太。他1857年从柴郡到上海，入林塞公司（Lindsay & Co.）做职员，能算是东印度公司的第三代生意人。他服务的林塞公司老板林塞，就是当年偷偷潜入上海，为英国通商察看上海的东印度公司职员。他对上海的通商前景抱有极大的希望，因此，他脱离东印度公司，将自己的公司开在上海。而赫格兄弟，就是林塞公司在上海的元老。

赫格没有受过教育，生活在英国社会的底层，是个典型的海事时代四海为家的冒险者。他们兄弟带着破旧皮箱来到上海，在上海站稳脚跟后，他和弟弟一起开了自家的第一个贸易公司，做的是茶叶，丝和鸦片生意。在上海第一波繁荣中，他和别人一样都发了财，自己的公司也越做越大了。晚年，吉尼·赫格是上海自来火公司的总裁，他的弟弟威廉·赫格是第一任上海商业同业会主席。吉尼·赫格算是上海的侨民先驱。到他垂垂老矣，功成名就，启程回国前，将自己在曹家渡的一大片地皮卖给美国圣公会，按照教士达温特的记载，那个东方花园，就是后来圣约翰大学校址的一部分。

在他曹家渡的私宅中，造了个很大的中国式花园。想来他们为自己的园子十分自豪，所以特地在那里照了相。他们夫妇在太湖石，石人和竹林的围绕中，摆出伦敦国家肖像馆里伟人的姿势。大英肖像馆里有不少殖民时代从英国到东方的重要人物的肖像，戈登的肖像坚韧，哈格瑞斯则有些颓废和傲慢，而赫格夫妇则表现出在东方情调中英国人的冉冉自重。他们在东方园林里，穿着他们的英国衣服，摆着他们的英国姿势，展示着海事时代的神话：一个在故乡甚至没机会读书的英国青年，靠艰苦的奋斗，终于在东方成为受人尊敬的富人。这个实现在赫格先生一生中的神话，不光是物质的，也是精神的。因为他在东方拥有启蒙时代欧洲伟大的哲学家们描绘的乐土：一座精致悠远的东方花园。这座园子最终又成为一所基督教在东方最为著名的大学中的精华部分。

四、纪念碑

中国生意人

别琴英语竹枝词：

雪贰克蛮（Silkman）专做丝，
帝推司带（Tea Taster）是茶师。
丝茶两样大生意，
讨克（Talk）滑丁（What Thing）司比疵（Speech）。

是的，中国向外出口的，大多数是茶和丝，这是两样从启蒙时代开始，就让欧洲人迷恋的东西，它们代表了东方温和优美的生活方式，清淡精致的精神世界。从那时开始直到现在，中国出产的这两样最美的物品，优等货出口去了外国，劣等的留下，给自己人。只因为这是两样大生意。中国茶叶的优势一直保持到印度和斯里兰卡也种植出了优质的红茶，而英国人的口味更倾向于南亚红茶的时代。但中国丝绸的优势则一直无人能打破。

这个从广东来的百万富翁Tong，来自于一个靠出口丝起家的"雪贰克蛮"家族。他来上海时，家族的生意已遍及广东和湖北的租界。他将办公室设在外滩，当上了上海置地投资财团的主席，还开了一家保险公司。出口丝绸的家族，开始涉及土地和保险业，成为最早的民族资本家。他将自己的家安在虹口的美国租界，欧洲式大房子是自家造的，家具全从意大利定制，和与他一起工作的英国人一样。像那个时代的上海年轻富商一样，他也热衷于舶来品，追逐世界的新科技。那种迫切求新的心情，代表着中国人对落伍的恐惧，对与代表先进的西方世界平起平坐的渴求。他坐在他的汽车上照相，不只是摩登青年的炫耀，也因为精神上的归宿：这辆汽车与赫格先生的太湖石一样意义重大。这个年轻的商人与赫格先生一样，是由上海的买卖催生的上海人。他们一致的地方，不光是生活在上海，在上海致富，还有中西合璧的生活方式。他们是上海这枚硬币的正反面。

各种在海外出版的关于上海的书，差不多都异口同声说，它是由外国商人和传教士在泥滩上造起来的城市。与他们留在祖国的同胞们相比，在上海的侨民们为自己确立的身份是：Shanghai-Lander。不是英国人，也不是上海人，而是与一切别人区别开来的上海地主。

都说上海租界从骨子里是白种人的，海外欧洲人管理，宗派混杂的舶来宗教，靠进出口买卖生存。但中国人几乎在最初的时候就在租界生活，在租界做生意的中国人从来都比侨民的人数多，甚至犯罪的人也比侨民多。更是不能想象，要是租界没有中国人，那些外国人该怎么生存，如果与中国人隔绝，他们又有什么理由不远万里来到中国。其实，租界里的生活式样与洋泾浜英语的原则是一致的，都是西体中用。所以，更应该说，租界的骨子里是混合的，是从任何本土身份里脱离出来的化外人群，包括那些中国商人。

四、纪念碑

的确，此时在上海的中国商人，都投身于洋场中。如果没有他们的参与和存在，作为租界的上海是无法存在的。他们是那一大群未被标榜的上海地主。开埠以前的上海居民，另有一个"本地人"的称呼。他们住中国城，保持小县城的生活方式，乘船经过洋泾浜，只是为了从水路去静安寺烧香拜佛吃素斋，他们被隔离在"上海"之外。

摄影：佚名

买办

别琴英语竹枝词：

衣裳楚楚语陪陪（By and bye，意为稍候），
考姆（Come）陪陪（By and bye）歇歇来。
多少洋行康八杜（Compradore），
片言茹吐（？）费疑猜。

照片上的他，是1861年跟怡和洋行大班一起来上海落户的买办Yeng Chong，我不敢乱译他的名字。一个"衣裳楚楚语陪陪"的人物，属于中国历史上昙花一现的阶层。

在环绕着十九世纪的上百年里，买办是上海不可缺少的人物。他们其实掌握着各家洋行生意的大部分过程，远比大班要具体，甚至可以说更有实权。是他们将洋行的货物一一分配给建立在中国内地的分销行，那些仓库和分销行，就是他们自己建立的。他们向中国商人发货，收款，以中国商人的名义向大班讨价还价。他们掌握了货物的批发价，其中的差价属于买办自己，不必上交给洋行。另外，他们从洋行还能得到固定的工资。甚至他们的职位也是世袭的，只传给自己家族的男子。这就是为什么许多洋行的买办都姓唐，姓潘，或者姓席的一个原因。

四、纪念碑

摄影：M. Miller

买办们曾经与通事们一样不可一世，他们周旋于中国人与外国人之间，谁也不能少了他们。于是，他们也被中国人和外国人共同痛恨，共同怀疑。等到中国人和外国人越来越多地可以自由沟通，渐渐建立起共同认可的商业规则，买办和通事就走向了末路。

十九世纪末，一个美国记者到上海一位买办家中访问。买办家客厅里摆设着整套意大利家具，餐厅里满墙都挂着欧洲银质餐具，他惊叹买办的富有，甚至超过了他们的大班。买办家的女儿们和媳妇们，个个都能跟他说一口有教养的英文，买办家的儿子们都在欧洲最好的大学受高等教育，这更吓了他一跳。靠洋泾浜英语起家的中国买办们，自己穿中国长衫，但自己的孩子一定是穿西式衣服，受西式教育。长到十多岁，一定送到英国或者美国，接受完整的英语教育。他们以自己的孩子能说一口地道英语为荣。他一直以为在上海修成正果的，应该是白人英雄。但事实却远大于他的想象。一时，他简直有被人钻了空子的感觉。

别琴英语竹枝词：

康密升（Commission）是佣钱，
几分后付几分先。
中心讲定几分用，
方把栈房货下船。

说起来，那座大房子里吓住了美国记者的情形，就是用这样的洋泾浜手段创造出来的。

四、纪念碑

传教士

别琴英语竹枝词：

堂中男女跪团团，
知是先生发闻餐。
试看密升内二力（Missionary），
酒红饼白炼金丹。

1860年，伦敦差会的传教士编写了世上第一本上海方言与英文对照的字典。字典里介绍了上海人对小驳船的俗称：白屁股。

Papico：白屁股–White Stern. A small junk of the fishing-boat class. Seen at Ningpo and in the Chusan archipelago. Has a white stern, hence the Chinese name of which papico is an imitation.

1896年，另一个伦敦差会的传教士编写了《上海导览》，特别向英文读者指出洋泾浜英语对上海生活的重要性。

来到中国的传教士们从来都不拒绝洋泾浜英语，因为他们必须找到与中国人沟通的语言。他们是最早学习中文的人：马礼逊在广州学中文的时候，偷学中文是要被朝廷杀头的重罪。他们是最早开办英文学校的人，文惠廉在王家码头开办英文学校，用上海方

美国传教士文惠廉　摄影：　佚名

言教学。那些最早在上海接受英文教育的小孩中，有一个叫颜永京的，成为中国最早的基督教传教士。他们是最早用各种方言翻译《圣经》到中国的人。大多数重要的来华传教士都翻译过《圣经》，施约瑟更是为此花去了一生中最重要的时间。他的译本也最为普及。他们是最早造就买办的人，中国最早、也是最有名的买办，大都出自马礼逊的学校。他们是最早将西方的科学，文学，哲学，心理学和神学传播给中国青年一代的人，傅兰雅在中国的二十七年中，主持翻译了一大批西方著作，还推动了几百种西方基础科学和科技著作在中国的发行，个人翻译了一百二十六种西书,几乎从未有过休息日。这些传教士的生活,都与语言有千丝万缕的关系,都在精神上深深影响了中国社会。

2005年,在英国多伦,我询问一位基督教教士,为什么传教士在语言上做这么多事,这么努力传播知识?他们为中国追求与世界大同的梦想立下汗马功劳,却从不见他们中任何人以现代化先驱自居?教士回答说:"这是传播福音的一种方式。我们相信,学会了英语,便能让人阅读《圣经》。学习了科学,就能了解到宇宙规律中神建立的秩序,因而认识到上帝的真实存在。对上帝的信心,正是通过对世界的了解建立起来的。"

唱歌的姑娘

别琴英语竹枝词:

葛二好司(Girl House)乃奴家,
新桑(Sing Song)一曲调琵琶。
局钱别篆克司等(Custom),
诚脱而蛮(Gentleman)即大爷。

摄影： M. Miller

  晚清上海交际花们的工作，多是与人在弦歌美酒处调情取乐，并不靠卖身为生。她们更像是美丽的盆景，而不是动物。所以，外国商人称她们为Sing song girl。开埠以后，四马路周围皮肉买卖日益增多，女色行业这才江河日下，大多以肉搏相向。早期的洋泾浜英语里，保留着海上花时代交际花们最后的体面。

  我有时猜想，此后的粗鲁，与男人们不得不对女人讲洋泾浜英语有关。用洋泾浜英语来保持书寓的情致，简直就是痴心妄想。这种语言，当然也包括了这个来不及讲究感情的暴发时代，没有时间和耐心，当然更根本没有微妙而贴切，充满暗示和象征的词，也没有结构上必须的精致。用一种油滑而强硬的语言如何抒情？对一个暴发户，怎么要求他有温饱思淫欲的从容。唱歌的

四、纪念碑

姑娘们,在那个急促的时代已是累赘。各国各地的商人们涌入上海,外滩一带的街角煤气灯下出没着各种妓女,唱歌的姑娘们消失了。

在外滩的一处西式厨房里,一个中国厨子对英国女主人表白:"Sleep you, eat you。"要是你联想到茨威格小说里的殖民地爱情故事,就太迂阔了。这本是一桩生意,厨子正在开价钱:工钱除外,我得吃在你家,住在你家——与风月无关。

我没有恋爱以前,一直担心用上海话怎么说"我爱你"。我和闺中女友一次次讨论,一致认为,将来如果我们的男朋友是上海人的话,那实在是这一生的悲哀。那句至关重要的话,要是用上海话表白,简直更像讥讽。要是一个人用上海话这样对你说,你首先考虑的,根本不是像奥斯丁小说里的淑女那样体面地昏过去,而是要不要给他至少一个大白眼。用上海话表白爱情,至多只能说到"我喜欢你"为止。

结果,我和她的男朋友竟都是上海人。我们私下检查,他们各自是怎么处理那句话的。结果,他们都没说,都是用写的。原来,聪明的上海男孩知道,关键时刻,是不能用说的。

上海话在气质上缺少对感情的表现力,但讨价还价起来却活泼强劲,描写市井生活,更是连入木三分都不止。读《亭子间嫂嫂》那样的沪语小说,简直句句让人心惊肉跳。不知道,这是不是因为它曾经被洋泾浜英语浸润过多年的关系。现在说到上海话里的外来语,人们都说这是因为洋泾浜英语的影响,但也许洋泾浜英语不仅仅影响了一些词,还影响了整个语言的风格。

阿妈与主人

别琴英语竹枝词:

东家吩咐听哑团（Order），
特累地司（Dry This）晒晒干。
因碎（Inside）诺（No）弯（Man）铅（Can）考姆（Come），
里面不许有人看。

1920年代后，洋泾浜英语退出上海的正式场合，成为外国人日常生活中与中国人打交道时的语言。下层劳动人民为了到外国人处讨生活，遂努力学习和使用洋泾浜英语，他们渐成说洋泾浜英语的主力。仆人，黄包车夫，饭店跑堂，都要学上几句，便于谋生。

这张照片，是在上海的英国人为自家仆人拍摄的合影。这是他家值得记忆的东方皇帝般的生活：他家有两个围白饭单的大司务，一个照顾小孩的阿妈，一个司机，两个工人，正中站着的，是管家。这是通常在上海的外国人家仆人的组合。他们的工作语言，便是洋泾浜英语。外国人个个都会说洋泾浜英语，先生工作时要用，太太管家时要用，他们的孩子平时由阿妈照顾，更是能说一口洋泾浜英语，比他们说家乡话顺口多了。

靠这样的英语，西人得以与他们的车夫，阿妈，管家，外滩

摄影: 佚名

背后数条小街上众多的妓女,各种餐馆、俱乐部里的跑堂交通,建立起殖民者高人一等的生活方式。他们去俱乐部消磨男人们的时光,自有琵孩(boy)在电话上为他们挡家中太太的驾。他们家中的太太是不做家事,也不管孩子的,因为有足够的仆人。一个苏格兰没落小贵族家的女儿,在这里就能过上贵妇的生活。只要她费神学会洋泾浜英语,会说:Go catchee hat downside(I have left my hat downstairs, go and get it for me),会说Talkee cook three piece man dinner(Tell the cook to prepare dinner for three today)就行。这混合语,曾是她东方乐土的一部分。在他们被迫离开上海以后,它便成为神游峥嵘岁月的一把钥匙,或者一种气味。

这样的峥嵘岁月,在老中国通们出版的上海回忆录里到处可见。我读到的最有趣的一本，是《Gateway to China》，它古旧发黄的书页上有不少用铅笔写的批注，在Hongkew菜场旁边批注："那也是我每天买蔬菜的地方。"在说到中国城里的手推车时，批注："我亲眼看到过一辆手推车上坐了十个中国人的情况。"那是1920年代受教育的人中流行的维多利亚花体字。我猜想那些批注来自于一个自命不凡的，寂寞的，受过良好教育，但对自己一生并没有多少成功感的老妇人。她与作者竟是上海侨居时代的邻居，她竟仔仔细细读完这本书。后来，她竟将这个充满感情的注释本捐给了大学，最后，这个准古董竟被我碰巧找到。她对书中故事的注释，反驳，感叹，引申，抒情，揭露，生动地记录了另一个人在阅读中被唤醒的回忆。她在某一页的空白处补充了在上海与人干杯的词，是"Chin Chin"，而不是书中用的那个正统英文词Chess。而Chin Chin，是少量得以进入英语的洋泾浜英语词，被英国人使用至今，它的原意是"请"，但在英语中转化为"干杯"。

洋泾浜英语在这时，成为一种更加家常的语言。我猜想，它也是从这时开始影响上海本地方言的。因为家常，它变得有些孩子气了。

达温特教士曾特别告诫访客，与中国人交往的时候，要先用正常英语交流。如果对方不懂，再试洋泾浜英语。"地位较高的当地人如果能说正常英语，却被英语访客放在用生意英语对话的位置，会觉得深受滋扰。"

圣约翰大学的学生中，总流行洋泾浜英语的笑话，因为他们

四、纪念碑

中西贯通,所以这种需要双语背景才能体会的笑话才最可笑。笑话说,一个外国人家的仆人对主人说,呀,电影院里演新电影,People mountain people sea(人山人海)呐。到上海排外最甚的1960年代末,马路上见不到一个英文字母,他们在家里悄悄说笑,还是学说牛津音与美音的不同,笑话美音里的乡气。在上海,一个人说英语是好的,但说怎样的英语,却有讲究,这关系到他的社会地位。上海是一个极重外表的社会,有时你一张嘴说话,就能看见对方表情的变化。被外国人用洋泾浜语搭腔,等同于将你当作佣人对待。对心中等级森严的中国人来说,就是侮辱。

黄包车夫

别琴英语竹枝词:

滑丁(What Thing)何物由王支(You Want),
哀(I)诺(No)王支(Want)不要欺。
气煞外边穷苦力(Coolie)
一言不识独伤悲。

日夜吟唱着劳动号子的码头工人和到处乱窜的黄包车夫，是旧世界苦力的标准像。他们是脱离土地，背井离乡的农民，没受过教育，没有种族或者财富的资本，没有运气，他们是这大都市最底层的苦力，靠出卖力气生活。

码头工人是苦力辛苦劳作的象征，被同情社会底层的左派诗意化；而黄包车夫则是苦力愁苦和顽劣的象征，他们出现在各种回忆录里，是东方都市生活中不可缺少的角色：没有自尊，不守规则，他们为抢到一个客人，常常彼此叫骂争斗，他们身上总散发出汗臭。他们是与霓虹灯和亚洲式嘈杂齐名的风景。

他们像箭一样从各种车辆，窄街和摊贩以及外国游客的缝隙里穿来穿去，挑战乘客的道德底线和人权意识，考验人对人性残忍的制约力。当他们赤着双足，在前面汗流浃背地奔跑，坐在微微颠簸的马鬃坐垫上的乘客心中，不得不感觉到不安，不人道，和不忍心。乘客知道黄包车夫之所以赤脚，是因为他们终日在街上奔跑，太费鞋。他们最害怕的是过马路时，想要闯红灯，被街上的印度巡捕用警棍兜头打过来。他们也害怕拉到的客人是外国瘪三，到了目的地，不给他们车钱，倒踢开他们就走。他们被欺负了，就说自己吃到一只"外国火腿"。

比起码头工人来，黄包车夫的职业似乎更为低贱。因为这个职业更容易遭人欺凌。

四、纪念碑

摄影：佚名

纪念碑此起彼伏

在公园

十九世纪,黄浦公园门口的草坪上曾为常胜军立了一个纪念碑,纪念他们为保卫租界而战的那些胜仗。常胜军为平定太平天国而战,一直战到太平天国的天王自尽而死。侨民们设立纪念碑,还为了纪念从那些一连串的胜仗后,他们感受到的扬眉吐气。

作为租界而不是殖民地的侨民,不像非洲,也不像印度那样干脆,他们心里无论如何不笃定。当他们知道,那些早已将地卖断的乡下人还收藏着原来的地契,也不肯将祖坟迁走,就等着外国人离开的那一天,他们心里的阴影就更深一些,他们对自己政府的埋怨就更多一些。豪塞仔细描绘过他们的心情。最初在佛堂里一起尝白兰地的天真已经失去,中国人和外国人的心是隔膜的。外国人从未想要与中国人做朋友,从未想学习中文。他们是高高在上的,傲慢的,但他们心里明白,中国人心里到底是不服,"这个古旧的民族,他们的心底里始终是把我们当作强行闯入的强盗。"中国人心里的不服,是他们在上海这舒服坐垫里的一根针。此时,他们以为常胜军终于让中国人服气了。"外国人处处受人尊重,他们被

四、纪念碑

认为是一切财富和权势的来源。外国人住着最讲究的房子，开着最大的银行和洋行，有最大，最好的轮船，军队里的长官最能干，士兵最勇敢，又有最先进的枪炮。外国人最正直，代人收税都分毫归公，从不贪污。外国人都是诚实可靠的，又有钱有势。上海人觉得凡是外国人的东西和行为一定都是好的，他们从此不再蔑视外国人了。"豪塞这样评价太平天国以后的上海人对外国人的看法。

所以，英国人将纪念碑造在他们最喜欢的江边公园入口处，纪念他们总算征服了上海人的心。

1993年，在它原来的位置，上海人建造了浦江潮纪念碑，纪念上海工人的反帝工潮。1925年的那次大罢工，让外国侨民们终于不得不正视中国人心里的怨恨。那时，中国人早年的不服已经酿成了深重的怨恨，中国人只想将所有的外国人统统一举赶出去。工部局的董事们终于回忆起早年一个明智的总董说过的话："一部租界的历史，就是由一系列妥协组成的历史。"此刻，他们终于体会到妥协的意义。

1925年的春天，几乎全体在上海的中国人，学生，知识分子，买办，官员，工人，包括青帮红帮的老大和在外国人家带小孩的阿妈，统统加入争取民族平等的暴动之中。中国政府明确表达了支持和同情的态度。那是个决裂的时刻，英国人开了枪，学生们流了血。当初一起建造了这个城市的人民，终于在南京路上正式成为敌人。

从这个春天以后，英国人终于明白过来，中国人心里还是不服。工部局当局开始试图改善与华人的关系，他们说服满腔不情

常胜军纪念碑。摄影： 佚名

浦江潮纪念碑。摄影：陈丹燕

愿的侨民同意向华人开放外国人专属的所有公园，工部局接纳了华人董事，印发了中文的宣传资料，华懋饭店匆忙撤换了外国人和中国人隔离的入口指示，甚至上海总会开始接受中国会员，甚至会员所带的女客也可以进入俱乐部的某些区域，如果有舞会的话。但一切来得太迟。已经太迟了。原先抱着与外国人"寰海联欢"理想的上海道台后代，也发誓要将外国人赶出中国。

这个大得与小公园不相称的纪念碑，比起多年以前的小纪念碑，虽然显得夸张，但却真实地表达了中国人心里多年仍无法释然的怨恨和被侮辱感，以及强烈的复仇心。这种淤积于心的恼怒使人无法审美地顾及到公园草坪的比例。它也无法像常胜军纪念碑那样从容和肯定。

四、纪念碑

马嘉理纪念碑。摄影： 佚名　　人民英雄纪念塔。摄影： 陈丹燕

　　几乎同样的故事在外滩公园的另一端又重复了一遍：马嘉理纪念碑和人民英雄纪念塔。1993年建立的人民英雄纪念塔，就建造在1909年从苏州河畔移入外滩公园的马嘉理纪念碑近旁。马嘉理纪念碑纪念在云南与中国人的冲突中死去的英国人，人民英雄纪念塔纪念一百年来为反封建、反帝国主义和反国民党政权而死去的上海人。

　　马嘉理纪念碑像一座哥特教堂的钟楼塔顶。它是否象征着对理想主义者永远的致敬？人民英雄纪念塔像三支靠在一起的来福枪，它又是否象征着对反击者由衷的感佩和追随？世上应该没有一种建筑物，比纪念碑更富有人的感情和象征意义了。也许正因为如此，感情彼此冲突的纪念碑才不仅此起彼伏，而且还要占领原先的那一小块土地。

外滩：影像与传奇

在堤岸

第一次世界大战以前，德国在山东有大片的居留地，商人们在外滩也有一席之地。德国海船伊尔蒂斯号在渤海沉没，上海的德国侨民还将沉船的桅杆收集起来，运回上海，在外滩德国总会门前竖立海难纪念碑。这座纪念碑曾与德国总会的德国式建筑一起，成为外滩当时最有欧洲风格的景致。后来，一战在欧洲爆发，外滩洋行里的欧洲青年组织了回国参战团，回欧洲打仗。中国人也加入到反对德国的一方中。

一战结束，德国战败，外滩的英国侨民便在外滩的北端拆除德国的海难纪念碑，在南端建造了胜利女神纪念碑，以纪念欧洲大战的胜利。二十世纪初，外滩还是一块远离欧洲的东方堤岸，但这没有影响它的纪念碑游戏。这是一小块特别喜欢拆除和建造纪念碑的土地，好像它总是经历那些富有纪念意义的时刻，总有不得不表达的浓烈感情，或者有不得不寻找的身份，更有不得不排除异己的紧迫和慌张。

1993年，和平饭店前面的堤岸上建成了一个小广场，小广场里有一座陈毅铜像，人们将这个无名的小广场称为陈毅广场。陈毅是1949年带领解放军占领上海的第一任共产党市长，他的雕像就在很早以前一尊英国领事塑像的附近。那尊英国领事的雕像，是当时的英国侨民建立的，纪念英国领事为上海开埠做出的贡献。

北端的海难纪念碑。摄影: 佚名

1943年废除租界,雕像被汪精卫政府的上海市长下令拆除。见到陈毅铜像,上海的老人们才依稀回忆起,原先那里也有一尊铜像,穿着齐膝的长外套,样子有点像哥伦布。

陈毅当年领着解放军攻占上海,他的第一个办公室,是工部局总董原先的办公室。而那个英国领事,是开创了上海租界自治先例,与上海道台宫慕久一起制定《洋泾浜租地章程》的巴夏礼。这个土地章程,后来成了租界自治的基础法典,为殖民者赢得了既不受英国政府约束,也不受中国政府约束的自由,奠定了上海狂热大胆的投机风格,所以,侨民们尊他为上海租界的奠基人。他们都是被自己的子民爱戴的上海官员,他们的铜像也曾站在差不多同一处位置。要不是陈毅铜像的诞生，人们差不多已经忘记那里曾经有过巴夏礼铜像。他的铜像竖起时，沙逊大厦还没有造起来。而到陈毅铜像竖起时，沙逊在大厦顶部的，被黑色印度大理石装饰的私人盥洗室，已经因为屋顶漏水而接近毁坏了，但它还是被和平饭店定为了保护文物。

陈毅像站在靠近巴夏礼像的位置，不过像赫德像那样侧身而立，陈毅与赫德像正好面对面。不过，赫德像也被汪精卫政府拆除了。赫德是英国人，但为清朝政府掌管了四十多年海关银库。他的铜像，是清朝政府与工部局共同建立的。不过，陈毅抬着头，扶着腰，意气风发；而巴夏礼风尘仆仆地站着，像哥伦布雕像的姿势；赫德则垂头而立，背着双手，仿佛碰上了什么为难的事，与陈毅斯拉夫式饱满的肩膀和前胸正好形成对比。

1943年8月，上海市政府接收了租界。旋即，当时的市长陈公博发表了告上海市民书，号召市民为收回租界感恩日本军队，廓清英美在上海的深重流毒，同时在外滩一带更改英美租界路名，拆除租界时代的外滩纪念碑。英国人的铜像就这样消失。沧海桑田之后，对他们的记忆竟是这样曲折地被唤醒过来。

外滩的纪念碑虽然一百多年来一直此起彼伏，但实际上，却从来不曾被覆盖，它们只是重叠在一起，成为历史的遗物。

南端的胜利女神纪念碑。摄影： 佚名

洋泾浜生活的舌上纪念碑

爱德华七世大道小史

别琴英语竹枝词：

奥登推姆（Autumn Time）乃中秋，
仰看夫而（Full）月满楼。
皎洁明星司带四（Stars），
牛遮内克（New Chanel）碧波流。

对外滩来说，洋泾浜是条意义重大的本地河流。最初，租界和华界以这条河作为界河，中国唯一的一个租界土地章程，就叫《洋泾浜地皮章程》。洋人和华人在两岸做买卖，外洋的货物从印度，马六甲，日本，英国，美国和葡萄牙来，往中国辽阔的腹地去。中国的货物从富庶的江南各地来，往欧洲，美洲和南亚去。买办和掮客奔忙在河流的两端，宛如两岸活动的桥梁。洋泾浜英语就在那条路上诞生。外滩的一切，它的生意，财富，野心，它的自卑，粗鄙，炫耀，它的语言和价值观，都与这条肮脏的河流有脱不掉的干系。

租界初期的界河买卖时代:
My can pay two dollars. (I will give you two dollars for it.)
摄影: 佚名

十九世纪末洋行扩张的时代: 牛遮内克(New Chanel)碧波流。摄影: 佚名

二十世纪初的大马路时代: Chop-Chop. (Hurry, 快点。)摄影: 佚名

外滩：影像与传奇

洋泾浜两岸的生意越做越大，但洋泾浜作为一条河流，却越来越脏，越来越窄。原先的华界已被划作法租界。英国人和法国人终于决定一起整治洋泾浜。这是1890年的事。到1914年，洋泾浜终于消失，变成了爱德华七世大道。

这条大街上跑着中国和英国的马车，走着中国人和来自超过二十个国家和英属殖民地的外国人，飘着中国旗和十一个国家的外国旗，一派繁荣嘈杂。这是一条寄情于声，光，嘈杂，机会，动感，速度，梦想和稠密交会的大街，来到这里，眼睛里满是物品，耳朵里满是声音，心里满是欲望，脑子飞快地开动，双腿急急向前，近乎于小跑。

爱德华七世大道从辉煌的外滩一路向西而去，一路携带着大小洋行，货栈，杂货店，被黑社会管辖的鸦片馆，妓院，游乐场，出产了中国第一批学院派翻译的广方言馆，中产阶级的石库门弄堂，中国戏院，新式小学，耶稣会小教堂，中国建筑师在上海建造的最精致的巴洛克剧院，久负盛名的国药铺，居住着从俄国一路逃难而来的犹太人的小公寓，沙利文糖果点心铺，大片由哈同建造的，带有亭子间的弄堂，那里出入着左翼文学的健将们，等等。它一路上呈现着华洋杂处的景象。它其实就是这城市的家庭树，但不论白人还是黄种人，都不愿意坦率承认自己与它的干系。它毕竟是不清白纯正，充满买卖气息的地方呀，外国人倾向于将它推给上海人，上海人则赋予它一个世界主义的头衔，让它至少入流。

四、纪念碑

龙井茶里的牛奶和糖：侨民生活方式

洋泾浜英语：

Maskee: never mind（没关系。Maskee，葡萄牙词源：masque）

Talkee he: tell him（告诉他。ee在洋泾浜英语中添加在结尾辅音的词的后面，据说是因为中国人此前不会发结尾的辅音，所以将辅音拖长）

No wantchee: I don't want that（我不想要）

My no savvy: I don't understand（我不明白。savvy，印度方言词源）

Pay my: give it to me（把这给我。pay在洋泾浜英语里用途广泛，可以代替所有的授予动词）

Pay my look see: let me look at it（让我看看。look see，两个英文词合用为：看见）

Amah: Chinese maid（中国保姆。Amah，广东话词源）

Auso ti : be quicker（再快点。Auso ti，宁波话词源）

这张照片里有一些很有趣的细节：晚清的茶楼里，店小二偷眼看着洋人们，一边是困惑的，一边是嘲讽的，一边是事不关己，高高挂起的。他不懂洋人们的做派：他们怎么可以这样喝茶呢？竟将牛奶和糖倒进上好的龙井茶里，还用小勺子搅个不停。

外滩：影像与传奇

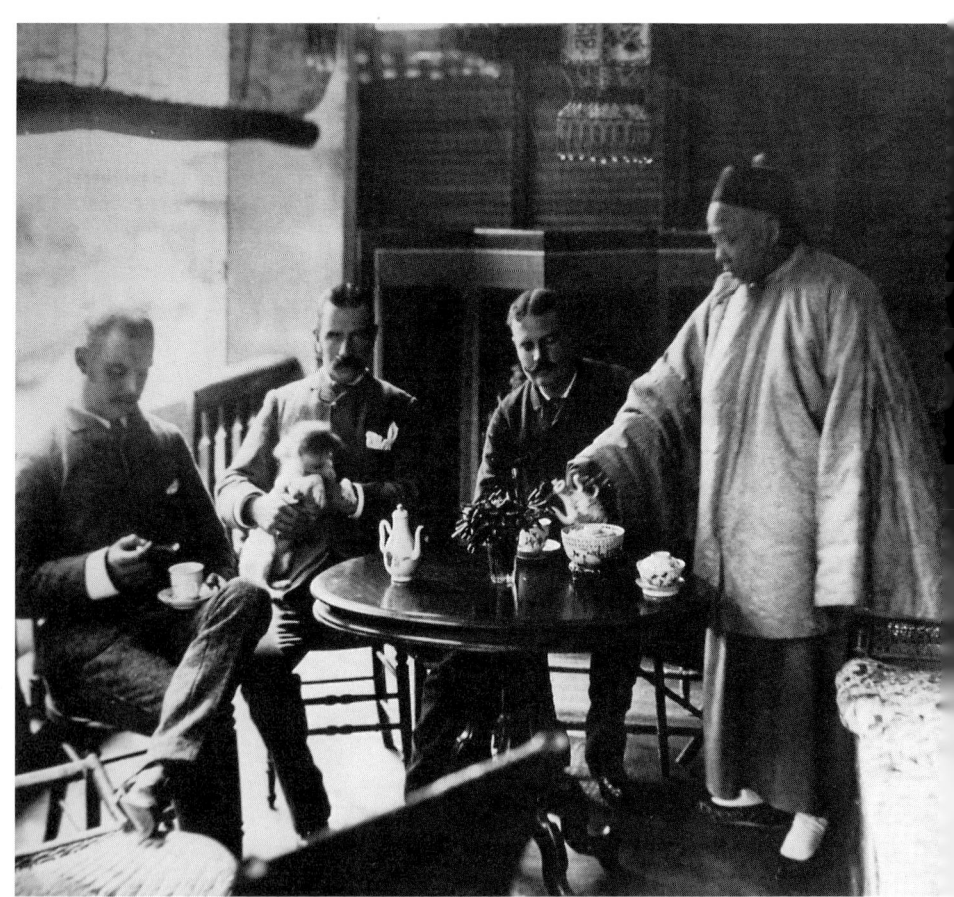

摄影：佚名

　　茶楼里的陈设应该算是中国的，竹帘半卷，灯笼上描着双喜。但同时也是西方的，桌子椅子是西方的式样，藤编的卧榻则有些可疑，背后深色的百叶门再怎么说，至少也是从加尔各答的

四、纪念碑

房子里搬来的欧洲式样。

一个穿旅行装的白人，专心致志地端详杯里的茶水，他大概是在看是否要再加一些奶。这应该是个东方的下午，4点，是英伦三岛家家户户喝下午茶的时间。十九世纪末，对英国人的身体和心理来说，下午茶都是不可缺少的。他们到了茶叶的故乡，到了真正的茶馆，当然要喝一次真正的中国茶。只是他们理所当然地在茶里加上糖和牛奶，完全无视中国人珍视的新茶自身的清香纯粹。直到今天，英国人还不能捕捉到江南茶叶中的中国韵味。绝大多数人都不在乎陈年茶叶和新茶。

店小二的表情很能代表当时上海人心中的复杂。眼看着纯粹中国的生活方式被打破，眼看着自己要加入这个匪夷所思的过程，眼看着这混杂的生活方式要成为城中最时髦的，除了对它们表示困惑，嘲讽和事不关己，高高挂起之外，也很难拿得出另外的态度。他脸上的嘲讽最有意思，一方面嘲讽英国人对茶叶的知识，另一方面也嘲讽自己的少见多怪。

拿勺子的男人的表情也很能代表当时英国人心中的自大。他们连想都没想到过，世界上竟有入乡随俗这句话。想都没想到过，可以问一问中国人是怎么喝茶的。想都没想到过，自己还有好奇心。他们这种隔离的态度一直贯穿了整个东方时代，整个租界的生活。他们的妻子从不穿中国人的衣服，他们的孩子直到长大变老，都没有吃过本地菜，他们的社交生活再乏味，也不会与中国人真正成为朋友。

这就是洋泾浜式的混杂：色拉式的混杂，而不是熔炉式的。

热气腾腾的世故：上海式价值观

别琴英语竹枝词：

清晨相见谷猫迎(Good Morning)，
好度由途(How Do You Do)叙阔情。
若不从中肆鬼肆(Squeeze)，
如何密四(Master)叫先生。

这种词句在英国人看来，自然是古怪滑稽，似是而非，粗陋可怜。而在中国人看来，它正是一面镜子，烛照口岸城市沸腾的生活，投机的世道和复杂的人心。

那是一个不尚感情亦无文明的地界，有着似是而非，歪打正着的狂野命运。这个生意场急功近利，不顾一切，投机取巧，崇尚的是出奇制胜。这里的人有一种虽然鄙俚但却不自卑，虽然简陋却又雄心勃勃的赌徒式的乐观。他们全身上下，一股买卖气，但并不以此为耻。他们全靠口岸城市在十九世纪和二十世纪的热闹撑腰，有一种四海为家的情怀。

人们用这种粗鄙的语言试探，欺诈，讨价还价，斟酌合同，顷刻之间，千金可致。它的词语之间留着低等交易赤裸裸的粗俗。

使用洋泾浜英语交易的人们，已经不再企图保留中国商人，或

摄影：佚名

者英国商人传统的文雅脸面，他们所有的榨取、利用和投机，都只有一个目的，就是迅速致富。那是一个强者为王，勇者胜出的世界，人性中的温情和纯洁，被压缩成微小而坚硬的一粒，存放在内心深处，像蚌壳里的珍珠一样，时时让人感到痛苦。在那样暴发的生意世界里，世故成为市民们最为实用的生活态度。这个城市里，良家女子的眉眼间也时时荡漾着一股风尘气，街头弄底的市井小民也有一副好脑筋，能精确地计算出一件小事的利害得失。而粉面团团的资产阶级们，喜欢自许为"贵族"的，举手投足之间，全是热气腾腾的世故，见不到一点为所欲为的贵气。

　　上海人是精明的，守规矩的，也是寡情的，生就一副合同脸。从洋泾浜时代以后，人们就这么评价上海人。即使洋泾浜河终于被填没，它也永远流淌在上海人的身躯里，散发它的气味。

外滩：影像与传奇

外滩的历史应该用洋泾浜英语写成

在这靠洋泾浜英语摆渡的各项买卖中，靠了将所有授予动词都用一个pay来代表的简陋——that b'long bad pidgin(that is a bad job)的责备，bime bye makee pay(I will pay you later)的许诺，too muchee trouble pidgin(I don't want to do this)的拒绝，pay me look see(please let me know)的要求——外滩成了远东最大的通商港口。

豪塞在他的书中提到，英国人闯入中国，但他们并没想到这是怎样深深地打翻中国内部的平衡，也没想到这是怎样解放了中国原先被约束住的能量。外滩正是这样一种能量。所以，外滩的历史应该用洋泾浜英语来写。

他以为，外滩是白种人的天下，它坐落在两条河的中间，是广大的中国土地中的一小块，正像一座莱茵河上中世纪的城堡。洋泾浜英语，是这城堡唯一的吊桥，唯一的水源，唯一的武器。可是，实际上的情形却是，再没有一种媒介，能比洋泾浜英语更贴切地反映出白人与黄种人之间被限制的关系。它那蠢笨的词汇根本不可能成为两个种族之间的桥梁，它只能促成他们更加分离。

我与豪塞看法不同的是，我以为生意英语对上海有巨大意义。它也许不配做一座桥梁，但却是一条没有桥梁前必不可少的摆渡船。它的命运是悲剧性的。它是莽撞而粗鄙的，但却有种绝地反击

四、纪念碑

的勇敢。创造这种语言的中国人,花了很久,付出很大代价,包括忍受感情上的重重伤害,学习如何与背景截然不同的人共享一个城市的空间,摸索出相处的文明。没有它,就不会在中国诞生一个世界主义传统悠久的都市。

外滩在二十世纪初发达了,它不再满足做一个远东的模范租界,它建造与欧洲时髦同步的建筑,它流行与欧洲同样的思想和生活方式,办公室里用尽可能有教养的英文交谈,处处都刻意强调着与欧洲的联系。大班们胸前流行一种有两块钟面的瑞士怀表,一块是上海时间,另一块是伦敦时间,因为他们大多数人都与伦敦有密切的联系。很快,买办们胸前也流行这样的怀表了。

但是,上海人心中有数,自己的城市,自己这些大楼,财富,自己与世界的联系,都与洋泾浜脱不开血缘上的联系。正因为如此,与纽约,巴黎,柏林,伦敦这样传统优秀的世界都市平起平坐,是上海于连式的梦想。一度,这梦想眼看就要实现,像司汤达小说里一样,但终于,它被泯灭于太平洋战争中。但他们从没有抛弃外滩。在上海人手里,外滩因为引发了他们心中对过去城市的怀念,而变得让人想入非非。在后殖民时代里,通商口岸城市坎坷的命运终于促使它滋生出属于自己的,混杂的文明。它暴发户的嚣张,也终于因为多年失修的灰尘,岁月的沧桑而变得内敛。但是,还有一样至关重要的东西仍旧活着,那就是它的乐观和四海为家的情怀。乐观变成了上海人心底的不甘心,四海为家变成了对开放时代永恒的怀念。

为什么是上海而不是广州?

为什么是上海而不是广州,最后成了亚洲最著名的大都市?

广州开埠比上海早,上海开埠时,要不是先后有一百万广东人北上上海,洋行简直没办法开始工作。早期上海洋行发展得最顺畅的阶段,正是一个出自大买办家庭的广东人在上海做道台。这个广东人自己就能说一口别琴英语。当宁波人还大多是洋行里的琵孩时,广东人已经是上海的百万富翁,开着欧洲进口的新款轿车照相了。

但终于,广州远远落在上海后面。

豪塞在他的书里,转述了第一批在上海登陆的英国人上岸后的经历:

令人大为惊奇,开道的中国士兵都没有拿武器,只在腰上吊了扇型的套子,带了鞭子,为疏通街道之用。城里铺了石子的街道长而纤巧,两边有各色商店,还有里面供着奇怪偶像的庙宇,以及带有花园和池塘的茶楼,体面的上海人坐在那里吃一盅绿茶,抽烟斗。道路两旁挤满了人,他们抬起头顶修得光光的头来,想要与我们这些陌生人对上眼神。"如果我们用在拥挤街道上的人群是否安静、镇定,是否有恭顺的举止,来作为判断他们是否文明的标准,"一个富有思想的英国人惊奇地说,"那么中国人肯定要获得举止上的最文明之冠。"

四、纪念碑

晚上，英国人宿在一间荒弃的佛堂里。中国人来了，坐下，抬起他们没有表情的脸来，自在地凝视英国人。被凝视之下，英国人拿出白兰地请他们尝，他们竟然喜欢。英国人又拿出印有维多利亚女皇头像的印度卢比，中国人付半个银元换一个卢比，"比卢比值钱多了。"

与广州相比，他们发现上海人比广州人和气，也文明（他们知道白种人的想法）。他们高高兴兴走在街上，不像在广州常被当地人侮辱。鸦片战争前，他们简直就不敢在街上自由行走。最不方便的是，在广州，外国人不可以坐轿，男女不可以在街上同行。但上海却是可以的。美国人瑞佛伦特·卢威尔和英国博士洛克哈特，可以安静地在天气晴朗的安息日早上走去英国领事馆的联合教堂做礼拜，而博士的太太和女儿则乘轿子走在他们前头。"除了几条狗还没有习惯外国人出现，没有别人会对我们动舌头。我们觉得很安全，就像在老家一样。"

早期来上海的英国人总是愉快而惊奇地提到上海人的文明，那是种容纳别人的城市的文明，甚至英国人自己都还不具备。而从广州传来的消息，却是广州的工匠不敢给外国人盖外国式样的房子，因为怕被同胞暗杀。外国人家里的面包也常常被人下了毒。外国人知道广州人叫他们红毛番鬼。外国人明白，他们在广州从来都是不受欢迎的人。

摄影师米勒（M Miller）在十九世纪末，分别为广州和上海的琴师照了相。一组是广州女子，演奏古老的南音。另一组是上海男子，演奏古老的丝竹。看照片里的女人们，盛装，专注，沉

摄影：M. Miller

浸在音乐里。但照片上的男人们，却涣散，马虎。特别是那弹琵琶的男人，说句重话，他的样子真是像一个宵小之徒，看不出一点对丝竹的爱与投入。我总是期望从他们握乐器的手指上，看出他们对乐器的熟悉程度，继而发现，照片上的上海人，只是为照相而化妆的闲杂人等。可以说，照片上的广东人比上海人更有文化，更能沉浸在自己创造的音乐里。

我每每以为，广州人比上海人更有自己的文化传统，也比上

摄影：M. Miller

海人热爱和保护自己的文化传统。当社会发生如开埠这样的巨变时，本土文化就是人心的定力，或者篱藩。广州人即使学英文，用英文，但还是将它定义为红毛番话。他们的内心并不开放，并不接受，并不爱。

而上海人五方杂处惯了，本身又没有深厚的文化传统，心中更没有像广州人那么强的文化自尊，所以不在意接纳外人，也许也不介意成为另一种人。这种容忍，或者说放纵，丧失道义感；灵活地接纳，或者说趋利而动；人心的浮动，而不是沉静；人心的开放，而不带敌意，是上海作为一个后来者，很快超过广州的文化上的原因吗？

上海阿妈在美国

2005年秋天，我在爱荷华大学演讲。演讲后，一个瘦高的男人向我走来。我和斯蒂夫就是这样认识的。他要带我去访问他的老朋友鲍奈斯，因为她出生在上海，至今保留着上海的照片。斯蒂夫认为我会有兴趣。

她已经很老了，动一下，就要喘口粗气。但她事先烧好了茶，准备好了家庭相册，待我们坐下，她便开始说她的故事。

"我后来回到交通大学，我小时候住过的地方。我离开的时候太小了，我以为自己什么都不会记得。真的，在一路上，我真的是什么也想不起来了。但当我来到校园里，看到一栋老房子，现在它是图书馆，我突然感到它很熟悉。然后，我阿妈的脸就浮现在我眼前。紧接着，眼泪马上就涌了出来，我仿佛听到阿妈对我说话的声音。小时候，阿妈是我最亲的人。"

照片上，她的阿妈打扮得与斯皮尔伯格电影里的阿妈一模一样。阿妈手里抱着个小孩，那就是她的小时候。

"是的，我跟阿妈学了一口别琴英语。"她说，"她对我很亲，那种东方人对孩子的亲，你一定知道，那种什么都可以纵容你的亲。我们美国人做不到。"

"甚至我妈妈也很喜欢阿妈。"她说。她拿出她母亲写的回忆录，那是她母亲为了让家里的下一代知道他们早年在中国的经历

幼年的鲍奈斯与她的阿妈。摄影：佚名

写的。在回忆录里，她母亲写到，他们搬回美国后，有一次在西雅图的一个街心公园里，遇到一个被美国家庭带来的上海阿妈，她带着小孩在公园里玩，像在上海公园里一样。即使在美国，她还是穿着白色的衣服，嘴里也有三颗阿妈们喜欢镶的金牙。她母亲过去用洋泾浜英语交谈，这让上海阿妈喜出望外。在美国，家里的人不愿意在别人面前与阿妈说洋泾浜英语："Every missy tink, Dis b'long chinaman. My no talkee he."阿妈解释说，现在，她终于能与孩子以外的人说说话了。

当她母亲离开，听到身后阿妈对那些孩子说："Look-see

Mack! Look-see Stephanie! Dis b'long Shanghai missy. B'long velly plopper Shanghai missy. I plenty likee he."（看，马克，看，斯蒂芬尼!她是个上海女士，她很好，我喜欢她。）

这是我所听到的，最有感情的洋泾浜英文了。

在红旗下

1973年上海英文课本中的Chinglish（中式英文）和学生们的中文普通话注音：

Chairman Mao, Oh, Chairman Mao, （铅门毛，欧，铅门毛）
You are our great teacher, （油阿奥我个锐特提去尔）
You are our great leader, （油阿奥我个锐特利德）
We are your little red soldiers, （维阿油奥利特尔锐德叟者斯）
We love you.（维乐福油）

上海社会将洋泾浜英语渐渐逼出大雅之堂，全无赞美它的多彩和富有戏剧性的兴致。这个社会一心想抹去暴发户的蛛丝马迹，成为一名端端正正的富人。所以，美国英语的口音，一度都是要输给

四、纪念碑

伦敦音的。这种风气，仍旧被认为是上海假扮老贵族的势利。事实上却复杂得多。

到1950年代，上海中学和大学停止英语课，改学俄语，这语言的较量才平复下去。

但很快，又到了1973年，中美建交了，上海的中学全面恢复英语课。孩子们开始学习英语，只不过，课本用的是革命英语的教材，被大人们讥为Chinglish。

我和我的中学同学，就在完全失去语言环境的时候，有一搭没一搭地学着Chinglish。我还记得英文先生教授时那尴尬的脸色。课文里有些毛主席语录，她自然是不敢多话的，但她特别着重叫我们练习发音，抽查我们背诵国际音标时一丝不苟。我想，这是因为她觉得口音是我们唯一值得学的东西吧。不知为什么，大家为学习像外国人一样的发音和声调，感到害羞。为了偷懒不背国际音标，不少人都根据老师的发音，自己用中文注音。先生非常反对，要是让她看到，就要让我们即刻用橡皮擦掉。她说，这样做"洋泾浜兮兮"。当时，我甚至不知道洋泾浜曾经是一条河，但很明白它表达的轻蔑和鄙夷。

我的第一任英文先生，是胖胖的中年妇女。她总是在蓝罩衣的领子上翻出一道白衬衣的领子，显得比其他科目的老师更讲究。她小而肥白的手指上，指甲总是被修得尖尖的，像小兽的牙齿。她每年在学期开头的几个星期里，都不厌其烦地为我们温习国际音标，生怕我们还用中文注音。那时，我们大多数是用普通话注音的。

外滩：影像与传奇

我有一个见多识广的男同学，有一天在课堂里大声说："三克油买来卖去，用上海话说一遍，不要用普通话。你知道是什么？就是Thank You Very Much。"那个男孩子大声笑着，得意于自己能说出这样好笑的事。他的父亲很早以前，曾经做过远洋船上的水手。他知道他家弄堂里每一户人家的底细，从前的舞女，小贩，掮客，娘姨，工人，小开，以及小学教师等等，大家那时像生产线上的梅林罐头一样，一律穿着蓝罩衣，可谁也逃不过他眼睛的挖掘。他在我们班上，第一个用发蜡，第一个穿有裤线的裤子，第一个明确表达出对女生的兴趣，第一个将拇指，食指和中指撮在一起捻着，表示钱。

那是我听到的第一句洋泾浜英语。但他马上被老师喝住。她毫不犹豫地对它扣下一顶革命大帽子："那都是旧上海的糟粕。"然后正色对那个面色尴尬的同学说，"你要在复杂的环境里，分清什么是可以上台面的，什么不可以；什么是可以学的，什么不可以。"

复杂也是个微妙的形容词，当时不仅形容背景的不够红色，更暗指出身市井的不洁。

这是带有侮辱性的攻击，我看到男生连额头都红了。

对洋泾浜的不良看法，即使是在1970年代也没有改变。

说来有趣，上海人没有肯认同洋泾浜的，但上海以外的人，却每每拿它来做打击上海人自尊心的利器。上海以外的人，无论中国还是外国，齐齐伸出手来，将上海人死死按在洋泾浜的身份上，让他逃脱不掉。

四、纪念碑

绿色金字塔顶

金字塔和猎犬

　　在格林威治的海事博物馆里,专门有一个展厅展出对东方的贸易历史。那里有一个当年装饰在飞剪船船头的猎犬雕像。它让我想到和平饭店里沙逊家的双犬徽记。它们一个装饰在外滩大厦顶端最重要的位置,另一个收藏在伦敦博物馆展厅的入口处。一个经历了飞机的轰炸,又经历了中国人收归外滩后,多次席卷外滩的清洗租界痕迹运动,以及1966年的破四旧,那一次,连外滩的草地和树木都被毁坏了,它们竟毫发无损。另一个,经历了从欧洲到亚洲各地一次又一次漂洋过海的航行,穿过无数风雨,历经沉船、战火,海盗的威胁,竟也毫发无损。

　　我只能说,它们真是幸存者。

　　1980年代,有一个研究上海犹太富翁的美国学者到上海寻找资料。为寻找研究的灵感,她特意住进了和平饭店。当时,饭店的房间刚刚装修过,一座传说里奢华的东方饭店旧痕,已被毫无奢侈感觉的拘谨小气的装修破坏,到处都使人感受到破落中的气息,捉襟见肘,但仍难掩颓唐中的排场。这非常契合她的想象,符合一个

2001年的和平饭店。摄影：陈丹燕　　　　　1937年的沙逊大厦。摄影：佚名

醉生梦死的繁华旧世界，最终被穷人以及他们粗鲁的生活方式摧毁的想象。她不在乎散发异味的化纤地毯，不舒服的中国产席梦思床垫；也不在乎传说中盥洗室里镀银水龙头的消失，以及空荡荡的窗前少了回忆录中记载的贵妃榻。在耸立在外滩最好位置的旧建筑里，她看到门上镶嵌的法国玻璃，却为它们的安然无恙而吓了一跳。她为岁月和时代无法摧毁的建筑感慨万端，为犹太富翁不像英国人那样只建造纪念碑，而是更聪明地留下精致的建筑作为自己的纪念碑而拍案叫好。

饭店里到处都是双犬徽记。电梯口，屋顶上，铸铁的花纹中央，到处都是。和平饭店的员工没有人知道这个徽记的象征，他们称它为"天狗"。她将它称为沙逊纪念碑的阳纹。跟着它，她渐渐发现了那些芝加哥时代的窗框，装饰艺术时代时髦的铸铁灯具，在芝加哥大厦里能看到的彩色镶嵌玻璃，酒吧里的旧桌子，它们发出无声的神秘召唤，叩动着她的心。

后来，她的著作里，她用一个后来者寻访祖先足迹的姿态，

四、纪念碑

提到仍旧耸立在南京路口外滩的和平饭店。当时它仍旧是外滩最为骄傲的建筑,甚至在那里工作的电梯工,都有种骄傲和夸耀的神态。它仍旧是外滩最高的建筑。

她提到那无所不在的猎犬徽记,宛如纪念碑上的装饰。而它绿色的金字塔顶,则是一座伟大纪念碑现成的顶。在金字塔顶下的沙逊公寓,让人联想起法老的陵墓,只是那陵墓现在已成了昂贵的小餐厅,一组褐色的皮沙发挡在多年不用的壁炉前,改动沙逊书房的格局。原来书房的满墙装饰着的象牙雕刻不见了,现在更像一个小型的会议室。她提到犹太富商们在外滩建造房子,英国侨民在外滩建造纪念碑。结果,纪念碑被推翻了,而犹太人的高楼大厦却成了外滩无法摧毁的发迹的纪念碑。

当她了解到,在她住进和平饭店前,这个饭店是多年不对外人开放的高级饭店,住店客人全都是政府邀请来华的外国人,由政府部门介绍来的,或者是从上海集合出访的中国官方代表团。客人们必须用外汇支付在这家饭店里的所有花费,即使是中国代表团也必须支付外汇。正是因为它的封闭,才成全了大厦纪念碑的容貌。她意识到是沙逊家族经历印度独立运动的经验,使他们懂得时代可以变化,但最美的建筑将可能为所有时代的人所使用,人们可以改变一个时代,却不忍心摧毁美好的建筑。这正是犹太人过人的精明之处。建筑才是最恒久的纪念碑。只要这栋带有绿色金字塔顶的建筑在,维克多·沙逊的故事就不会从外滩消失。

外滩：影像与传奇

维克多浴室纪念地

维克多·沙逊是个有怪癖的富家子，就像欧洲十九世纪的富家子通常被描写的那样，喜欢使用他敢于惊世骇俗的特权。他出生时，沙逊家族早已是英籍富商，已在伦敦住了三代人，在英国上流社会已很有名气。他父辈与英国皇室的友谊，更为他家的财富锦上添花。他们已经摆脱了海外英国商人的流寇气，成了英国名流。维克多和他的诸多堂兄弟一起，被先后送进剑桥接受教育。与前辈不同的是，维克多这一代人仪表堂堂，教养良好，看上去都不再合适经商，他们不再实际，不再刻苦，不再精明进取。维克多的堂兄弟们，或者沉湎于诗歌，或者流连于艺术品中，或者干脆生病，因为神经系统太脆弱了。维克多·沙逊自己也是如此。他是牛顿的校友，但在许多深夜，他经过牛顿的苹果树下回宿舍，多半是饮酒夜归，而非用功。他年轻时花钱无度，以致被家里限制用度。他在三一学院时的绰号，叫黄昏。

在三一学院时，他经历过一次恋爱，但因为沙逊家族的宗教传统与女孩家的信仰相左，恋人终于分离。从此，一路直至七十九岁，他才安顿下来，当了新郎。但他并不古板，在他风流的小叔叔的调教下，他渐渐成了喜爱美丽女人的风流单身者，一生阅女人无数。我在一个黄昏经过三一学院寂静无声的园子，看到旧宿舍楼里闪烁灯光，想起世纪初一个皮肤黛黑的青年大步经过这里，带着纨绔子弟的自得与隐约的哀伤，我想，维克多·沙逊是个内心埋藏着

四、纪念碑

一些牺牲的人。他从没说起自己的恋爱,不过,他等到七十九岁才最终结了婚。他也不隐瞒自己的反闪族倾向。

沙逊家的子弟们那时喜欢开飞机,一次大战时,健康的年轻沙逊都参加了皇家空军。他们不光愿意为英国打仗,也愿意驾驶飞机,那是了不起的荣耀。他们这一代人中,至少有他和他的堂兄弟菲利普终身热爱驾驶飞机。菲利普甚至做到英国的航空副大臣。但维克多却在一次小飞机试飞的时候出了事故,摔成了残疾,必须用拐走路。而且,时常发作的骨痛终身折磨他。此后,他解释自己不结婚的理由,不再是剑桥时代说的"我这样背景的人不合适结婚",而是"我会妒忌自己健康漂亮的孩子"。

他到上海后,建造沙逊大厦,将自己的公寓造在金字塔下。在公寓里特地造了两个盥洗间,一个只给他自己用。因为他说,自己可以与别人睡在一张床上,但不能合用一个盥洗间。这顶层的小盥洗室,可以说是整个沙逊大厦一处最有沙逊独特气息的地方。这间浴室贴满了黑色大理石。这种产自印度的大理石非常细腻光亮,像镜子一样。经过这么多年,在我看到的时候,即使落满被潮湿的空气浸润的尘埃,仍旧光亮照人。我用手指擦了擦,那一小块地方立刻闪烁出水晶般沉着和坚实又柔和的光彩。他特地用了印度的大理石。

当年,沙逊家族将生意传给维克多,是抱着矮子里面拔长子的无奈。于是,维克多·沙逊到了印度。他是个风格非常冒险,大方,奢侈的生意人,做起生意来,像演一出喜剧——反英雄,调侃,惊险,但竟然都赢了。他竟然是如此合适做大生意,做新

此系维克多·沙逊先生的私人盥洗室，
现被列为保护文物予以善存。
一九八九年九月
This is Mr.Victor Sassoon's private washroom,
which is well preserved as the antique.
September 1989

HOT
CLOSED

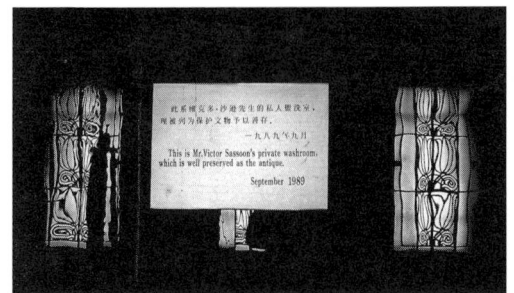

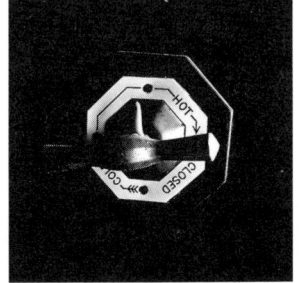

摄影：陈丹燕

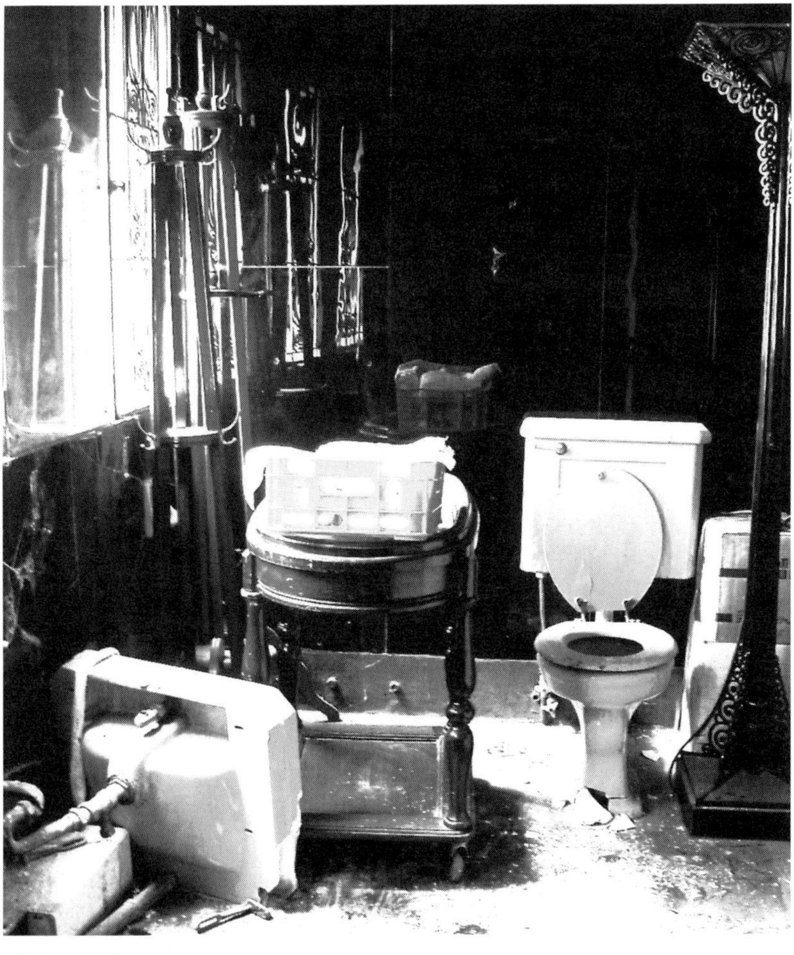

摄影：陈丹燕

四、纪念碑

生意,做没有规则的生意。他可真是花哨。当他决定永远离开孟买时,当地人大为惊讶,他们听到这个消息,"就像听到孟买最豪华的旅馆起身走掉一样"。维克多·沙逊将自己连根从孟买拔起,因为在印度,独立运动已经开始了。他在上海度过了一段风光的岁月,他成功地将外滩的地皮炒到了纽约曼哈顿的价钱。然后,他被迫再次离开,因为中国也走向了独立。

1956年,沙逊大厦改名为和平饭店时,旧华懋饭店已经烟消云散,除了一座空城。所以,和平饭店是建立在华懋饭店原址上的一座新饭店。这时,沙逊公寓成为和平饭店的高级小餐厅。1989年,沙逊公寓中的私人盥洗间被政府作为外滩古迹保护起来。我不知道,保护这个小盥洗室,是否正是出典于当年沙逊的怪癖,和由于他的怪癖而引申出的纪念意义。其中,是不是也有和平饭店终于想要归宗认祖的隐衷。

2004年,我看到维克多·沙逊的盥洗间时,它不对客人开放。它受到保护,不得毁坏,不得拆卸,但它的功能,是小餐厅的储藏室,用来存放杂物。它如今屋顶漏水,洗脸池崩坏,镜子上蒙了厚厚一层灰,倒不如墙上的大理石能照出人影子,堆满了用坏的布菜车,褪色的窗帘,装玻璃杯的网篮。它仍旧精致,但已经颓败。

这小屋子里的情形我很熟悉:保护它,但不利用它。这是种有所保留的态度。我正是在这种态度下认识外滩的,反而对现在处处疯狂利用的浮夸与炫耀不容易接受。我认为正是这种保留,造成一个让追寻者可以想象,而且比缺乏辨别能力的修复更接近真相的空间。但我也知道，浮夸和炫耀，物质主义的狂欢，与外滩原来的精神面貌最是相当。所谓想象，实际上是个人的心灵现实。

我靠在墙上，听到水流经过水管的声音。至今，浴缸里的龙头要是打开，还会出水，原先的上水系统还在使用，只是，如今老式的大花洒里出来的水一定全都是锈水。我将手指按在龙头上方的墙上，能感觉到水流微轻的震动。黑色大理石映照出我掌上的纹路，我想象着它也曾经映照出维克多·沙逊独自站在水流下的浅棕色的裸体，我曾经在照片上见过他的裸体，肌肉有些松弛了，布满了风流韵事的遗痕。

四个男人

这里的四个男人，是维克多·沙逊的长辈，他的爷爷伊利亚斯，他的堂爷爷阿卜杜拉，他的太爷爷大卫，和他的另一个堂爷爷大卫·沙逊。十九世纪末的此刻，对沙逊家族来说是有纪念意义的。他爷爷已经到上海掌管沙逊洋行，是中国最大的鸦片商人。他的堂爷爷阿卜杜拉在孟买掌管沙逊洋行的总部，是当地最富有的商人，也是最大的鸦片输出商。他的太爷爷大卫作为使沙逊家族复兴

四、纪念碑

并新生的摩西，仍旧健在，而且仍旧是这个家族的灵魂。他的另一个堂爷爷大卫·沙逊将要去伦敦，开拓伦敦沙逊洋行。他是沙逊家族里第一个穿西装的人，他为沙逊家族在英国的地位，奠定了一般英籍犹太富商无法达到的高度。当时印度已经造反，殖民的黄金时期已经过去，沙逊家族计划了向英国的迁徙。正是为了纪念大卫·沙逊的远行，沙逊家最重要的男人们在一起照了这张像。周围的世界动荡不宁，但沙逊传奇仍旧走向自己的巅峰。

摄影：佚名

外滩：影像与传奇

1991年的那场化装舞会

维克多·沙逊是当时上海最有钱的人，他从印度搬回上海的钱，是他爷爷在上海的鸦片贸易中赚下的老钱。他算是外滩有根有源的世家子弟，与他相当的，只有怡和洋行当时的掌门人唐尼，他还是侄子辈的，不如维克多·沙逊来得纯正。但上海的英国侨民们却宁可接受白种人唐尼，也不接受他。他的闪族血统，他花钱行事的方式，他刻意的英国化，都不是上海地主们心目中的英国侨民纯正的风格。因此，即使他在英国与王储一起打高尔夫球，即使他的家族与上海的渊源，比他们大多数人深得多，即使他在英国受的教育比他们中大多数人要出色得多，但他在外滩，仍是个异乡人。即使上溯到《圣经》时代，他的祖先可以一直追溯到犹太大卫王，但他在英国人中间，就是个异乡人。英国太太们在他的舞会上讨论从上海回英国，走哪条路线最合适。维克多·沙逊跑去插嘴，还是被她们一句话抢白过去："你应该骑骆驼回家的，不是吗？"

说到了那些1930年代发生在华懋饭店舞厅里的舞会，由维克多·沙逊举办的花样百出的舞会，那是上海乏味的侨民社会中的大事。它们的主题是千奇百怪的，有时化装舞会的主题是海难，有时是蔬菜，有时是马戏团。它们是那么豪华，香槟无限量供应，美食无限量供应，到场的孩子都可以得到一架照相机，能见到上海几乎所有的名人，富翁，交际花，还有上海最美的中国女人，能得到维

四、纪念碑

克多·沙逊亲自为他们拍摄的照片——只是也许很丑。他的舞会名声远扬,一半是豪华,另一半是不堪入目,地道维克多·沙逊的风格。当时的英国侨民,甚至孩子,都以能得到他的舞会邀请为乐事,但没有收到邀请,或者拒绝邀请的人,就忿忿不平地大肆攻击华懋饭店楼顶英国式舞厅里的人和事。

那些1939年的舞会,像熟透了的番茄,在租界最后的繁荣日子里散发着刺鼻的芳香,然后,它就从枝头堕落下来,摔得稀烂。日本人的炸弹激起的烟尘就在窗外飘拂,日本人的军舰就在江面上匍匐,舞会从今朝有酒今朝醉,到强颜欢笑,最后终于停止了。在租界临终时,维克多·沙逊的舞厅改为放映英国电影和战争纪录片,招待留守上海的大班们。那时,他们中许多人再次成了单身汉,太太带着孩子们离开上海了。他们仿佛回到了与太平军对峙的时代,心中百感交集。

他们来到舞厅里,在一团黑暗中排排坐下,仍旧喝着欧洲进口的香槟,仍旧用着华懋饭店擦洗得一尘不染的捷克车料玻璃酒杯。他们望着银幕上的老家,那里硝烟弥漫,与这里一样。维克多·沙逊为他们打气,告诉他们中国人一定会最终胜利的。但他没告诉他们,他已经去了日本,在日本的上流社会活动了好几天,回上海以后,他用华懋饭店的信笺给伦敦写了信,他断定英国没有机会与日本共同治理租界,日本人要的是整个租界,整个中国。

时光流逝,沙逊家的舞会,渐渐成了租界的神话故事。后来,到和平饭店时代,连故事都失传了。人们只知道它是豪华的

摄影：尔冬强

大餐厅：和平厅。直到1990年，一个从香港来的澳大利亚律师来到和平饭店住下，与普通住店客人并无二致。几天后，他提出要与饭店的头头谈谈，他要借这个饭店开一个盛大的化装舞会，客人是香港的殖民时代爱好者。时光流逝，当年对自己身份的苦恼，现在已成为对海事时代浪漫的追忆。这群人，每两年就找一个东南亚殖民航线上的豪华旧旅馆，将整栋旅店包下，住进当年侨民们住的房间，吃那时供应的食物，再装扮成殖民时代的样子，开一个通宵的化装舞会。那一夜，要喝光那家旅店里所有的香槟，跳遍老舞厅里存放的所有旧曲子，尽欢而散。

为了那场舞会，和平饭店到南汇的一家招待所里买回先前处理掉的旧家具；为华尔兹，将已做了几十年餐厅的舞厅地板重新打蜡磨光，到香港预订了两百瓶香槟酒和喝香槟的酒杯，这老房子的历史，就这样突然有声有色地出现在面前。他们已经在这房子里工作了这么久，所以，他们觉得这老房子的从前，就是他们自己的从前。这舞厅里令人目瞪口呆的化装舞会，就是旧日景象的重现。海外娱乐团住在这里的几天里，饭店里的员工们大多兴高采烈地加班，吃在饭店里，睡在饭店里，没有怨言。那几天，他们学怎么调新口味的鸡尾酒，他们将饭店的各种旧物指给客人们看，他们像老师傅那样站得笔挺，他们第一次为自己工作的饭店自豪，因为它过去的豪华。就这样，和平饭店重新回到了世界的视野里，它被授予了全世界最著名饭店，是中国唯一一家得到这项荣誉的大饭店。

百年和平纪念碑

2006年，和平饭店隆重庆祝开张整一百年，在北楼的二楼建立了一个小博物馆，为此还在饭店里增加了一个参观项目，客人可以在引导下参观博物馆，旧华懋饭店的传统豪华套房，拉力克玻璃装饰，沙逊套房，以及酒吧和舞厅……还可以在底楼的咖啡座里喝一杯和平咖啡。这是1943年租界解散后，外滩大楼里开张的第一个关于建筑历史的博物馆。

博物馆的铜牌也是椭圆形的，它让我想起西敏寺墙上的那块石碑。它悬挂在小博物馆的门楣上。

和平饭店的开张是从1906年旧汇中饭店的开张日算起的。那一年，模仿英国皇宫风格的汇中饭店，被称为亚洲通商口岸城市

外滩：影像与传奇

中最豪华的饭店。它对面，尚是一栋繁忙的四层楼房，沙逊洋行。要到1927年，沙逊洋行旧址上竖起了外滩最高，最现代的摩天楼，华懋饭店开张。按照维克多·沙逊的理想，华懋饭店被建造成亚洲通商口岸城市中与孟买的皇宫饭店齐名的豪华饭店。这家坐落在汇中饭店对街的新饭店，从开张日起，就成了上海最时髦和高级的地方，它理所当然地被称为当年亚洲最豪华的饭店。华懋饭店与汇中饭店，各自占据着南京路的半个面向外滩的街口，它们的门童对街而立，它们的霓虹灯将整个街口照得如同白昼，它们的关系，就像一个旧贵族与一个新兴资产者在十八世纪时那样醋意纷飞。今日的和平饭店博物馆，却将它们一同揉到自己的来历里。1956年，共产党政府经营的和平饭店开张时，它们已经统一在同一块饭店招牌下。时光飞逝，当年被鲁迅臭骂的西崽电梯工，到底是华懋饭店的，还是汇中饭店的，已经模糊。当年美国海军军官的妻子们，是在汇中饭店等待丈夫的军舰靠港相聚，还是在华懋饭店，要是只看译文，也很容易混淆。但这便是站在和平饭店立场上的历史视野，带着沧海桑田后的浑然一体。

在博物馆里，能看到华懋饭店建筑工地的照片，和汇中饭店定做的瓷器，还能看到华懋饭店时代的洋铁钥匙牌，以及和平饭店时代印有英文毛主席语录的定制信签。曾在华懋饭店舞厅衣帽间里工作的老人捐献出的银质调羹，是博物馆得到的第一件赠品。在这个小博物馆走一圈，只需要十五分钟。这地方让我想起春天艳阳下迅速融化的雪球——比起华懋饭店与汇中饭店曾经的名气与传说，它的单薄让人不能相信。

摄影：陈丹燕

"难道你们的仓库里再也找不出好一点的东西吗？照片，银器，传说中的银水龙头和爱尔兰亚麻床单。"我问马先生，他是主持建立这个博物馆的公关部经理，十八岁时就进了和平饭店。我一直想参观华懋饭店的库房，马先生却一直劝说我放弃这种阿里巴巴式的幻想，他说库房里没有华懋饭店时代的遗物了。不过我曾不相信他，直到我看到这个小博物馆。

"都没有了。当年将华懋饭店和汇中饭店合并为和平饭店时，老饭店留下的，就只有房子和家具。"马先生说。

不过，即使是这样，和平饭店还是在百年纪念日开放了自己的博物馆。前来参观的客人还真的不少，甚至此地成了旅游团在外滩活动的一个节目。

由于它太缺乏展品，它显得局促，甚至感伤。可这正是和平饭店向自己身后回望时真实的表情：它终是无法畅快自然地承接过去。但是，这不能阻止它鼓起勇气，追寻自己璀璨的身世。它有着与衣帽间女工六十年来保留一枚长柄银勺相同的感情，这便是上海人对自己握有殖民遗物时的感情。

IN THE RISING DUST

PIECE.05
梦想的烟尘岁月

  你可能真正理解,梦想在实现时也会有烟尘的,就像无所不在的建筑工地一样,或者说,像一个战场。当梦想的烟尘四起,你并不知道它真正的面容。等它尘埃落下,面纱撩起,你才能知道,这梦想,是不是就是当初你要的那一个。你才能知道,浮现在你心里的,是满足,还是失望。

1993年外滩扩建，气象塔向南平移工程。 摄影：Marc Ribud　　1920年代的气象塔。摄影：佚名

难为这个法国人，不光记录了气象塔的平移，记录了行人穿行在外滩狼藉工地上的混乱，还记录了1990年代上海最令人印象深刻的景象：空气中无处不在的建筑烟尘。

如今再次看到它在照片的镜头里到处弥散，唤醒了对大兴土木时代的感官上的回忆——那是最为真切的回忆——被搅起的多年积灰像雾一样弥漫在眼前，载重卡车隆隆开过时一路飞扬的水泥细末像毒气一样呛进鼻子，旧建筑轰然倒下时，砖石粉尘如蘑菇云般升起。面颊和额头上感到的微麻，是因为有成千上万细小沙砾正迎面扑来。空气中几乎饱和的烟尘，有时竟能阻止沙砾正常的速度。那些年，很少有人愿意去露天咖啡座会朋友，在那里，杯子里的东西一定要一口喝完，在桌上放一会儿，就不能再喝，飘进水里的细尘像胡椒面一样。读书时将手指插到头发里，常常就摸到头发里藏着的沙砾，它们像树下雨后的蘑菇一样，提醒你外出后没马上洗头。手指伸进鼻孔，感觉那里的黏膜更像烟囱道的内壁。

五、梦想的烟尘岁月

我想起1992年初夏,我从德国回上海,清晨飞机从高空飞向上海,只看到下面是个笼罩在一团黄褐色中的巨大城市,洁净的阳光如一根根脆弱而锋利的箭,从高空中急速射向城市,但纷纷折断在那团黄褐色的云雾之上,那情形,使我想起了"甚嚣尘上"这个词。飞机轰鸣着降落,好像一枚落进已硝烟滚滚的城市的炸弹。

看过了硝烟里的气象塔,再看白云里的气象塔,只觉得从塔建成到平移,它们之间相隔的九十九年,"嗖"的一声,像一只猎兔犬一样,从眼前闪过。连眼睛还没来得及眨,往昔活生生的血腥气已经扑到面前。那是九十九年前的白云,带着大洋上空特殊的气味,咸味的、湿漉漉的味道。那是九十九年前的大风,掀起了白夏布单衣的衣角。九十九年前的黑发在风中飞舞。气象塔下的世界突然就重现在你的周围,那时,气象塔一天报告五次气象,外滩还是白人一手创建的世界,通商口岸城市的繁忙,好像一望无际,永不会休止。对照这两张照片里的景象,我深深地感受到时代的震荡。

外滩正在滚滚烟尘中醒来,如同阿拉伯神话中从瓶子里逃出来的、被禁锢多年的鬼怪。

外滩：影像与传奇

梦开始的地方

　　1997年10月31日下午，上海《新民晚报》的经济新闻记者杨俊得到一个消息，正在修整的汇丰银行旧楼石灰顶里找到了从前的壁画。她是个上海女孩，那年二十七岁，高挑苗条。她与几个年轻记者结伴跑去外滩，看能不能为这发现做一条新闻。路过外滩的那个普通的下午，她像从前一样闻到了一股江水在阳光下散发出的土腥气，这股特殊的气味让她想起了小时候由外公外婆带来外滩看船的情形。她想起那时裸露在空气中的胳膊和脸，不一会儿就会在带有咸味的潮湿空气中发黏，然后，她想起了已经过世的外公和外婆，小时候，她被寄放在外公外婆的家里，在他们的家里长大，直到离开家去上大学。那个下午，杨俊向旧汇丰银行大楼走去的时候，心里浮起的，都是一个上海孩子对童年的回忆。她甚至想起了一块块褐色的咖啡，放在洋铁皮罐子里，外公有时取出一块来，放在杯子里，用开水冲成一杯咖啡。她的童年有些小小的享受生活的时刻，有时是与外公外婆来外滩看船，有时是外公冲褐色的咖啡块，那时，石库门的房间里满室飘香。

　　那天下午，杨俊这样走过外滩，进了大楼，她小时候只看到过这里一直有解放军站岗，他们一动不动，走过的孩子们常常站下来与他们对视，孩子们只是好奇，这一动不动的士兵是不是真人。此刻，市政府已经迁出大楼，这里已是烟尘滚滚的整修工地。

汇丰银行的大理石柱和马赛克壁画。壁画中的上海、香港和东京,汇丰银行在亚洲最重要的口岸城市设立了分行。在壁画中原来镶嵌着汇丰银行的行标,现在已被浦东发展银行的行标不动声色地代替了。如今,这些标志就站在"四海之内皆兄弟"的世界主义理想之下。
摄影:佚名

外滩：影像与传奇

凡是进过中山东一路12号原上海市人民政府办公大楼的人，大概都不会对门厅普普通通的奶黄色八角形顶部多加留意，然而谁也不曾想到，正是在这层普普通通的奶黄色涂料之下，封存着一笔价值连城的文化遗产！昨天，当记者跟随正在为这栋"世纪大楼"进行内部改造的上海建筑装饰集团职工爬上简易的脚手架，到达二十多米高的八角形顶部时，几乎被眼前的景象惊呆了。

杨俊第一眼看到的，是一幅由马赛克拼贴的伦敦风景。在工地用的照明灯下，每块小小的马赛克都闪烁着璀璨的光芒，尤其是那些蓝色的，铺天盖地的蓝色淹没了她的眼睛。此刻，杨俊心中只能捉住"璀璨"这一个词。她面前的光柱里飘浮着无数细小的灰白色尘埃，那是从马赛克上剥离下来的陈年石灰碎末。

她孤零零地站在二十米高的脚手架上，第一次感受到阿里巴巴走进山洞那一刻的心情：原来那不是快乐，而是震撼。她心中的感受与阿拉丁一样：原来传说中的财宝是真的。

33幅巨大的彩色马赛克壁画突然淹没了整个视野，细腻柔和富有层次，融合了光学原理的色调，几乎可与文艺复兴时期的油画相媲美。其中8幅4.3米宽、2.4米高的壁画分别描绘了本世纪初上海、香港、伦敦、巴黎、纽约、东京、曼谷、加尔各答8个城市的建筑风貌，并配有8组栩栩如生的神话人物形象；24幅为神话故事中动物的形态；一幅为顶部巨大的神话故事壁画，总面积近200平方米，用几十万块面积几个平方厘米的彩色烧制马赛克镶拼

五、梦想的烟尘岁月

而成。壁画间有一圈英文,意为"四海之内皆兄弟"。

紧接着,外婆家门厅里的马赛克浮现在她眼前。那是黑白两色的马赛克地,六角形的,拼贴出大丽花形状的图案。童年时代,她是乖巧的孩子,下雨天不出门去疯。她独自在拼贴成大丽花形状的马赛克地上玩跳房子的游戏。后来她才知道,许多在上海老房子里长大的孩子,与她有着相同的爱好。寻常弄堂房子里的马赛克地,虽然是旧的,却因为童年而令人充满依恋。

失而复得的亲切轻轻摇撼杨俊的心,仿佛要叫醒她。

汇丰银行大楼是外滩大楼中占地最大、最讲究的大楼。　摄影:陈丹燕

外滩：影像与传奇

上海寻常人家的孩子，一直是伴随着在民间口耳相传的城市传说长大的。他们在祖父辈的生活习惯里认识了这城市原先的物质精神，在周围的建筑里认识了这城市原先的发达，在各家抽屉底、箱笼底偶尔发现的旧衣物、旧照片、旧纪念册里，认识了这城市原先的摩登。但他们身处的时代，让这一切在他们心里带上了似是而非的恍惚，他们能相信，又不能相信。杨俊站在脚手架上，心中只是感叹，原来一切的道听途说，一切的猜想，竟是真的。自己竟然目击了历史现身的一刻。

石灰层一点一点地在她眼前剥落，里面埋藏着她充满故事的马赛克。她的心怦怦地击打着胸膛，她猜想，大概考古的人用一把小刷子刷开覆盖在一个物件表面上的泥土，看着那东西渐渐露出轮廓，也会有这样的心跳。工人们在她身边忙碌，在逐渐显现出来的马赛克前工作的，都是当时上海最有经验和手艺的老工人，为最大限度地保持手的敏感，不至于伤害到那些马赛克，他们都没有用手套。杨俊看到他们的手都已伤痕累累。

老人们有时说起上海从前的辉煌，好像香港电视连续剧一样似是而非。电视台播放《上海滩》的时候，外婆家的弄堂里，家家户户电视机里传出的电视剧主题曲，曾经在空无一人的弄堂里交汇合唱。原来人来人往的弄堂寂静无人，是因为大家都在家里看香港人演绎的上海故事，富豪和黑社会，黑色的呢大衣和豪宅。上海从前的生活浮现在电视机里。但老人们一边看，一边批判，上海难道是这样的吗？这根本就是广东，不是上海。电视机

五、梦想的烟尘岁月

前的孩子们虽然小,却也渐渐发现,在周润发的黑大衣后面,还藏着一个在人们心中缄默的上海。

"那时的电视机是彩色的还是黑白的?"杨俊有些疑惑地问我,那时她还在上小学,她只记得外婆家的弄堂里响彻了那首粤语歌,几乎一夜之间,大家都能用粤语说:"浪奔,浪流。"

这是伦敦。

这是外国女神摆出来的文艺复兴时代的姿势。

这是文法用词都有些古怪的英文——四海之内皆兄弟——她拿不准它是不是好英文。

那么,上海、香港、伦敦、巴黎、纽约、东京、曼谷和加尔各答,它们在这里以兄弟相称;她能理解为什么上海与伦敦,巴黎和纽约并列,但不很理解并列的香港和加尔各答,还有曼谷。然后,她回忆起历史书上曾经写到过的亚洲故事:海岸线上的通商口岸,欧洲殖民者对亚洲大陆的探险,亚洲海岸线上的那些通商口岸城市的诞生。她此刻证实了,上海原来是这样与世界联系在一起的。如同一个孤儿突然找到了家谱,而且在家谱上找到了自己的名字,上海原来是这样的来历。

满是尘埃的穹隆里,除了伦敦这幅画,其他的画还在修复中,大都被塑料布蒙着,她看到老工人们小心地在墙上擦拭,看到蓝色的细小马赛克在沾满灰白色石灰膏的湿布下闪烁出夺目的光华,那是1925年的泰晤士河。那些老工人的背影,看上去也像从前那些意大利工匠的背影,或者,也可以想象成米开朗基罗在西斯廷小教堂顶上工作时的背影。

1930年代的汇丰银行。 摄影：佚名

六十年后的汇丰银行，虽经过沧海桑田，但从照片上看去却了无痕迹。 摄影：陈丹燕

五、梦想的烟尘岁月

汇丰银行时代的青铜狮子是许多关于外滩的回忆录都提及的。当浦东发展银行修缮大楼后,它们又出现在原来的基座上,难辨真伪。甚至它们身上还能看到1941年日本人留下的割痕,也能看到描写上海的著作《上海陷落》里,记录的铜狮子爪子上闪闪发光的金黄铜色——那是因为过路的人都会情不自禁地去摸狮爪——这个外滩传统一直延续至今,被无数游客继承下来了。
英国伦敦金丝雀码头的新汇丰银行大厦,如今的汇丰银行总部前,复制了上海旧行门前的铜狮,在底座还钉有铜牌,说明狮子的来历。 摄影:陈丹燕

外滩：影像与传奇

据历史记载，这批彩色壁画是于1923年由多位意大利工匠制作完成的，展现的是当时汇丰银行在世界各地的发展状况，从壁画开始制作至今已近八十年。不知是什么原因，上海解放前期，这批壁画被人用石灰膏涂没。一笔灿烂的历史文化遗产展露在世人眼前，却仍然留下一个吊人胃口的问号：近半个世纪前，到底是谁，又是为何封存了它？

匆匆地赶回报社，杨俊马上就赶稿子。她心里很激动，也很感动，可要说清楚那五个W，还真是吃力。

Where：她知道那栋楼是原上海市政府大楼，也隐约知道它的前身是汇丰银行大楼。即使她知道汇丰银行这个名词，也并不清楚它在海事时代的洋行中的地位，也还不能体会四海之内皆兄弟对上海的特殊意义。她还不知道，从这里开始，外滩将要第一次来到上海人面前，打开自己，它将被上海人接纳为自己的前世。从这里开始，外滩的大楼就不再是雄伟的陵墓，而成为上海人的阿里巴巴山洞。在外滩寻宝的梦想就这样开始了。

When：她知道是1997年大楼改造，使财宝重现。但不知道1956年是谁将这些壁画掩盖起来，使它们得以逃脱被毁灭的命运。又为什么在1997年它们得以再见天日。这个时机，对这个城市，对它的人民，对她本人都是富有象征意义的。这是历史回眸的时刻，经历了1937年前几十年外滩对中国人的傲慢，再经历了从1941年后中国人对外滩的否定，汤汤一百多年的茕茕孑立，外滩终于等到了成为上海符号的这一天。她并没有完全意识到这个

五、梦想的烟尘岁月

时刻,是上海本土身份的苏醒。如同那些多年来被挡在石灰膏后面的女神的眼睛,它们被擦亮了,伸手可及。

Why:那个下午,面对一张晚报的方格稿纸,杨俊感到了自己对那些第一次出现在上海市民眼前的壁画的爱。她爱它们,如同眷恋在外婆家跳房子的岁月,这种眷恋并带着怜悯的爱正在推动她写一篇充满感情的新闻稿。但是,为什么在这时这样强烈地感到自己的乡土之爱,为什么在外滩也能感受到这种别人在故乡河边才有的乡土之情,她还没有答案,但令她自己吃惊的是,她没有觉得不妥,而是觉得理所当然。在这时,她感到自己对外滩那种失而复得的爱,就是一个上海女孩理所当然的感情。这就是她将那些壁画毫不犹豫地称为我们的文化遗产的原因。这对她来说,没有疑问。

汇丰银行壁画的修复,激起年轻的、懵懂的、敏感的杨俊真挚的归依之爱。她一团火热,但有些词不达意地赶着写稿和发稿。与当时的上海人一样,她在感情上准备好了接受自己城市的历史,但在知识上远远没有。她手里的资料很有限,甚至一时不知道可以向谁请教,可以从哪条线索挖下去。她这时发现,自己对这城市历史是如此的不了解,她不能肯定自己的描绘是否准确。她发的这个晚报头条新闻,题目便是: 奶黄色涂料覆盖着问号。

第二天一早,就有许多读者来电话询问壁画的事。紧接着,前一天晚上和当天早晨本市寄出的大批关于壁画的读者来信陆续到了报社,杨俊这才知道,全社会的胃口都被吊了起来。又过了

外滩：影像与传奇

一天，杨俊带去了报社的摄影记者，这次，她看到工地上多了许多中年人和老人，他们都是杨俊的读者，来亲眼看看上海遗物的出土。纽约，伦敦，香港，加尔各达，曼谷，巴黎，东京和上海，汇丰银行的重要支行所在地，全都是海事时代呼风唤雨的商业都市呀。他们就站在杂乱的工地上，呼吸着充满石灰粉末的空气，高高扬着头。从穹顶上面看下去，他们就与那些被褪去的石灰膏的碎片混成了一片，仿佛也是时代褪去的外壳。他们中的大部分人都从来没进过这栋大楼，从前它是英国人的银行，后来它是共产党的政府办公楼，市民们很难进去。他们中的大部分人也是第一次看到那些壁画。它们都还没有修复，隔着脚手架，其实也看不真切，但他们还是想来看一看。

对旧时代的记忆，因此而苏醒过来。杨俊这个年轻记者的热情，点燃了全社会的热情。她看到中央电视台的采访小组也在现场，记者正以抬头仰望的人群为背景，报道壁画面世。

上海史专家和上海殖民建筑史专家纷纷接受各家报纸杂志的采访，上海老人和上海掌故收集者也纷纷在报纸副刊上发表小型回忆和考证，中文系毕业的编辑和新闻系毕业的记者运用自己的所长推波助澜，那些上海旧租界各处被遮盖在石灰层、泥灰层，甚至旧报纸后面的浮雕、雕刻、壁画遗迹纷纷破土而出，有人想起了延庆路上黄房子被泥巴盖住的人像，有人想起了法国总会大堂里当年柱子上的浮雕，考古的热情弥漫在上海人的心里。对城市旧貌的再发现，带来了佚散首尾但仍旧栩栩如生的往事，与探险和侦探般的乐趣。

五、梦想的烟尘岁月

说起来，这可以算作是上海有史以来，第一次外滩历史自然而然的全民普及。上海人第一次热情参与外滩历史的发现，从普通市民的个人历史出发，去追寻外滩的过去，人们第一次由衷地感到外滩与自己的联系。这是外滩建立以来上海人从未有过的心情。

杨俊每天都报道壁画的最新进展情况，她的报道总是在晚报的头条位置，总引起广泛的注意。那是个充满热情的梦幻时刻。她渐渐意识到自己接近了那个新闻要素中的who。他是1950年代在外滩开始从建筑物上摧毁西洋雕像、拆除洋行标志的时候将壁画覆盖起来的人，他是谁？杨俊是个读《旧上海的故事》和《新上海的故事》，同时也听着外公外婆的上海传说长大的孩子，她在内心有种追寻上海本土历史的热情。像许多跟祖父母和外祖父母长大的上海孩子一样，她也有种从长辈那里传承下来的缄默但固执的本土立场，这种立场甚至比他们的父母来得更固执和自然。这种隔代遗传，使她对隐藏在壁画事件里的那个人，更有兴趣，而且感恩。与许多上海孩子一样，在她的成长过程中，老人们将上海人独特的孤独感轻轻撒进她本是一张白纸的心中。她对默默保护城市记忆的老人总怀有敬意，而且还有依赖。她似乎本能地懂得，要是没有那些老人，她将像大卫·科波菲尔一样，完全成为文化上的孤儿。也许，这就是杨俊非常认真地寻找这个"Who"的动力。

一周后，雪片般的来信飞向本报，无数热心的读者带来了揭开外滩原汇丰银行"世纪壁画"之谜的线索。

市委老干部局77岁的杨孟亮先生致信本报称,是当年承担改造设计任务的上海民用设计院院长陈植总工程师为保护这批艺术品,而提出了用涂料覆盖的方案。记者通过各方寻找,昨天傍晚终于在华东医院找到了已经95岁高龄的"世纪老人"陈植先生。

陈植出现在杨俊面前的时候,已经不是当初那个风华正茂的宾州大学建筑学院的中国学生,不是旧照片里站在他终生的好朋友梁思成和林徽因后面欢笑的英俊江南青年,不是宾州大学乐团性格开放的法国号手,不是在上海和南京举办过个人演唱会的男中音,不是华盖建筑事务所一心想要使中国建筑复兴的合伙人,不是那个因为设计了有宽大明亮窗户的银行而大受好评的设计师,不是那个为了爱惜中国大学自己培养出来的本土建筑师,而用自己系主任的薪金为学生买照明灯的教授,而是一个穿蓝白条子病号服的老人,他正在洗脸。

他藏在皱纹里机警的眼睛,还有他脸上的不动声色,刹那间让杨俊想起了自己的外公。她想起了自己笃信伊斯兰教的外公,经年累月地每天五次,悄悄洗干净自己的手和脚,擦干净一领草席,在家中一间极小的房间里,面向麦加的方向,无声地朝拜。在杨俊看来,这就是一张有信念的老人的脸。

几乎就在这一刻,只知道陈植是退休总工程师的杨俊,就在心里认定,这一定就是当年保护了壁画的人。

五、梦想的烟尘岁月

陈老紧握助听器仔细听着记者的提问，时不时用手拍打自己的头，仿佛使劲地回忆着什么。老人说，覆盖壁画是1956年的事情，那时候他承担了原汇丰银行大楼大厅的改造设计任务。记者反复问陈老，当年是不是他为保护壁画而提出了用涂料覆盖的方案？刚刚还十分兴奋的陈老突然沉吟着说，过去的事情我已经记不得了。

对陈植来说，杨俊真是太年轻了，杨俊的追问真是太单纯了。

她不知道这位老人在1950年代初，如何被之江大学建筑系的学生们追问，当年自己拿出薪金来为学生加装照明灯，到底出于什么样的反革命居心。她也不知道这位老人在1960年代时如何能够保全了自己的家不被红卫兵查抄。

她不知道这位老人在1970年代建造文化广场时，因为是被打倒的技术人员，必须每天提前到办公室，为全办公室的人灌好热水瓶，扫好地。每星期三次的政治学习时，他一直都是被批判和清算的靶子，必须接受所有同事的批判。但剩下的时间，他又必须为所有的图纸把住技术关。她也不知道这位老人1980年代时独自考察了上海二十多处通商口岸时代以来劫后余生的都市公共建筑，向市政府提出了《保护上海近代建筑刻不容缓》的书面意见，直接促成了上海第一批优秀建筑作为市级文物被保护下来。但华盖事务所当年设计的优秀建筑，却一一被当地政府拆毁。只是因为这是当初自己手里设计的建筑，陈植才没有力争，只是保持沉默。但被理解为老人自己也默认那些建筑没有保护价值。

她不知道这位老人拒绝了一个又一个建筑史研究生们以他的建筑师生涯为研究对象的论文采访,他对自己个人的事绝口不谈,但对指导研究生们的其他论文从不拒绝。她也不知道他曾经一次又一次主动纠正研究者对上海历史建筑和中国近代建筑业研究时出现的史实错误,他曾写信给年轻的研究者说:"我行将就炉。向我垂询,为时已不多,望多'利用',现在不抓,越来越失真,甚至谬传矣。我之所以如此急于编资料,目的只有一个,将我这个活见证所知的一切,摘要留存。"

杨俊来不及知道这么多往事,就来追问陈植,真是太鲁莽了。她太想找出那个保存了城市梦想的功臣,太想对他说声谢谢,太想给这个壁画的传奇找到一个美满的结局。

虽说陈老自己称记不起往事了,但他的护理工在一边说,陈老前天晚上看了东方电视台关于"世纪壁画"已经复原的新闻后十分高兴,一直喃喃自语着什么。当记者起身告辞时,老人坚持一定要送到走廊口,并久久握着记者的手说:"谢谢你们。"

杨俊即使不知道那么多、那么复杂的背景,但也能感受到陈植那声"谢谢"里面有复杂的含意。她因此而想起自己所认识的那些阅历丰富的上海老人,他们都深深懂得规避之术。她握着老人的手,感受着他松弛而温暖的手掌里传达出来的沧桑,以及对她的安抚和鼓励。

五、梦想的烟尘岁月

记者立即联络了提供线索的杨孟亮先生。原来,他当年是市政府办公厅行政处的一名科长,被派去参加原汇丰银行大楼改建成市政府办公大楼的工作,由于1956年5、6月份苏联舰队访问上海,大楼内市政府用来接待贵宾的大厅必须在1956年第一季度改造完成。当时有人提出大厅上方的壁画太商业化,改造时敲掉算了。有一天,杨孟亮陪同负责改造设计工作的上海民用建筑设计院院长陈植登上脚手架看壁画,陈植久久地凝视着壁画,突然,他说:"敲掉太可惜了,那么好的艺术品,还是刷上涂料吧,这些马赛克是经过特殊处理的,应该不会受腐蚀。"此后不久,市

2002年上海双年展上著名艺术家黄永砅的作品:《汇丰银行——沙做的大厦》。
表达中国人心中对租界遗痕的感受。 摄影:陈丹燕

政府同意了这个方案。77岁的杨孟亮先生激动地说："那么多年了，我还记得当年的那一幕。"

虽然陈老极力回避过去的事情，但他的护理工在一边说，老人看了电视新闻高兴极了，一直喃喃自语，还不停地打电话给老朋友们。为躲避镜头，陈老与东方电视台记者玩起了"捉迷藏"，先是决定第二天上午8点30分出院，后又突然提早出院，让决定"偷拍"的老记扑了个空。记者跟踪至陈老家，再次被陈老婉言谢绝，摄像师只拍到了陈老的一幅画像。记者们又赶至当年市政府办公厅行政处处长李家帜家采访，刚进门，陈植老院长恰好来电话，他让老李转告记者们："保护壁画不是我一个人的决定，是当时所有有识之士的共同决定，我已经老了，就不再抢镜头了。"

杨俊停止了对老人的采访，但她懂得，当初如果不是老人提出覆盖的方案，她就再也没机会发现这城市的真相。她把这位老先生视为将城市文化薪火相传的勇士，直到今天。

第二年，杨俊到加拿大采访，在那里的一个上海人聚会上，她遇到一个上海青年，他向她走来，问她是不是那个写外滩壁画的记者。原来，他就是陈植的外孙，他是加拿大一家著名的建筑设计公司的设计师。那时，壁画已经修复，成为外滩最夺目的亮点，人们只要知道它的故事，都会在经过汇丰大楼的时候，拐进去看一眼八角厅里的壁画。人们在那里抬头仰望，光华烨烨的壁画使他们忍不住探寻外滩的过去，八角厅里笼罩着点石成金的梦

五、梦想的烟尘岁月

幻气氛，使他们不禁感受到了时空的交错。"如果回到它的从前，将会怎样？"这自然而然来的问句，唤醒了人们多年在心中深埋的复兴梦想。杨俊和陈植的外孙在那旧法国殖民地的城市一角回忆起1997年的外滩故事，回首往事，他们这才发现，再谈起那些当年总是在头条刊出的壁画新闻，已成了在万里之外对自己故乡传奇的思念。

在那个蓦然回首的年代，怀旧的情绪油然而生。这种情绪对上海来说一点也不陌生，但这感情里饱含着的对城市复兴的期待却并不容易捕捉到。年轻的杨俊在一篇报道的最后几句感叹道："有谁知道这些神秘的大楼里还埋藏着多少故事？"这是她经过外滩大楼时最真实的心情。这简单的问句，却问出了整整一代人的心里话，或者盼望。这一年，天时地利人和，一代人，一个城市，一个时代，都准备好了去回答杨俊新闻元素中的最后一个W——what，在外滩和上海人的心中，正在发生什么？

"对外滩有了好奇，有了归属感，也有了梦想。"杨俊说，"想要把那些被覆盖的过去都找出来，把那些老去的大厦全都修好，想要整个城市恢复从前的活力，想要在街头巷尾口耳相传的城市奇迹再次成为现实，想要为这城市的复兴做出自己的贡献。"从前，没有人这样明确地说过，或许，也没有人这样明确地想过。此刻，这心愿像冰山终于融化一样，在人们心中发出惊天动地的动静，泛滥成汪洋大海。

但是，1997年人们爆发出的对外滩，对老房子，对过去历史湍流不息的钟爱，究竟会奔流向哪里，却没人知道。

外滩：影像与传奇

M on the Bund

　　M生得高大壮实，喜爱用鲜红的唇膏，喜欢穿靴子，即使常年生活在闷热的亚热带，她也爱穿着齐膝的皮靴在香港上环起伏的窄街上走来走去。

　　M从很年轻的时候起，就离开墨尔本，来到香港。她没什么澳大利亚口音。1989年，香港正动荡不安，她在香港旧牛奶公司冷库的楼上开了一家小西餐馆，餐馆的名字叫：M on the Fringe。看上去像法国新感觉小说的名字。她身上也有种新感觉小说的气味，一种既雅致自在地享受着什么，又敏锐尖刻地颠覆掉什么的新感觉小说的气味。

　　她是个大厨。

　　她最推崇土耳其一带的食物，因为它们来历甚是复杂，菜谱很精致，吃的形式也成熟了。她有时从香港到大陆，沿着古老的东方丝绸之路，一路旅行到中东，到西亚，一路寻着各城市精致的本地馆子吃过去。旅行回来，她就给自己馆子里的菜谱增加几个西亚或者北非的新菜，但她不肯说那些菜是混搭的菜式，只说它们现代而不混搭，经过精心准备而不过分修饰。在表白她的菜式时，M表现得清高倔强，就像表白她自己。这个世界，丰富多彩的手艺人渐渐消失在机器强大地覆盖一切的新姿态里，而大厨们却在旧时代的废墟里脱胎而出，成为最有文化表现力的人，他们不再只为满足口腹

五、梦想的烟尘岁月

之欲而穷尽自己的智慧,他们创造新菜式,如同创造一种直指大同世界复杂感受的哲学。他们的客人,坐在一只白色陶盘子前,心口并用,跟随那些食物作环球旅行,探索自己对《圣经》里的通天塔终于建成后,身心的感受。

我以为,M正是这样一个大厨。这就是为什么我站在香港上环她的第一间餐馆门前,心中感受到附近油然而生的新感觉小说气味,或者说,影影绰绰的杜拉斯和越南的气息。

因为香港,M认识了上海。1980年代末,上海的大街小巷里到处散发被遗弃的感伤。梧桐树叶掩盖着多年失修的深受装饰艺术影响的小楼,和平饭店里的老侍应生说着1940年代的英语,外滩大楼的外面挂着成串十五瓦特的灯泡,在夜晚勾勒出外滩的天际线。她在这个颓唐的城市里到处闲逛,有时在小馆子里吃阳春面,有时和她的朋友去海鸥饭店喝上海咖啡。隔着没有用玻璃清洗剂清洗过的白蒙蒙的玻璃,她眺望外滩,灰蒙蒙的楼群像一条冻僵的大蛇。幸好有屋顶上的红旗,那一小块一小块翻飞的红色,使外滩生动起来。

M对那些漫天飞舞的红旗印象深刻。她喜欢它们所表现出来的社会主义气质。

1996年,M得到一个机会,到和平饭店扒房做了两星期客座大厨。在M看来,那里什么都不对。倦怠松懈的厨房,处处将就的中国厨子,老掉牙的口味,塌着腰走路的侍应生,甚至佐餐的法国长棍面包,什么都过于陈旧,什么都过于孤陋寡闻,什么都过于没有激情,什么都过于窘迫小气,M见识了外滩唯一一家西

在5号楼顶上,对面是浦东。
摄影:陈丹燕

旁边是外滩大楼著名的天际线,红旗在阴沉而坚固的殖民时代遗物上猎猎飞舞,这是后殖民时代最动人的景象。
摄影:陈丹燕

餐馆——从前上海最重要的传奇和骄傲如今的模样。每一天,它的现状都能激起她的愤怒和激情。于是,两个星期结束后,她起了在外滩开一家西餐馆的念头。

那一年,旧汇丰银行大楼刚刚腾空。

地址就选了好几年。终于定在了外滩,定在和平饭店与东风饭店底楼的肯德基炸鸡店当中,一栋老大楼的顶层。那是1980年代初外滩大楼翻修时做的加层,曾经是海运局的海事电台。M看到它的时候,里面堆满了乱七八糟的东西,连电都没有。她在一大堆杂物和垃圾里蛇行向前,来到一扇门前。她推开门,看到了一个荒凉的大露台,只有红旗猎猎作响。对面的浦东正是当年世界最大的工地,塔吊在阴霾的天空下林立。金茂大厦尚未完工,但它已经在脚手架里闪闪发光。笨拙的东方明珠赫然在目。M觉得它很丑,但她并不反对它直直戳在眼前。她旁边的海关大钟正沉默地走着。香港回归那天,大钟的西敏寺报时曲便被废止,不

1990年代的外滩大楼，一到夜晚，到处都是黑洞洞的窗口。
摄影：陈丹燕

M on the Bund建立在1980年代初外滩大楼加层工程时加盖的顶楼里。
摄影：陈丹燕

从沾满雨痕的窗子望出去，能看到远处的塔吊，和近处死气沉沉的老房子。
摄影：陈丹燕

再报时。不过那英国钟面仍使她感到熟悉。

大风扑面而来，M站在开阔的露台上，在心里点头："好吧，就是这里。"

就这样，M on the Bund开张了，它是1949年后出现在外滩的第一家由外国人独立经营的西餐馆，她觉得自己像个拓荒者。

此前在外滩，晚上只有和平饭店的楼顶灯火通明，漂浮在一大片昏暗的屋顶之上，像夜航在海上的大船。南楼的那个，是外滩最早的屋顶花园，1920年代，美国海军军官的妻子们曾在那里消磨等待军舰进港的时光。北楼的那个，1930年代时，客人站在那里吹风，曾感到自己是站在整个世界的中央。后来，站在和平饭店的屋顶花园向两下望去，都是夜色。如今再望，经过桂林大楼屋顶下的裸体雕塑，经过浦发银行的罗马圆顶，就看到远远一处明亮的露台从灰白的夜雾中浮起，白色桌布的一角如海鸥的翅膀一样低垂着，人影晃动，闪光灯闪电般地亮了一下，又亮了一下。即使隔了那么远，都能看到那些身影里的自命不凡，特别是端着托盘的黑衣侍应生们。那便是M on the Bund——1999年全外滩最时髦，最昂贵，侨民最集中的西餐馆。

屋顶上的M on the Bund，立刻就成了上海的时髦去处，这是自从华懋饭店的考夫曼和他的时髦客人们离开华懋饭店屋顶花园四十多年后，外滩再次出现的外国时髦。去往加层的电梯门一打开，就有种花团锦簇的昏暗围了上来。然后，能看到珠帘，黄色的直筒灯，天花板上的纹饰，曲线，处处都是1940年代在上海大行其道的装饰艺术痕迹。当年建筑里的装饰艺术，如今都已深深沉入油污，灰尘，年久失修和1980年代初对捷克式轻快的东欧风格的模仿中，在此地重见这全无伤痕的装饰艺术风格，打扮出一个似曾相识的新天地，上海人只有心中涌出无尽的惊喜与嗒然若丧。然后，再看见启蒙主义时代的东方象征：一只装着飞檐顶的木头鸟笼。这东方情调点缀在装饰艺术里，一只精心整理过的中国条案，一片针法精美的绣片，黑发女子温婉顺从的笑容，异国情调散发着沉甸甸的异香。但是，它不过分。转眼就能看到窗外飞舞的红旗和近在咫尺的老英国钟，以及东方明珠和金茂大厦。后来，海关大钟恢复报时曲，采用的是1966年红卫兵小将制作的《东方红》。当钟声每一刻钟响彻整个餐馆时，这里便成了后殖民戏剧的舞台，充满了令人玩味的戏剧冲突。欧洲游客最喜欢来这里，法国人在这里能消磨好几个小时，与其说因为那些酒，不如说更是为舍不得那包围他们的风景。

它再也不是简陋加层上堆满杂物的破房子以及荒芜的屋顶了。

M on the Bund的露台。摄影：陈丹燕

东方主义者在这里看到了通商口岸时代的遗迹，而后殖民主义者则看到红旗和大钟。时髦追逐者终于在这里吃到了外国杂志里提及的冰得恰到好处的葡萄酒，烤羊腿以及澳大利亚点心，终于心中有了四海一家的感受。怀旧者在这里发现了一个未曾毁灭的过去，珠帘，曲线，既紧张又舒适的华洋杂处，空气里的咖啡气味。穿着漂亮的女机会主义者捕捉到外国商人眼底里的寂寞和跃跃欲试，她们常有种进退自如的幽默态度，还有对奢侈直白的渴望。她们最喜欢起身离开自己的桌子去洗手间，她们在店堂里摇曳而过，金鱼一样自重。好事者在这里看人和被看，加上一份地中海食物。大多数中国人想不到要尝试M提供的中东食物，那不是上海式的时髦。上海永远想要与巴洛克相关的一切，要华丽与正宗。思乡者找到了礼拜天下午侨民聚在一起唱圣诗的机会，

外滩：影像与传奇

在上海的外国人总能在这家餐馆里碰见，即使是来自菲律宾的加尔文教派的信徒，也有机会在这里相遇。2003年开始，这里每年春天都邀请香港英语文学节请来的外国作家顺访，作家们在这里用英文朗读作品，回答听众的问题，为读者签名，作家们大多数都有流散的背景，美国的第二代华人移民作家，英国的斯里兰卡作家，生活在英国和印度两地的印度作家，不会说中文的马来西亚华人作家，用中国古典文学作为小说另一条枝干的澳大利亚作家，作家们在酒吧里朗读自己的作品，谈论自己对全球化文化的看法，就"一个异乡人在异乡的写作"的题目作小组讨论。席间，有个在上海旅居多年的老先生高声提问："你谈论了不少关于上海与其他世界大都市的比较，那么，你想过没有，上海为什么不可以就是它自己呢？为什么它必须与别的大都市比较？"上海史的研究者可以轻易地从这个问题回想起当年《字林西报》上侨民在通讯版对上海命运的讨论。

M在她的餐馆里并不怎么张罗。她穿黑色衫裙，棕色皮靴，抱着双臂，像个严肃的小说家那样四下打量，她身上没什么烟火气，也不亲和，但很自信。

中国各地的报纸杂志开始谈论M on the Bund，记者们，编辑们，美食专栏的作家们，散文作家们，纷纷造访这里，各国的过埠名人也来这里吃饭。澳大利亚领事馆里的年轻官员喜欢这里，渐渐将一些领事馆的文化活动安排在这里。于是，M成立了媒体联络部，由从新加坡来的印度女子蒂娜负责这方面的事务。侨民们第一次在上海纪念乔伊斯，举行上海布鲁姆日漫步，就从M on the Bund出发。北京的侨民圣诗合唱团到上海,也在这里演出。圣诞节前夕的阴霾下午,基督徒们带着孩子和老人来到酒吧,举行了一次音乐礼拜。文化方面的事由从澳大利亚回上海居住的欧亚混血儿简妮负责。简妮的爷爷在海关工作,爸爸是汇丰银行的职员,她的奶奶却是个中国人,妈妈是个英国人。他们家在太平洋战争时离开上海,直到她从墨尔本的一个剧院里退休,回到上海居住。

M on the Bund成了外滩的一盏上海侨民生活的明灯。

对我来说,它不光是个擅长中东菜式并冰有好酒的西餐馆,有时更像一个侨民文化俱乐部。这里如此容易就让我想起租界时代,想起犹太人希夫画的那些1930、1940年代的上海人和外国人,想起那种既令人激动,又令人感到羞辱的城市气氛,想起在华洋杂处的年代里那些微妙的种族间和文化间的藩篱。当我第一次在伦敦的拍卖行里看到东方通商口岸滩地从前的油画,当我看到那些总是从水面上平视的滩地,想到的竟是M on the Bund门庭里的订座卡片。那张2002年制作的餐厅卡片传承了十九世纪以来上海侨民喜欢的外滩形象。在蓝色水波之上,外滩大楼起伏着。用一支小小的箭头指向广东路口的房子,在箭头旁边标明M on the Bund。1860年时,外滩的丰泰洋行也在它的宣传画上如此标明过。

M没有沿用中山东一路的地址,而是重拾Bund。在1999年,这是个许多出生在1949年以后的上海人都不晓得的老词。在帕西语里,Bund是堤岸的意思,当年在印度,英国人跟着印度人这样

在酒吧里举行的英文作品朗读会，M感谢从美国和澳大利亚来的作家朗读他们的小说。
摄影：陈丹燕

M on the Bund的店堂，坐在一派1930年代上海风格里，怎么也想象不到，这里本来是1980年代初最简陋的加层。
摄影：陈丹燕

称呼堤岸。渐渐地，它就成了一个英文词，用来称呼通商口岸城市中由堤岸形成的带有码头的主街。随着英国快帆船步步逼到东方海岸线的深处，一个新英语单词，一种相似的水边风景，也一路在通商口岸城市的海岸或者河岸上落地生根。

M也没沿用上海人几十年来印在成千上万个上海产人造革包上的外滩天际线图案，而是用了当年殖民者看外滩的角度。从这个角度，外滩呈现出十九世纪亚洲各地通商口岸城市堤岸符号般的形象。

从那个角度看加尔各答、澳门、新加坡、广州、香港、上海这些通商口岸城市，它们就是孪生兄弟。有一样的堤岸码头，一样的建筑，一样的英国飞剪船，那是殖民时代东方通商口岸的标志。英国带有枪炮的商船一路停在东方靠近水边的泥滩上。先是

M on the Bund的店堂,有时需要订位,才能保证有张桌子。人们常说,这里是个可炫耀的场所,客人们穿晚礼服来吃饭,也不会觉得尴尬。但即使穿晚礼服,客人们也并不傲慢,反而这里的侍应生更难对付。
摄影:陈丹燕

在孟买,英国人下船,上岸,在泥滩上建房子,一楼放船上卸下的货物,二楼住人。就将船停靠在不远的锚地里。印度很热,他们在水边建的房子通常附加了一个宽大的外廊,用来遮阳,通风,使房间尽量阴凉些。殖民地的工作时间通常是上午10点到下午3点,商人们有很多闲暇。下午,他们将下午茶摆在外廊里,然后就一路向东亚的腹地深入。

要是忽略夹杂在房子中的树,和被房子挡住的山冈这样地理上的细节,几乎难以断定它是广州,还是新加坡,或者是上海。但无论将它们单独地放在哪里,它们都是他者。于是,那房子,被称为东印度公司式,那堤岸,被称为Bund。

那从水面上遥遥眺望Bund的角度,从十九世纪起出现在亚洲最早的油画里。那些古董油画,现在已只能在春秋两季的拍卖会上看到,但类似的画面,却能在上海外滩看见。先在被挖掘出来的汇丰银行壁画上看见,然后,在M的订座卡片上再见。

M将外滩的老底翻出来,印在自己餐馆的卡片上。

这难道不会令人想起殖民者的遗传密码吗?就像中国人在外滩不得不联想得多一点,侨民们也会有相应的联想。这里的街区和大楼即使早已远离了租界时代,但时代轮回,总是充满了暗喻和机锋,人们内心的比较绝不缺少历史感。

表面上镇定自若的客人们在店堂里各自感到了不同的压力,这不是一个让人放松的空间。英国人觉得这是个炫耀的地方,像外滩从前一样,炫耀财富。中国人觉得这是个必须要讲英语,才能得到平等服务的地方,自己此刻最好是高等华人。久居纽约的上海人在这里想起了唐人街。要是忽略了唐人街的脏乱,和这里的炫耀之气,里面种族隔离的紧张气氛,是一致的。而从南亚英国殖民地来的斯里兰卡人,则想起了自己的家乡,想起那些殖民地时代留下的、海边上的大房子,这十年里外国人又回来租下它

M on the Bund订座卡片。

东方航线上的BUND： 加尔各答。十九世纪油画，现存伦敦Martyn Gregor拍卖行。

东方航线上的BUND： 新加坡。十九世纪油画，现存伦敦Martyn Gregor拍卖行。

东方航线上的BUND： 澳门。十九世纪油画，现存伦敦Martyn Gregor拍卖行。

东方航线上的BUND： 上海。十九世纪油画，现存伦敦Martyn Gregor拍卖行。

东方航线上的BUND： 广州。十九世纪油画，现存伦敦Martyn Gregor拍卖行。

东方航线上的BUND： 香港。十九世纪油画，现存伦敦Martyn Gregor拍卖行。

们，修好了它们，将它们变成昂贵的旅馆和餐馆以及住宅。本地人对此又爱又恨，爱的是城市变得有生机了，恨的是外国人又将最好的地方占为己有了。他坐在面向黄浦江的窗前，把着酒，说："我不知道，什么时候，命运能不再给东方殖民地人民出这些难题。"

M站在鸟笼旁边，轻轻挂着一张长脸，鲜红的嘴角向上挑起，挑着一些讥讽，看本地女孩亮闪闪地望着外国男朋友的眼睛，看本地人打开菜单看到价钱时努力镇定自己的表情。她那样子，比一个餐馆老板娘，更像喜欢钻牛角尖的女知识分子。我相信她能感受到客人们的心情，并且甚为不以为然。

有一次，一对中国年轻人在店堂里与侍应生吵了起来，他们指责侍应生故意怠慢他们。他们指名要见M。M回话说，手里正忙着，等会儿再说。她的态度火上浇油，于是，她听到他们在骂白色垃圾。

这是后殖民时代人们对白人的侮辱。

M将这个故事告诉我时，她原本总是强硬的脸上浮现出一种悲哀。"中国人可以在我的店里，叫骂我们是白色垃圾。"M轻轻说，"中国的青年能骂出这种老掉牙的词来，你说到底是谁满心想着殖民的过去？到底是谁紧抱着殖民的历史不放？我不是一个殖民主义者，也不是所谓的东方主义者。来这里的人竟有这种联想，这只能说他们心中自有难以抹去的殖民想象。"

要是没有去上环的M on the Fringe，我也许不能赞同她的辩白。

在香港她的餐馆里，我从没这种殖民地的敏感。而在外滩，

五、梦想的烟尘岁月

这种气氛的确令我如芒在背。在香港,她的餐馆是个亲切的所在,带着一股在1960年代度过青春的人特殊的旖旎又无羁的趣味,而在外滩,她的餐馆里却游荡着一种似曾相识的海事时代欧洲人发霉的殖民隔离的气氛。

在香港,沿着上环起伏的坡路,向旧牛奶公司冷库走去,那里与兰桂坊仅一街之隔。经过香港FCC古旧的大门,就到了她在香港的餐馆M on the Fringe。这也是一座香港有名的老建筑,常有访古的游客拿着书寻来。M就是喜欢将自己的餐馆开在当地的老建筑里。

她的餐馆门面不大,灰绿色的墙壁,黑色铸铁的楼梯扶手弯曲出夸张的曲线,缱绻的曲线是M的标志。那里到处都是曲线,椅背、烛台、细碎的镜子拼贴、古旧的宽条地板、墙壁上古典的女人侧影的素描。与M on the Bund的装饰艺术风格相比,在这里更能体会M自身的喜好。甚至香港的菜式与上海的都不同,更加轻松和国际化,而且更自由自在。

阴郁潮湿的傍晚,穿白衫黑裤子的侍应生们正在整理桌子,点亮桌上红色烛台里的蜡烛,经理伊丽莎白·哈布斯迎上来,她穿着与餐厅的绿墙十分般配的绿碎花长裙,她温暖地微笑着招呼已经订了座的客人。从楼上的窗口望出去,兰桂坊的路灯照亮了舞剧的大广告牌,香港正在上演《苏丝黄》,那个扮演苏丝黄的美丽女演员是我朋友的女儿,来自上海。客人们陆续来了,年轻的本地人,情侣们,手里握着香港导游书的欧洲游客,烛光温和地在他们的脸上跳跃着,感受不到M on the Bund的客人们身上散

外滩：影像与传奇

发出来的紧张。

在外滩的M on the Bund，隔着加热过的白色陶盘里M向我推荐的伊斯兰风格的烤羊腿，我告诉M自己的特殊感受。这真是一种特殊的、令人困惑的感受。她就坐在我的左手边，在她肩后能清晰地看到海关的大钟，每隔十五分钟，它都会送过来响亮的《东方红》曲调。那是个阳光温暖的中午。来自阿拉伯的香料气味细若游丝地冉冉上升，我想起M所说的话："来这里的人竟有这种联想，这只能说他们心中自有难以抹去的殖民想象。"我想，站在她的角度，她也许是对的，她只是一个2007年在上海生活的侨民。

"我只能说英语，所以，我只能做与英语世界有关的文化活动，只能开西餐馆，事情就是这样自然和单纯。"她说。

这也许也可以解释她常常对客人们面带讥讽，出现在她店堂里的那些悻然不悦的近代史爱好者，那些离开桌子在店堂中间招摇而过的女机会主义者，以及那些津津有味地在专栏里炫耀关于这里的白葡萄酒温度知识的物质主义者们，她认为他们才是富有殖民想象的。

"你知道，有时我觉得自己更属于香港，而不是上海。"M说。

"你能说中文吗？"我问她。

她不能说。学过，但很快就放弃了。

"你有本地人做朋友吗？"我又问。按照我的理解，这是世界通行的衡量一个侨民是否爱侨居地的标准。

她没有，但是有些有国外生活背景的中国朋友。

五、梦想的烟尘岁月

于是,我不能说她是爱侨居地的。但我也不能说她因此就是有殖民情结的。我想起文学节的时候,我和那个久居伦敦的斯里兰卡作家的谈话,东方殖民地的困境并没有得到解脱,事情正在继续变得复杂。也许这不光是对我们,对M也是一样的。我相信M这样一个厨子,不愿意自己被称为殖民主义爱好者。她一定觉得这个称呼太不文化了。在古老的孜然气味和现代烹调术里缱绻不去的,是旧通商口岸城市遗下的无尽困惑:人们可能再以一种焕然一新的方式相处,消除所有旧角色的遗痕吗?

因为有M在身边坐着,我一直感到侍应生客气多了。不过她的殷勤让我想起华懋饭店侍应生回忆录里的描写。他把有无懈可击的服务能力的自己称为"熟练的西崽"。是的,是有许多东西在我心中彷徨纠缠,如M反驳的那样。但为什么在这间餐馆里,人们会有这么过敏的历史感,却是我应该要问的下一个问题:到底是谁,是什么在外滩激发了对殖民遗痕的想象?如果是大家共同完成的,那么,是谁,是什么将这些人聚集在了一起?

我和M在露台上坐了几个小时。我裸露在外面的皮肤渐渐因为带有咸味的风的吹拂,而开始发黏。外滩的风就是这样的,让人想到大海。我猜想着外滩在这种纠纷里的作用。

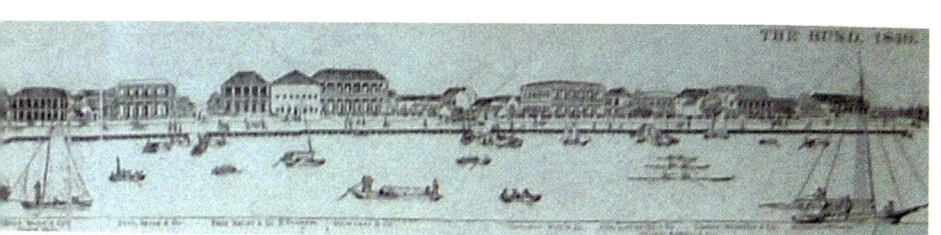

上海1930年外滩全景。**摄影:佚名**

外滩：影像与传奇

外滩荣耀的复兴者

1996年，总在外滩转来转去的，除了M，还有李景汉。他长着一张秀气但精明的狭长脸儿，眼睛里有种腼腆与锋芒并存的光芒，富有吸引力——就像有一类在美国郊外中产阶级住宅区的草坪前长大的华人精英。他口音里有一点洋腔调，又夹杂着标准北京腔，比起一句中国话也不懂的M，他具有双重的异国情调。

那时，他在北京的画家圈子里已经出名了。年轻画家常在他身后与人窃窃私语，瞧！那个人，他是清朝贵族后代，真正的中国贵族。他是有钱的美籍华人。他是到北京才混出头来的美国开业律师，在美国没什么前途，顶多是个乏味陈腐的中产阶级。他是个钻石王老五。他是肯出大价钱收购中国当代艺术的画廊老板，傍上他就有了成功的希望。他标榜自己爱母国，可你看他那浑身上下的美国鬼子劲头，分明是拿着美国式充满自信的张扬态度来爱中国的，不是中国人土生土长的爱恨交织。

李景汉走在头里，正装，手里擎一杯红酒，一路与人彬彬有礼地打着招呼，他没听见别人说什么。

在外滩，李景汉经过中山东一路上的小吃铺和三枪内衣店。

那个小吃铺，与上海弄堂口家常的小吃铺一样，很小，做包子，蒸包子，吃包子，都在一间里，也没有门，整个店堂都敞向人行道。热包子揭笼的时候，一股股带着小麦香的、热烘烘的汽充满

五、梦想的烟尘岁月

在整个店堂里,飘了半条人行道。卖包子的阿姨双手被热气熏得通红。

客人可以拿着热包子边走边吃,不着急赶路的客人也可以坐在店堂里吃包子。那几张桌椅都是简单结实的木器,桌面有些油腻,上面放着筷子筒,还有一个黏糊糊的醋瓶子,米醋颜色比通常的要淡,传说里面是兑了水的。

小吃铺的热包子出笼时,三枪牌内衣店里也都充满了新鲜面食温暖的香气。它的棉毛衫和棉毛裤,比起1970年代的产品来,已经大有改进,它的裆部不再肥大和长到不可思议的地步,但仍旧很大、很长,软软地从腰间挂下,在股骨和膝盖中间的大腿内侧飘飘荡荡。要是苗条时髦的小姐想让它紧紧包住自己的身体,大概要将裤腰一直拉到腋下,才勉强合适。

那时,上海的女式内衣刚刚尝试用花边和花哨的设计来强调女人在闺房里的魅力。但设计者对魅力几乎没有想象力,也难看到他们能欣赏女人的身体。所以他们能做的,就是在内衣上加上花边。至于那些花边是否柔软舒服,是否可以与身体贴切,是否与肉体相配相辅相成,都还顾不上。三枪内衣在媒体投放了许多广告,中国和外国的模特们,用穿欧洲宫廷盛装的庄严态度,穿着不谙风情的内衣内裤,隆重出现在大众面前。它们的令人尴尬,也许就是让人牢牢记住它的原因。

他经过小吃铺和内衣店,向前走去。前面就是贴满瓷砖的地下通道,看上去像是公共厕所。地上滑腻腻的,有些可疑的水渍。拥挤的人们在地道里通过,空气中留下天南地北各地的体

给了李景汉强烈刺激的外滩包子店和廉价内衣店，上海1990年代寻常街景。　摄影：Marc Riboud

味。地下通道旁边，就是怡和洋行的旧址，现在是外贸局办公大楼，门楣上还能看到被斧头劈过的痕迹。那些结实的花岗岩石块上落满了灰尘，底楼的小铺出售出口转内销的商品，那是些在唐人街的黯淡铺子里到处可见的商品，诸如被集装箱压得皱皱巴巴的丝绸成衣和围巾，麻织凉鞋和瓷器。接着，在中国银行门口，三三两两的陌生人围了过来，低声问他要不要兑换黑市外汇，从他们手里换外汇，比国家牌价上的合算多了。如果不要外汇，他们手里还有土制大麻供应。

"外滩竟是如此的不体面！"这一处，那一处，李景汉看到的，处处都是这块1940年代曾与曼哈顿一样昂贵的地皮如今的凋败。

最后，他又回到广东路口，中山东一路4号前。那是栋已经

五、梦想的烟尘岁月

空置的老大楼,外滩的第一栋钢结构的洋行大楼,此刻灰扑扑的,玻璃窗上挂满了肮脏的雨痕,如一个被遗弃在露天多时的旧鞋盒。新加坡商人已置换了这栋楼五十年的产权,邀请李景汉来主持旧大楼的改造。为这栋大楼,两方还专门成立了一个合营公司。

走进大楼去,里面是局促的窄小办公室隔间,只有从高大天花板上残留的繁复的石膏花纹上,能发现它的面目全非。那些高高在上才得以保留的藻井,已经因为多年暴露在充满灰尘和烟雾的空气中,发黑,发黄。地上有卷起的散发异味的红色化纤地毯。窗前散放着做工粗糙的姜黄色办公桌。每个楼层的盥洗间都传出马桶水箱漏水的潺潺声。

在门厅的昏暗墙角里,放着一个仍旧留着茶水的大号速溶雀巢咖啡的玻璃瓶。虽然已是天长日久,茶叶仍旧在落满尘土的褐色汁水里栩栩如生。看见它,就好像看到了它颓唐刻薄的主人。

走向楼顶,楼顶有个荒芜的大露台。耸立在露台上风尘仆仆的钟楼让人想起迪斯尼版的《巴黎圣母院》。在楼顶能看到对岸闪烁无数小灯泡的东方明珠电视塔,以及广东路对面5号楼顶上的废弃冷库。那里,日后就是M on the Bund的诞生地。

那一年,外滩大楼在上海人心目中,是一个封闭与永久的符号,它是租界时代的陵寝。上海的建筑师们直接称它为木乃伊。

李景汉站在冰冷潮湿的旧门厅里,一只肮脏的速溶咖啡瓶的近处,想到的却是一座被金色灯光照耀的,由红褐色大理石柱组成的金字塔。它从老建筑的昏暗底层拔地而起,直达大楼顶端,

外滩：影像与传奇

带着华懋饭店金字塔顶和外滩无所不在的巨大石柱的影子。他看到一股巨大的资本的力量，就要冲破这里寂静的天际线。他感觉到了外滩在深处聚集的力量。

和M一样，李景汉也放弃了原来的门牌号码，将中山东一路4号，改称为Three on the Bund。他让中山东一路某号的系统与X on the Bund的系统区别开来。日后，这点不同，成为划分外滩两个时代的象征。

2001年初冬，Three on the Bund已是个工地。大楼里差不多都已拆空，整个下水系统拆掉了，整栋楼的楼层也全都打通，而天花板上的藻井和墙柱上的装饰却精心保留了下来。这使它看起来更像一出德国现代话剧的布景。

某天，法国杂志《费加罗太太》中文版在里面开了一次晚会。那大概是除了早年的上海总会和后来的和平饭店以外，外滩大楼第一次敞开大门，给出一次时尚界的晚会。

那真是一个奢侈的晚会，一夜用去了四十万元人民币。盛装的客人们都站在建筑工地用的大块木板上，木板就直接搭在楼层的旧钢条上。那夜，有些女人的意大利高跟鞋的细跟站着站着，就往下一滑，卡进木板的缝隙里。客人们大多数是北京和上海两地的外国人，小部分是北京和上海两地的时尚杂志编辑和艺术家。所有特意从北京赶来的客人，都有主人提供的往返飞机票。食物是当时上海最昂贵的波特曼酒店提供的，而无限量供应的香槟，则是当时上海最名贵的酩悦。这真让法国客人欣喜若狂。窗子已经被拆除的空间里，站满了盛装的客人，人们喝昂贵的法国

2001年,外滩3号工地。
摄影:丁晓文

2001年,工地上的最后一次晚会。
摄影:丁晓文

香槟,一直喝到面颊绯红,露出整条脊背的女人们没一个人喊冷。在拥挤的人群里,大家跟着音乐跳舞,倒是主人特意请来表演的现代舞演员被冷落了。

记者们的哈苏照相机和摄像机忙个不停,在人群中能看到闪光灯在各个角落里发出的强光。它们闪电般地此起彼伏,仿佛梦境一般。更加幻梦般的,是穿着正牌世界顶级奢侈品的年轻中国人品尝香槟时的微醺。那是一支由各家时尚杂志编辑组成的队伍,是中国最早的一批奢侈品追逐者,《ELLE》中文版的编辑们非常敬业地穿着古奇的衣服出现在人群中。虽然她们的脸上还太紧张,太兴奋,还没锻炼好用奢侈品时应有的表情,但她们已经很勇敢,很努力。她们见识了世界上最好的物质后,就感觉自己再不能忍受其他东西,也永远脱离了大众的价值观。《费加罗太太》中文版的编辑们也个个花枝招展,与他们请来的奢侈品公

2001年,工地上的最后一次晚会。 摄影:丁晓文

司中国代表们相比毫不逊色。他们对奢侈品有悟性,刚入行的时候,要靠中国代表们发的新闻稿来表达他们看到的世界当季流行,但飞快地,他们就成了内行和知音。这些编辑和记者们是晚会最投入的人,营造了如饥似渴、及时行乐的气氛。

从未走进过外滩大楼的上海人,觉得这里像是又一个阿里巴巴山洞。这里的破败,这里闪耀着无尽梦幻的灯光,这里的华洋交织,中国人隆重地穿着西式礼服,而外国人则穿着中式绸缎礼服,年轻人在长袍里穿美国大兵的靴子,空气中混杂的气味:香水,潮湿的建筑垃圾和融化的忌司,样样都印证了外滩从前的物质主义狂热。如同木乃伊回归,它又回来了。

人群中,旅居上海的台湾时尚杂志前辈靠在窗前,想起二十年前,经济起飞时代台北那些令人兴奋和小心翼翼的晚会,想起那个闪闪发光的西方物质世界当年是如何灿烂而无辜地在人们面前展开,古典的清高又是如何彻底地被淹没在物质之中。眼看着青年们正跃跃欲试,重蹈自己当年的老路,台湾的前辈们满面感

五、梦想的烟尘岁月

慨。但他们却是以最懂得如何应对时髦晚会的过来人的面貌出现的，他们的举手投足都显示出格外的在行，以保全自己阅历深厚的江湖地位。在私下，他们惊叹，外滩到底是外滩，物质的野心一旦爆发，比小小的台北胃口要大得多了。

倒是人群中的李景汉有些担心。他发现客人大大超过了预计的数量，怕木板承受不了。

当然，他也很得意。出借工地做晚会场地，是他在外滩挣到的第一笔钱。在连窗户都没有的空壳楼房里挂上成匹的布幔，打上灯光，放上法国最好的香槟，邀请来穿戴着各类奢侈品的客人，竟然也能成为全城最时髦的地方，他真正见识了这栋大楼的魅力。

李景汉作为Three on the Bund的执行主席出现在时尚媒体面前。他穿着正装，擎着一杯香槟。即使在一派苏荷风格的灯红酒绿之中，他也如钻石般闪闪发光。

虽然晚会的主人是《费加罗太太》，但他却是绝对的中心人物，他身边总相跟着正与他谈话的人，和保持着期待的微笑，试图与他搭讪的人。关于他的新闻，正跟随着香槟酒杯的移动向四下传扬。他和当年的维克多·沙逊一样喜爱养马，却又酷爱哈雷摩托车。他和克林顿夫妇是大学校友，而且都学法律，这是美国主流社会的符号。然而，他目前住在上海旧法租界的一栋复古的洋房里，用的是1930年代的家具，这又是上海滩如今最时髦的。

他是第一个在外滩，对一栋一万两千平方米的大楼大动干戈的华人。从前，即使是李鸿章买下旗昌公司大楼，也不过只是在

外滩：影像与传奇

门楣上换了名字。他要带领国际著名奢侈品进入外滩，目前已邀请了阿玛尼将中国旗舰店开设在底楼，Jean Georges餐馆则开设在二楼，除了曼哈顿以外，这里是Jean Georges唯一一家连锁餐馆，连他的故乡法国都没有分店。这里的口号是：如果你在曼哈顿没预订到座位，只能到Three on the Bund来订位了。这里还将开设法国之外的唯一一家依云Spa。里面用的每一滴水，都将从依云镇专程运来。在这栋大楼最核心的位置，将是全中国最顶级的当代艺术画廊，只展出世界级的中国当代艺术品。当年外滩曾卖过鸦片，炒过地皮，掀起过白银风潮。现在，这家画廊将要引领艺术品狂潮。这可是外滩有史以来的第一家画廊，是他的创造。和当年汇丰银行动用1920年代最名贵的材料装饰一样，他动用了各种金银，大理石，全世界的名贵木材和马鬃，极尽现代奢华。装修花去多少钱？三千五百万美元。那么这里的消费将会有多贵？他针对的，是剔除中产阶级和中产阶级以下的社会阶层的人——百分之一的高端人群。

他在兴奋的目光追逐下，将手里的酒杯举起，划了个圈，宣布："这里将要点亮外滩。"他真是让人想起那些只在回忆录中见识过的，一百年前在外滩奔跑的，穿着黑色晚礼服参加救火的年轻大班们。他对物质和奢华振振有词的追求，的确传承了一百年前年轻冒险家们的精神。大大小小的时尚媒体，终于欣喜若狂地发现了一个真正能代言奢侈的人物，一个理直气壮代言资本光芒的人物，他与外滩的物质主义秉性一拍即合。

2005年，《外滩画报》评选上海时尚权力一百人，外滩三号

五、梦想的烟尘岁月

联合会主席李景汉列在这份榜单之首。

他被媒体公认为外滩荣耀的复兴者。

他的照片将要刊登在封面上。

此刻的李景汉,已经历过全国时尚媒体无数次成功的专访,闪光灯的照耀。在各种印刷精良的纸张上,有时仍能看到他眼里浮起一些腼腆,这使他那成功人士的光芒里多了精致。他总是一丝不苟地穿深色正装,彬彬有礼地笑。然而,他的头发渐渐在变薄。几年前,他是外滩荣耀的梦想者,现在他已是外滩荣耀的复兴者。在他身上,人们看到外滩奇迹的真实再现。陈植和杨俊的故事却已被忘却,或者说,时尚媒体根本就没有机会了解到,也许也没有太大的兴趣。在它们看来,文化是物质的化妆品。

李景汉客气地陪着摄影记者和编辑在外滩三号里游荡,一起寻找一个最能表达他的背景。大楼里的职员们看到他,远远地就微笑,避向一边,恭敬地招呼他:"李先生。"李景汉周到地答礼,他享受这样的尊敬。

这栋大楼已不光是奢华外滩的地标建筑,它还成了中国的环球时尚样板。从前盛满茶水的褐色玻璃瓶和长长垂挂下来的白棉布幔,早已消失在国际著名设计师们的设计中。它作为外滩的奢侈典范终日被各种媒体挂在嘴边,几乎没有被摄影记者的镜头忽略的角落。

阿玛尼店里不光出售当季新品,与欧洲和美国同步;就连店里出售的插花,也是每天从南亚和荷兰的鲜花产地空运来的,保持着全球各个角落的新鲜。它是当时第一家进入外滩大楼的世界顶级服装店，乔治·阿玛尼本人在开张时专程来剪了彩。

后来，Bund 18开张，他们的镇楼之宝便是另一个世界顶级品牌杰尼亚。

楼上Jean Georges的混合式法国菜，是经济全球化以后的环球新时髦。Jean Georges Vongerichten一年中会在上海亲自下厨烧一两天菜。能吃到他烧的菜，是一种给客人的荣誉。

客人事先不知道菜单，因为Jean Georges VongeriChten不知道哪天在厨房里，会产生怎样的灵感。吃一顿他做的正餐，需要四个小时。从开胃酒开始，头盆，换酒；汤，配面包；第一道正餐，换酒；第二道正餐，再换酒；第三道正餐，再换酒；然后，是第一道甜点，第二道甜点，第三甜点，第四道甜点。接着，客人还有最后一次点酒的机会。这次可以点到一小杯盛在细长小玻璃盅里的无色烧酒，那是为帮助客人消化特意调制的。最后一杯烧酒的妙处，是它不会影响客人吃下一餐的胃口。

这家餐馆是进驻外滩的第一家具有全球声誉的餐馆。紧接着，就有了外滩十八号的米其林三星餐厅，然后，又有了黄浦公园水岸上的米其林餐厅，还有了专售酩悦香槟的酒吧。在外滩三号的工地晚会后，这里的酒吧一个月里能卖掉三千瓶酩悦香槟。一时间，上海最著名也最昂贵的餐馆和酒吧开始理所当然地一一向外滩大楼集合。

李景汉陪着记者们经过一楼，二楼，三楼，四楼，如今它们当真点亮了外滩，令追随者们在各栋大楼里再造传奇。他们谈到了外滩三号之后的豪华大楼多米诺骨牌效应：外滩十八号开张

外滩三号的清晨,清洁工
擦亮阿玛尼专卖店的玻璃。
摄影:陈丹燕

外滩三号内部的大理石金字塔。
摄影:陈丹燕

了,外滩六号已经接近完成,外滩五号也开始动工,接下来,听说还有一号,二号,十号,十二号。听上去,就好像从前蔡国强在外滩建筑上做的一次焰火表演,在明亮焰火的爆炸声中,外滩大楼好像一个接一个,一跃而起,光芒万丈。

个个都是奢华,大同小异。所以,李景汉才被认为是外滩领袖。

他们一行人继续向楼上走去。楼上还有一个可以自制巧克力的酒吧,巧克力的原料都是从欧洲进口的纯正品牌,有孩子的幸福家庭可以在这里一起度过甜蜜的亲子下午。有个专供男人的雪茄吧,供应世界各地出产的雪茄。那里保持了传统吸烟室的幽暗和私密,以及纯男人享受场所的一种硬朗而挑剔的傲气。有一间装饰着许多面镜子的临江餐室,让人想起维也纳十九世纪的巴洛克遗风。而当年摇摇欲坠的废弃钟楼,被改造成豪华的两人小餐厅,里面只放一张桌子。情人节晚上的报价是两万元人民币一餐,被称为是当晚全上海最适合求婚的餐厅。那在高楼之上茕茕子立的房间里,装饰得像《哈利·波特》中的一个场景。屋顶已是放满桌椅和遮阳伞的屋顶花园酒吧,比广东路对面M on the

外滩三号画廊。
摄影：陈丹燕

Jean Georges Vongerichten对上海有许多幻想，可以挣很多钱，可以看到无数友善而美丽如天人的纯粹东方女孩，可以盼望奇迹出现。这些听上去，与十九世纪来上海的人没太大的差别。何况，这次已经有先前的奇迹做榜样，听上去也并不过分梦幻。
摄影：陈丹燕

Bund的屋顶视野更开阔，追求时髦的客人也更多，而且能看到一些艺术家打扮的人，他们身上的艺术气质为这里带来M on the Bund缺乏的清新和细腻。

李景汉在外滩三号开张迎客的时候，曾经宣告过这栋奢侈大楼的启蒙意义。他说过，他要倡导外滩生活方式。从卖廉价内衣的三枪内衣店到外滩三号，他要外滩再次追赶纽约和巴黎，向大都市体面的生活方式飞跃。

最后，李景汉他们决定还是选择三楼作画廊，在红色大理石柱旁边。

三楼是一个一千平方米的画廊，是整个中国最奢侈的艺术空间。在中国最贵的地段，展出中国最优秀的当代艺术作品。艺术家们也许没有将自己最出色的作品带来，但他们本人一定已是世界公认的中国符号。在整栋大楼的生意里，李景汉最在意、也最得意这家画廊，甚至外滩三号的全名，本来叫外滩三号艺术中

五、梦想的烟尘岁月

心。在他看来,现在是个艺术品的世纪。走进那里,他的身体也轻快起来。

在外滩的艺术品,可以提供心灵世界的营养,世界性的投资眼光,以本土出产的意象和生活经验加入现代艺术世界的理想。还有一个将现代艺术品作为商品展出和估价的成熟的商业标准。在那里展出的作品,都已洗净激昂得语无伦次的先锋姿态,收敛了现代艺术家的猖狂与游移的本色,沉着地把握着分寸,遵守着规则,闪烁着成功者的夺目。

李景汉站在画廊中央的大理石金字塔旁,摆好姿势,银色的反射板打开了,灯光明亮,他的微笑闪烁出炫目的光芒。

他想象中的金字塔,此刻已成为三号大楼里伟大的景观。这贯穿了整座大楼的金字塔陪衬了上海总会的凋败,亚细亚火油大楼的寒酸和渣打银行的拘谨。粗大的赭红色大理石柱让人想起外滩大楼中各种各样的爱奥尼克柱,但这些大理石柱更强劲,更粗壮,更没有因袭的顾忌。它们从天光幽暗的底楼拔地而起,直冲向上,充满扩张的力量。七楼,是李景汉金字塔的顶端。他特地做了玻璃屋顶,使天光能透过玻璃顶,从金字塔的顶部直泻下去,让一切无所阻挡。那个架势,要是外滩天际线允许的话,他一定会让它冲出房顶,像从前的沙逊大厦的金字塔顶一样。这楼内的金字塔与不远处屋顶的金字塔一样,都有对荣耀豪迈的追逐。但李景汉的金字塔,比维克多·沙逊的,更多了冲破一切的生猛。他敢将外滩大楼里第一栋钢结构的大厦改造成装金字塔的罩子。

这一行人最终选对了拍封面人物的地方。

M和李景汉，终于相逢在《外滩画报》的上海时尚权力一百人的榜单里。在2005年，他们都成为改变外滩面貌的上海时尚人物。

而陈植和杨俊的故事，却被淹没在了物质世界的光辉里。陈植以一百岁的高龄悄然去世，杨俊离开报社，成为市政府的公务员。侨民异国情调的生活和物质的力量，在外滩红尘万丈，而陈植和杨俊在心中曾经憧憬过的外滩复兴，却已再次凋落。这次不是因为上海向世界封闭，而是因为上海被激发出的冲天物欲。

"外滩已经不是原来我们的外滩了，连空气中那种咸咸的土腥气都没有了。"杨俊对我说，当一个春天的晚上，我们一起说起外滩和陈植。到十年以后，杨俊才了解到陈植漫长的过去，这时她已有了阅历，能凭自己的经验理解老人当时的所作所为，还有那句"谢谢你们"。

"他那时对我很客气，一直说谢谢。"杨俊说。

我们沉默下来，想象陈植要是活着，看到外滩此刻重拾买卖的本性，而且变本加厉，看到上海在历尽沧桑以后，仍旧一往无前地奔向万丈红尘，看到这物质至上的精神是如何翱翔于大厦之间，另一个清新强壮的世界主义中国的梦想，再次在貌似复兴中被击落，他将是如何的失望。是的，他一生已经历过无数的失望，但也许，这次的失望是劈面的一击。

"至今想起来，他的脸还是历历在目，他是一个低调的，有风骨的老人，是我最喜欢的那种人。"杨俊说。

Michelle
生活不过一场夜宴

可以远眺整个外滩和浦东沿江风景的西餐厅 M on the Bund, 一问合香港牛奶公司冰库旧址上开设的连续十多年当选"香港十佳饮店"的 M at the Fringe, 这名字中的"M"便是一位年逾四十的澳洲女子 Michelle Garnaut 名字的首音。Michelle 属于天生喜欢在同一时间处理十来件事情的人。Michelle 在成为餐厅老板之前,辗转世界各地做了12 年的厨师。这也就是为什么她能娴熟有巨大挤推,应对自如的管理能力。"来我餐厅的客人非常多,他们每个人都希望被认为是这个餐厅特别的一位客人。而我的工作就是把每个人都当作特殊的客人,虽然我不能和每个人都交上朋友,但我至少要能感想得起来他们的脸。"

《外滩画报》评选的上海时尚权力百人榜。 摄影:陈丹燕

他的家就在我读中学时代天天要往返两次的路上,我在一张旧照片上,看到了陈植老年时的脸,阔大的脸庞,稀疏的白发整齐地向后梳去。少年时代,在淮海中路上走来走去,对迎面而来的老人们从不注意。直到我开始写上海故事,四处寻找照片,才发现自己常在淮海中路华亭路口遇到的老人,是颜文梁;在淮海中路常熟路口遇到的老人,是草婴;而在淮海中路东湖路口常遇到的老人,是陈植。那时,他们都是满腹心事的老人,而我,还有杨俊,却是懵懂而热烈的少年。

我想,我和杨俊的沉默,里面有些对这些上海老人的愧意。也许我们对复苏中的上海过于困惑,在资本的力量面前,过于渺小。

藏匿与寻找

外滩源

从1997年外滩发现壁画开始,到今天,外滩的大厦们被一一叫醒了。新加坡人和台湾人,香港人和美籍华人,大家都在动外滩的脑筋。上海人想,为什么自己不试试看。于是,新黄浦集团挑出自己管理的旧益丰洋行,想要试试,自己能不能也在外滩成功改造一栋房子。这新黄浦集团的前身,本是黄浦区房屋管理局,解放以后,在外滩管了几十年的大楼。他们每年给所有大楼的地板打蜡,每年都惊叹那些老柚木地板的好。"不论人们用得多不当心,一旦蜡上去,再用打蜡机磨光,地板就漂亮得像新的一样。"他们也眼睁睁地看着大楼里的下水道如何一年年地淤积老化。"到底老了。"

新黄浦集团做了一个改造计划,报给黄浦区政府。

黄浦区政府的建议是:要么不要做,要么就做大。

做大,就是不光给他们益丰洋行大楼,还给他们马路对面一个完整的街区,在这个街区里,有十二栋保护建筑,概括了外滩最早,也是最核心的建筑:旧英国领事馆和旧联合教堂,旧光学会大

拆迁中的旧益丰洋行，外滩源的起点。 摄影：陈丹燕

楼和旧基督教女青年会大厦，以及亚洲文会大厦和友谊商店。新黄浦集团得到了整个街区，这是外滩建成以来最大的改造计划，一下子就超过了在三号的新加坡人和在十八号的台湾人，那两家商号还在为自己的作为喜不自禁时，新黄浦集团已成了外滩变脸的最大手笔。新黄浦集团为这个地块起了一个响亮的名字：外滩源。外滩的起源，外滩的来源，或者外滩的源泉。它回首一望，就望到了1846年，英国领事在被称为李家场的坟地上建了带有外廊的领事馆和领事官邸，英国传教士在旁边建立了第一座教堂，英国领事在领事馆里与上海道台签订了著名的《洋泾浜租地章程》，英国传教士在教堂里发表了"以华制华"的著名演讲……作为租界的外滩，经历了这样的历史事件，才发展起来。

宣布外滩源地块启动的仪式很隆重，洛克菲勒集团的总裁特地来到上海，他们参与了最先启动的外滩源地块的改造，联合教堂就是他们着手改造的第一栋楼。

外滩源地块第一户动迁走的，是益丰洋行底楼的一家苏式面馆。他家门上的"拆"字，第一次触目惊心地出现在街边。第二栋，便是联合教堂和主日学校。

时代拼图

联合教堂像一枚油橄榄拌在色拉里那样,混在一大堆全无章法的建筑、旗帜、广告、外接式空调的外机、露天晾干的被单和树木里。这的确是混乱的街景,但却因为呈现了自然的历史痕迹,而令人难忘。

它现在已经不是那座英租界里有名的教堂,它像高尔基小说里走向人间的主人公一样,做过灯具公司的车间,证券公司的交易所,然后,又做了灯具公司的仓库。它的主日学校和教士住宅,做了七十二家房客的陈旧公寓,走廊里终年弥漫着合用厕所的臭气和厨房的油烟气,它的楼梯让我想起多年前的英国电影《孤星血泪》里可怕的情形,自从有了外滩源这个概念,它才一举成了狄更斯小说里吊着个神秘银坠子的小男孩,不凡的身世终于大白于天下。

联合教堂在两次鸦片战争期间,不光邀请过传教士丁韪良来阐述"以华制华"的英国立场,也为海关总税务司赫德举办过欢迎会。那时赫德已经病弱,从北京到上海,准备返回英国,他无力出席教堂的欢迎会。联合教堂里的传教士曾为上海撰写第一本英文版的《上海导览》,那是一本至今仍被外滩研究者引用的著作。教堂的陈年往事,被一一郑重地考证出来。

修复这栋老教堂,又如何呢?

规划模型上,那个在假草假树假河流的模盘里闪闪发光的小教

联合教堂恢复改造模型。　摄影：陈丹燕

堂就是它。它将要被收拾回1880年代最后一次大火以后的样子。塔楼高高地耸立在恢复了1940年代风貌的街道上，墙砖将恢复当年的灰色，被车间机器震塌的另一翼也会按当年的模样恢复起来。当然会有些不同，因为它再也不会恢复成联合教堂，而是建成苏州河边上的高级会所。旁边的主日学校和教士住宅将被拆除。

"它"将是个完美的租界时代的小基督堂，与教士达温特在1890年代出版的《上海导览》里放的照片一模一样。

我读到的那本《上海导览》，是1906年的版本，已是第二版了。到我手里，整本书都已如炸薯片一样脆了。再怎么小心翼翼地翻动书页，也不能阻止它们从书脊上散落下来。那本书在我手里只管散开，变得不可收拾，就像岁月的流逝。

那时，它在阳光下闪闪发光，塔楼高得镜头无法收入。它的另一翼也在阳光下闪闪发光，要再过五十多年，它才会消失。

几年前，我爬到塔楼顶上去过。那时仅存的塔楼底座成了一间小房间，而那间因陋就简的小房间也已经被遗弃了，通向那里的铁楼梯已经锈蚀，踩上去，一大块一大块的黄色锈铁应声落下。然

十九世纪末的联合教堂。 摄影：佚名　　1966年以后的联合教堂。 摄影：陈丹燕

后，脚下有一种锈铁的甜腥气升了上来，我打了一个大喷嚏。

在那里，能听到街道上汽车经过时，轮胎在路面上发出的沙沙声，它飘飘摇摇升上来，让我想起照片里马车驶过的声音。

那次，是我第一次风闻外滩源将要启动的消息，拿着自己的照相机跑去看教堂。就好像听到有老人病重了，去医院特意探望。

教堂大门上方，包了个不锈钢的门楣。上面用大字标出灯具公司的招牌。它们让我想起上海经济开始复苏的1990年代。想起那人人跃跃欲试又毫无章法的时代，站在胡润年年向世界提供中国富豪榜的现在，才觉出前经济时代的遥远，和它朴实的土气。

教堂的门楣，正是那时各家企业最喜欢用的招牌式样，又穷，又竭力张扬，所以一定要用闪闪发光的金属薄片，包一个阔大的招牌。还要用廉价大理石将原先的墙面包起来。教堂被这么一挡，面貌与1896年的照片已大不相同。难怪我在这条路上来回走了好几次，才找到它。它满面都是前经济时代局促的张扬。再看，才看到它还有点点滴滴通商口岸遗址的孤单落寞和落花流水；再看，又看到它在回归本土时所经历的沧桑与不甘心。这门

五、梦想的烟尘岁月

楣缀满了一个个时代辛辛苦苦留下的补丁,如今看起来,更像一个装置艺术作品。

这样的门楣让我喜欢。

走进去,在墙上敲一敲,声音很响,显然里面不是砖。从墙缝里望进去,隐隐见到里面十九世纪的清水砖,与佘山教堂的砖相似。再回头来检查缝隙,看到了里面撑着的白木框。原来现在的墙面,是用三夹板做的。一旦明白过来,就发现到处都是用夹板包起来的。走在过道上,楼梯上,地板上,到处是空空的声音。四下里走着,但却总好像走在一个框架上,与真的教堂没什么联系。这是1950年代末工厂接管教堂时的第一轮改造,废物利用,总是将就的,不肯为它花大价钱。

这样既将就又有智慧的框架,我也喜欢。

在空空作响的木架子里走了一会儿,来到一间大房间。它看上去像是间办公室。屋里还留着一些1970、1980年代留下的简陋办公桌和文件柜。不过,这里已是守门人的卧室兼办公室。这房间有异乎寻常的明亮,因为它是沿着原先的教堂花窗搭起来的房间,它的地面将花窗拦腰截断,整堵墙都是教堂入口处的花窗,这房间因此看起来更像是欧洲现代话剧的布景。

房间里横拉着一条电线,上面搭着守门人用的毛巾。一条蓝白条相间的老式毛巾,像是从前工厂发的夏季福利毛巾。毛巾挂得很平整,能看出来,这个守门人是个整洁的男人。整个房间布满阳光,如同明亮舞台上的灯光。

他的棉被在屋檐上搭着,上海人冬天最喜欢晒被子。这结构

联合教堂大门。 摄影：陈丹燕　　　　联合教堂屋顶。 摄影：陈丹燕

古怪的房间里有种朴素的舒适气氛，桌上的小收音机发出平扁而安稳的对话声，守门人给这里带来了一种俭朴安分的单身汉气息。收音机里有个男人不知在说什么，拖着牧师讲经般的长调，余音袅袅，在房间的穹顶上回荡，但我知道，这不可能是丁韪良的演说声。

我发现自己喜欢这间如舞台般的房间，是喜欢它在浑然天成中呈现的冲突。

这教堂如今虽然是处凋败的所在，但那里面拼图般的令人错愕的面貌，让我体会到一个又一个时代在此留下的余温——就像咖啡馆里的旧沙发上留存着的无数身体的余温和体味——我喜欢它，因为它充满了逻辑的痕迹，有能力默不做声地解释这栋房子的命运。门卫是个不快活的男人，默不做声地跟在我身后。问他教堂的事，他只说不知道，什么也不知道。被我问

五、梦想的烟尘岁月

烦了,他抢白说:"我又不是美国资本家,又不买这房子,管这么多干什么!"

原来,他以为我的兴致勃勃,是因为我是洛克菲勒集团的人,来做这栋房子的改造方案。他以为我是一个新的占领者。

走到最底层,教堂原先的地窖。我再次用手指敲了敲墙,这里倒是真的砖墙。用手去摸,摸到的却是一层起壳了的白色涂料粉末,它们湿乎乎地黏在我的手指上。这是当年草草刷上去的涂料,为了让这里看上去新一点吧,在1980年代,这是对老房子最通常的整理办法。那里还保留着1980年代证券交易所离开时的样子。桌椅,交易柜台,都散在原处,甚至交易柜台里的抽屉还是锁着的。1980年代,上海恢复证券交易时,这里是最早的交易所之一。分割出来的走廊里,一扇早已受潮变形的木头窄门上,还留着大户室的字样。那牌子用的材料,还是当时时兴、现在早已过时了的红白塑料。

我闻到了强烈的万宝路牌香烟气味。它是1980年代最体面的进口香烟之一,它的气味直冲鼻子,很辛辣。前经济时代里,在上海,它曾经是身份的象征,而不是在美国的气质的象征。那时正在有钱的人和想有钱的人都以抽这牌子的香烟为自豪。现在,它已不再是暴发身份的象征了,也不再是成功男士的象征,风靡梦想富裕的时代的牛仔广告已经在电视上偃旗息鼓。现在,甚至难得看到有人在咖啡馆的桌子上隆重地放一包红白两色的烟盒,再在烟盒上放上一个铁壳打火机了。现在的吸烟者,更喜欢柔和的日本香烟。如果不是地窖仍保存了二十年前万宝路的气味,我

教堂地窖里的证券交易所大厅。
摄影： 陈丹燕

从教堂塔楼望出去的旧"纽约纽约"夜总会。
摄影： 陈丹燕

几乎忘记它了。它混合在地窖的霉味里,二十年前的气味,仍旧生猛和粗鲁。

楼下的电源已经废弃不用,到处都是黑洞洞的,好像一个巨大的陷阱。这个地窖,曾是1980年代最早的几个证券交易营业所之一,后来股票市场的规模越来越大,地窖太小,才搬到了别处。在一团黑暗中,我突然意识到,1980年代最早的证券交易所常常开设在废弃的旧建筑里,比如废弃的礼堂、教堂和地窖,男人们出入那些破旧的大门,脸上大多有种奇怪的、做梦般的表情,远没有现在投机者的精明冷静。

当年在这里做股票的人,现在在哪里呢?他们该都发财了吧。我想起不知在哪里读到过的报道,说1980年代买股票认购证的人,的确都发过财。但后来,大多数人又将从股市里挣来的钱赔进股市里去了。

五、梦想的烟尘岁月

1980年代对上海来说,并不风和日丽。但当时光流逝,人们不再需要去对付那时日常生活中坚硬琐碎的部分,已逝去的生活便会在回忆中呈现命运中的诗意的部分,比如教堂地窖里万宝路香烟的味道。

我带着被香烟味道激起的回忆,返回教堂顶楼,我想,这就应该是1966年摧毁钟楼的红卫兵当年的路线。在木头楼梯上,空空有声地响着我的脚步声,一个人的脚步声。地窖里男人们的脸带着青黄的烟气,但冲上楼来的红卫兵的脸,应该是血色鲜丽的,兴奋的,而且异常的正义,仿佛京剧演员的脸。1966年塔楼被红卫兵从楼顶上推倒,摔碎,踪迹全无。地窖里的男人们在少年时代,也许正是做红卫兵的年龄。他们一定怎么也想不到,日后自己会喜欢抽美国香烟。

在塔楼遗址旁边,透过守门人在阳光下飘拂的白色和蓝色的袜子,以及竹片做的晾衣架,能看到旧英国领事馆的后花园,我还是在曾朴的小说《孽海花》里,读到过对这个后花园的描写,"雯青,荸如……迤逦进门,踏着一片绿云细草,两旁矮树交叉。"他们俩在赛花会上见着了维多利亚花,还见着"一口好中国话"的傅兰雅,询问了晚上的跳舞会,和下午的聚餐。那时荸如还没做成外交官,但听说在人群中见着的中国人是将要放洋的官员,心中已很是羡慕。他可以说是来这里的第一代崇洋的中国读书人,得着了上海的风气。第一次读这本书,还在少年时代,只会看热闹,看清朝外交官与妓女的悲欢离合。

现在后花园里,全是碎石和瓦砾,全是阳光,没有一朵花,

从教堂塔楼望出去的旧英国领事馆后花园。 摄影：陈丹燕

更没有维多利亚花，也没人迹。

越过《孽海花》里提到过的那株清末的后花园老梅树，能看到1980年代建立在当年远东最大英式草坪上的上海友谊商店。那栋有蓝色玻璃幕墙的大楼是在友谊商店全盛时期建造的，曾是上海最时髦的建筑。那时，友谊商店外面的马路上，日日有外汇券贩子和侨汇券贩子向行人揽生意。

恍惚间，想起了英国侨民回忆录里对草坪的描写。他们在礼拜天早上，经过这片草坪，然后经过英国领事官邸，到联合教堂做礼拜。他们的马车嘚嘚而来，上海宁静的礼拜天早上，让他们想起了英国的小镇。

我靠在塔楼上四下张望，周围真是拥挤杂乱，有人将一扇门封闭起来，改成一扇窗。后来，又将窗封闭起来，装上窗式空调。有人将自己穿皱了皮子的短筒女靴晾在窗台上，去除靴子里的气味。有人像搭积木似的，将原本空无一物的屋顶搭成鸟巢一

五、梦想的烟尘岁月

样的棚屋。有人将原先的窗子扩建成一扇门,又将那扇门的外面搭建成一个不足一平方米的阳台,再将阳台改造成了他家的冰箱、储藏室和暖棚。他在墙上和栏杆上吊着火腿、风鸡、大白菜、鳗鱼干和墨鱼干。他在墙角堆满了不用的纸盒子、待修的椅子,还有坑坑洼洼的婴儿学步车。剩下来的地方,他放满了大大小小破烂搪瓷脸盆,印有单位名称的搪瓷碗,甚至搪瓷茶缸。里面他种了金边吊兰、宝石花、紫叶、仙人掌、月季,甚至名贵的米兰。还可以看到他家晾着的衣服,小孩子的蓝色校服和老式的大屁股棉毛裤。这种棉毛裤早已在市场上绝迹,他家仍旧有人在穿,一定是1980年代末,第一次通货膨胀引发抢购风潮时,他家买来压箱底的。在这拥挤杂乱里,能真实地看到在时代的拼图里,人们如何在这里建立起自己的生活。

从屋顶走下来,告别郁郁寡欢的守门人,他在我身后关上了教堂的木门,并拉上了里面的大插销。生锈的插销发出干涩的声音,好像要将他自己紧紧锁住。

阳光暖洋洋地洒满整条古旧的马路,上海冬天的阳光非常宝贵,它给整个城市带来了突如其来的轻松气氛。联合教堂前的马路上,几乎没有行人,真不能相信,外滩还能有这样寂静的街道。教堂对面,是1920年代开张的游船俱乐部,最后一次我读到关于它的事,是在《上海陷落》那本书里。1950年,英国末任领事的游船还停在那里,游船俱乐部的会员还带着孩子到室内游泳池游泳。后来,它就成了一座向公众开放的游泳池。外滩的野孩子在苏州河里游泳,外滩的乖孩子们便来这里。我记得经过这

联合教堂门外的马路和骑车人。 摄影：陈丹燕

里，总能闻到漂白粉在水中融化的气味。对上海长大的孩子，这种气味，就意味着夏天和游泳池。如今，这里将要改造成游艇俱乐部。半个世纪过去，过去的游船便成了现在的游艇。

一个普通的上海男人骑车经过这里。他似乎沉浸在自己的世界里，默默在四平八稳的脚踏车上晃动着身体。又似乎什么都没想，只想独自待一会儿。他骑车的姿势，是1960年代到1990年代的中国人骑车的样子。稳稳地直着背，端坐在车座上，好像坐在一张明代的硬木高背椅子上。年轻一代已经不用这种姿势骑车了，他们高高坐在车座上，俯身向前，像一架俯冲的飞机。而他的身体在脚踏车上，有几乎已经被遗忘般的松弛，我猜他一定有多年骑脚踏车的经验，如同大多数中年男人一样。

这个出神的，在一辆普通的脚踏车上摇晃着上半身的男人，与行将消失的古旧街区，冬天出人意料的明媚阳光，长着暗绿青苔的旧门洞，回忆中的漂白粉气味很和谐，它们共同组成了某种稍纵即逝的抒情气氛。

他的脚踏车沙沙有声地远去了,马路尽头,有一座横跨苏州河的桥,当年国民党最后的溃败,就在那里画上了句号。他的背影让我想起读过的一小段无名氏的回忆录:"二十多年前,我有幸在圆明园路和虎丘路拐角的一间丑陋的房子里办公,当时我有些讶异,为什么周围都是一些古典的洋式建筑,而我们这座简易的办公楼却是这样的平庸。后来我才知道,我所在的地方过去其实是联合礼拜堂(1886年建)。1950年代后,礼拜堂被分为两半,一半归上海灯具厂,另一半归上海电线五厂,后因电线厂车间的机器震撼,将礼拜堂的一半震塌,才草草地筑起了这座办公楼。"我猜想这个作者是个年过半百的普通男人,像那个骑车者。这些在禁锢时代度过半生的男人们,哀而不伤地掠过外滩。他们是随着外滩再次国际化,与那些旧时景象一起消失的人。

脚踏车的声音渐行渐远,不舍,或者更像失落的感情,就这样从我心里升了起来。我不知道,这是否是教堂里时代拼图中的最后一块,就来自于一个海禁时代上海居民的感情:对斑驳的时代遗物将要消失的失落感。

第二次去旧联合教堂,也是一个暖洋洋的中午。那一次去的是教堂旁边的主日学校,现在它成了七十二家房客的民居。与外滩多年失修的老房子一样,它也到处是灰尘,到处是油烟,门庭墙上挂了各家自制的木头信箱,走廊里见缝插针地停满了灰尘扑扑的脚踏车。我心里不得不说,这不是人应该住的地方。

我拍了一些照片,然后走了出来。我能闻到自己头发里黏着

旧主日学校的走廊。 摄影：陈丹燕

走廊里浓重的油烟气。每层楼的住家，都集中在走廊里烧饭。

这时，一个精干的老太太跟出来，叫住我。

"这房子是不是要动了？"她问。

"我不知道。"我说。

"那你为什么来照相，连门庭都没有放过。"她带着些揭露的语气。

我望着她盘算：要是我是洛克菲勒集团的工作人员，是不是能比一个作家更引人注意，能得到更多交谈的机会？外滩居民对作家的戒备和冷淡，我已很有体会。作家是个只会索取、没有利用价值的人，又到处翻检本已不得不裸露的隐私，这样的人在外滩不受欢迎。

我什么也没说。其实这是引导她误解我的沉默，这是激发她斗志的采访小技巧。

五、梦想的烟尘岁月

她赌气说:"我老实讲给你听,我们是不肯轻易搬走的,懂吧?我1960年从房管所那里拿到钥匙,正式住进来。我们不是'文化大革命'那种抢房子的户头,是政府分配给我的,理直气壮,懂吧?我已经在此地住了四十多年,我在这里生儿子,我的儿子在这里生儿子,就是一块生铁,这么多年也焐热了,更不要说这个市中心的地段。现在说要我们走,我们就要从市中心搬走,到郊区去做乡下人,没这么便当,懂吧。不给我条件安置好,我就只好继续住在这里。懂吧。"

"那你要什么条件?"我问。

"你有什么条件?"她马上反问。

"我开不出什么条件,我又不管这些事。"我说。这是实话,但她已经不肯相信了。她堵住我的路,一定要让我透露内部掌握的尺度,至少透露是哪家投资商派我来考察的,只要有一点方向,她就可以自己找门路去打听内部情况。"这种事情其实是瞒不了老百姓的,虾有虾路,蟹有蟹路的嘛。"她启发我说。

"反正你也不要搬,管他有什么尺度呢。"我半推半就。

"我是说没那么便当,又不是说绝对不搬。懂吧。"老太太真是精明而幼稚。

"懂了。"我回答。

她看着我,仍旧期待我说出报价,但我却无法与她做成这单生意。她站在门口的破旧桌椅之间,一身淡淡的油烟气味,阳光照亮了她满身的无助。

我举起相机:"我能给你照张相吗?你和这个大门口。"

外滩:影像与传奇

她往旁边闪开,坚决地说:"不行,又呒啥好看。"

她眯起眼睛,摇头:"破落户一样的地方,勿好看。"

苏珊·艾德金(Susan Eldkin)是个从伦敦来的小说家。过了不久,我又带苏珊去看联合教堂旁边的主日学校,那是我第三次去主日学校。也许我心里存了个看看英国作家在从前英租界遗迹中如何反应的私心。甚至,我也期待这次我们还能遇到上次我见到的老太太,看她对苏珊的到来怎么反应,她会将苏珊看成从美国来的新占领者吗?我们已一起去了汇丰银行二楼的咖啡馆,在咖啡馆外面的大露台上,她正好听到海关大钟敲《东方红》。我们也一起去了从前的英国领事馆,她对此没有特别的反应,只是要求买水喝,感到气候太闷热。

"这就是外滩最早的房子都还修一个外廊的原因,欧洲人受不了亚洲的闷热。那种带有外廊的房子,被称为东印度公司式。"我告诉苏珊。

"那么,我猜想我们可以看到一个小纪念馆?"她说,以为还是在伦敦的金丝雀码头。等路过长满高高野草的地方,看到阴沉的旧楼,她才不这样乐观了。

其实,我们看到的是一栋年久失修的散发着各种隔宿臭气的房子,房子被分割成许多小间,成了住家。家家都在门框上挂了布帘子,阻挡别人的视线。

那楼梯上挂满陈年的灰尘,那灰尘是如此陈旧,一年年堆积,长长的,一条条的,从屋顶挂下来,从楼梯扶手的花纹里掉

主日学校的住户家门。 摄影：陈丹燕

出来,一团团地躺在楼梯上,随着我们的脚步像蛇一样地扭动。这里的人家,因为没有自己的厨房,只能将各家的煤气灶放在走廊里。走廊的墙上,到处都黏着厚厚的、亮闪闪的褐色油烟,散发着油腻的气味。

接近中午的时候,房子里的人大多数都去上班了,如同垃圾桶般的房子里,静悄悄的。

"是的,这就是当年的主日学校,驻堂牧师据说也住在这里。"我对苏珊点了点头,"门上的红纸一张是用来做新春祈福的,另一张是授予家庭的荣誉,这家人有五样优点。身体好,工作好,彼此友爱,尊老爱幼,等等。"其实,我并不知道到底五好家庭有哪五样好,是瞎编的。

主日学校在即将被摧毁之际。
摄影：陈丹燕

主日学校的楼梯窗。
摄影：陈丹燕

    我和苏珊在楼梯拐角，看到一只满是油污的煤气灶上，有一口黑色铁锅冒着大朵白色的热气，木头锅盖被热蒸汽熏出的木头的香气，和着鲜美的食物的气味，充满在空气中，像一朵开在泥塘里的暖香的花朵。锅盖扑扑的声音，衬出了走廊里的安静，甚至安详，和无意中裸露出来的隐私。我们突然站在了别人家热腾腾的炉灶前，面对着人家正在完成的食物。

    "这是什么？这么香。"苏珊悄悄问。

    "我想是胖头鱼汤。"我吸吸鼻子，能闻到在滚油锅里爆过的葱姜气味，煎过的河鱼气味，还有在滚水里渐渐散发出来的鱼肉的鲜美。

    "那是什么？"苏珊发现了放在煤气灶旁边案板上的东西。

    "白色小块的，是冻豆腐，绿色的是香菜。"我说，按理还应该有一些红色的干辣椒，接着，我在热气里闻到了它的辣气，

拆除中的主日学校。 摄影：陈丹燕

是的，胖头鱼汤是上海人家一年四季的家常菜。

"闻上去实在好吃。"苏珊羡慕地说，"特别是在这样的地方。"她的手指从上到下划了个圈。是的，这地方有鲜美的鱼汤，真是个奇迹。

楼道里没有人，也没看见那个无助又精明的老太太。但我觉得，这锅鱼头汤就是老太太炖的，炖给她的儿子和孙子吃的。她等他们下班的下班，放学的放学，然后招呼他们喝汤。她家的屋顶上，保留着主日学校时代的石膏画镜线，香菜的气味会一直冲到屋顶上，使整个房间都充满安顿的暖意。

"我们打开看一看吧。"我建议说。

苏珊的眼睛闪闪发光，但将双手赶快背到身后，绞在一起：

主日学校最后留下的走廊窗,整个建筑已经被拆毁。 摄影:陈丹燕

"怎么可以!"

我掀开木头锅盖,一阵白汽过后,锅里热腾腾的鱼头出现在眼前,汤已经发白了,变得像牛奶一样白,鱼头在沸腾的汤水里微微颤动,它大睁着白色的眼珠,唇上的肉已经透明了,那是整个鱼头汤里最鲜美的一绺小肉。

我以为苏珊会害怕,但她没有,她渐渐将脸凑近锅里蒸腾上来的热气,深深地闻着,轻声说:"我的上帝,真香。"

"而且也很美。"我说,将案板上的香菜放下去,环绕在鱼头的四周。江南食物的美感不同于日本食物,江南的食物有体贴而清秀的美。

我们一起看着带有巴洛克神韵的香菜缱绻于白色汤汁里,碧绿的带有细小锯齿的叶片在汤汁里荡漾,衬托已变得雪白的鱼眼。

拆迁中的联合教堂。 摄影：陈丹燕

我突然想到，这也许是老太太家在这里的最后一餐鱼头汤了。这日常生活闪烁出来的暖意，如同外滩的平民时代终了时的余音。美好的鱼头汤映照着老太太的无助和感伤。

2006年我再去联合教堂，这次，房子已拆到一半。远远看到裸露在外的房间内部，像见到小时候玩过家家时，在盒子里的玩具家庭。盒子里的家庭就是这样的，面向孩子的一堵墙是裸露的，方便小孩安排里面的生活。小孩对里面宣布："该起床了。"就伸手去拉开娃娃身上的被子，带她去厕所，坐在马桶上。然后小孩去客厅拉开沙发前的桌子，把娃娃带过去坐下，它直接就在那里会见朋友。

眼前的情形让我想到过家家的玩具盒子。

如今，会烧鲜美胖头鱼汤的娃娃们离开了，能组成五好家庭

拆除中的主日学校。地板和窗子已经拆毁,却在天花板上保留了一只旧日光灯管。
摄影:陈丹燕

五、梦想的烟尘岁月

的娃娃们也离开了,连他家的地板都被拆掉了,站在门口,直接就能看到楼下堆满瓦砾的房间。再走一步,就会摔下去。

看上去,好像是小孩子不愿意再玩这个玩具盒子,他要换个样子。

记得我小时候,也会将花了许多工夫才布置停当的玩具盒子一举毁灭。只是以为能一举就将旧貌变新颜。

最后一眼,我又看到留在天花板上的拼贴游戏。天花板上那个优美的灯座,是为了一盏西式吊灯准备的,也许是水晶的,也许是云母石的。但那个灯座上,吊着一个1970年代上海普通家庭里的日光灯。这是老太太用过多年的日光灯吗?她的儿子和孙子都是在它照耀下长大的吗?她将它遗留在华丽的旧灯座上,如一个岁月的纪念品,或者说她一生的象征物。如今它等待与达温特教士时代的优美灯座一起消失的命运。其实,这个街区原始的面貌虽然在失修和岁月中日益衰败,但还保留着基本的模样,这次,真是最后一眼了。四周充满了被弃的寂静,在寂静中能听到耗子在什么地方碰翻了瓦砾,那些响声是惊慌而弱小的,稍纵即逝。

这最后的情形让我想起一个接受外科手术的病人被推进手术间时的样子。病人身上插着导尿管,输液管,胃管,大部分身体的机能已经在体外循环。他虽然还清醒,但已被固定在窄小的手推床上动弹不得,他身上的病员服已经反穿,几近衣不蔽体。此刻,一切都准备就绪,再由不得他说:"嗨,停一停,让我想想。"现在他已必须要被开肠破肚,以求新生。

外滩：影像与传奇

往事的瓦砾

在我的照相机镜头里，旧英国领事馆站在瓦砾中，像大海落潮时显露出来的礁石。那些瓦砾来自于1966年后的建筑。1966年，上海红卫兵冲进这座院子，他们都是刚考完高中历史的中学生，他们十分高兴自己有机会为委屈的中国历史扬眉吐气，他们十分自豪自己终于从英国人手里夺回了1846年的李家场。从那时起，中国人走进了这片草坡，这里的房子。然后，搭建裙房，封闭外廊，扩建浴室，甚至在里面开设了一间机关幼儿园。

现在，它们又成了瓦砾。

旧英国领事馆的原貌在瓦砾中，像海面上的礁石一样高高耸起。

它比外滩所有的建筑都更富有地标意义，一砖一石都能理出一条外滩的基本历史线索：清兵，英国领事，英国商人们，开埠，永租，李家场，远东的英国利益和英国利益的守卫者，在上海开放的维多利亚花，传教士的贡献，向往着放洋的清朝洋务官员，等等。

但是，我能感到，这画面里有什么错过了。取景框式的取舍，有时会因为角度的偏差，而错过。在现实中牢牢站在原处的事物，在取景框里不仅会显现出它丰富的细节，也会遁身进一团毫无意义的阴影，于是，现实就变了，变成有所选择、有所隐瞒、有所倾向的现实，它仍旧是一种现实，却不能说是真实的现

改造中的旧英国领事馆。 摄影：陈丹燕

实。这是镜头的戏法。

离开镜头，裸视的视野里，蓝色的上海友谊商店像洪水一样破坏了构图。它有社会主义国家建筑的所有特点：天真朴实而笨拙生硬，风尘仆仆，疏于管理。它闪烁着一种哀愁，破罐子破摔的哀愁。它站在那里，好像就是为了陪衬旧英国领事馆。

黯然挂着锈渍、浮尘和风霜，友谊商店像一件随意丢在杂物中的过时的大衣那样，看上去陈旧萎顿，毫无希望。它多年的骄傲和神秘，已荡然无存。

1970年代，上海最禁锢的时代，整个城市唯一与外部世界相连的，就是在外滩旧英国领事馆里的友谊商店，真正的千钧一发。商店一度开在领事馆的房子里，那是另一个世界，一小块飞地。如果说旧英国领事馆是海事时代的外滩地标，它就可以说是海禁时代的外滩地标。

现在，那些从前被孜孜以求的货物堆在花车上甩卖。不知道

被拆除前的上海友谊商店。
摄影：陈丹燕

上海友谊商店消失在碎石中。
摄影：陈丹燕

　　为什么，我总能将1945年后在中央商场甩卖美国援助物资想象成了友谊商店店堂里最后的景象。现在，它更可以说是海禁时代留给外滩唯一的遗物，但对外滩源来说，它就是应该拆除的"不谐调建筑"。

　　上海人还在和自己的历史玩捉迷藏的游戏。他们还是习惯要将什么东西藏起来，找到另外一些东西。正如一个欧亚混血儿常常不由自主地想要藏匿自己某一部分，以求得表面逻辑的完整通顺，易于别人理解。上海这种混血儿的思维方式，总会在某处出其不意地表现出来。这一次，是在对友谊商店身份和价值的判断上。

　　2005年初春，友谊商店被夷为平地。那块坑坑洼洼的地面，终于与旧领事馆的后花园再次相连起来。后花园游园晚会照片中的地理面貌，终于再次出现在初春的阳光里。这次，不用通过镜头取景，这里的面貌已经非常干净，非常符合解释外滩起源的逻辑。唯一突兀的，是在犹太会堂原址上盖的大楼。不过，工程队已经进入大楼，它也将被夷为平地。等它也消失，这里就真的从地理面貌上回到1930年代了。

五、梦想的烟尘岁月

那是外滩最鼎盛的时代,也是如今外滩源将要归去的方向。上海人设想着,现在,将世界奢侈品和现代化享受放在那样的街区里,全球化的前提,旧国际都市的气氛,殖民时代的老房子提供的情感享受,这一定能做成大生意。

我闻到了古老的买卖气息。1936年,外滩第一次凋落前夕,豪塞就已经发现,外滩的核心是生意。外滩是上海的心脏,所以,上海是一座为买卖而生的城市。现在是2005年初春,在友谊商店的瓦砾上,我再次真切地闻到了豪塞提到过的生意气息,这是一股浊重的气息,一切从取悦顾客出发的冷静,一切以现世利益为衡量标准的实用,一切以生意为重的粗野和简单,这里的确是外滩源。

只是,到了有一天,如果上海人想要体验自己城市在禁锢时代对外部世界的渴望,上海人发现那个禁止中国人进入的商店,可以算是外滩在1949年后最重要的海禁时代遗迹,他们愿意像现在把外滩历史陈列馆放在气象塔里那样,把海禁时代博物馆放在从前的友谊商店里,他们将找不到任何痕迹。想到将来的这一天,才为这"不谐调建筑"觉得可惜。

大概要等到那时候,上海人才想到,要去仔细地分辨一下生意和文化之间的微妙差异。

站在瓦砾前,眺望旧英国领事馆,领事官邸,联合教堂,它们一个个孤零零地站在那里,看上去满是伤痕。我知道那并非是岁月的伤痕,而是因为它们被活生生地从经历过的沧海桑田中剥离出来的缘故。这个城市还在自己伤害自己。

外滩：影像与传奇

人去楼空

2004年后，每次去外滩源，每次都感觉到街道上越来越动荡了。建筑物的大门旁边，开始时能看到政府动迁小组的搬迁通知，公布了与居民联系的办公室地址和电话。经过圆明园路一栋房子时，能听到嘈杂激烈的人声，透过大敞着的门，能看到黯淡日光灯下有些人围着简陋的木头办公桌激烈争辩，已经走过去了，到了南苏州河路的路口，看到一张纸贴在墙上，上面画了一个红色粗大的箭头，指明外滩源动迁办公室的位置，才知道，刚刚经过的地方，是居民动迁办公室。

后来，动迁办公室的告示被各种各样搬家公司的广告覆没了。那大多是些开价极其便宜，但言而无信的私人小公司，什么都敢承诺，简直好像是来做义工的。还有上门收购旧家具、旧货、旧书、旧玩具、旧衣服的广告，上一次修高架道路的大规模动迁，精明识时务的旧货商在写了"拆"字的旧房子里，淘到无数整套柚木的壁炉架，雕花的木头楼梯，整扇连框的彩色玻璃门窗，辛格缝纫机，教堂的旧风琴，神龛，十二个人的大菜台子，几乎能重新布置起一幢延安路的旧房子，当民生博物馆。

后来，街头巷尾，到处都是大堆大堆居民丢弃的旧物和垃圾，正中留下大团可疑污渍的廉价席梦思床垫，短路的铁壳电风扇，1970年代做工粗陋的靠背椅，满是油污的小方桌，腐烂的菜

五、梦想的烟尘岁月

光陆大楼里的拆迁标志。　摄影：陈丹燕

外滩源的居民陆续搬离。　摄影：陈丹燕

皮，和留着残羹剩饭的白色一次性饭盒，我想那些饭盒是搬家公司的工人留下的。有时还能看到一些褪色的宣传画，背面留着胶水黏住的一小坨墙灰，显然是拆迁工从居民的房子里撕下来的。褪色的迈克尔·乔丹，褪色的恩雅，和褪色的《泰坦尼克》中的情侣。那是这个街区突然被泄露的私人生活内景。被遗弃的物件，如尸体般保留着人生的各种遗痕，爱情的，理想的，默默埋在心中的伤痛，无聊傍晚时的，午夜梦回时的。还有秘而不宣的生活方式。在垃圾和被弃物中穿行的两年里，我常感到自己被复杂的气味环绕着，如一个旧街区的幽灵。

一张有六十年历史的圈椅，就这样放在1980年代式的单位食堂洗碗槽旁。初春的一天中午，我去《文汇报》大厦，从前繁忙的电梯早已停运，空气里充满灰尘的气味。底楼的食堂层总是人声鼎沸，并荡漾着大锅菜的特殊香气，但现在也只剩下了凝固的

《文汇报》底楼的职工食堂。
摄影：陈丹燕

上海《文汇报》搬离后遗留下的副刊部办公室。
摄影：陈丹燕

油哈喇气了。在到处写着"拆"字的《文汇报》大楼里，我想起自己大学刚毕业时，到报社开会，看到白发苍苍的副刊部主任穿着粗花呢的西装，端坐在一把黑色的圈椅上，他身后是一扇大玻璃窗，从那里能看到被冬雾笼罩的黄浦江。他坐在圈椅里，吸着纸烟，谈论着打审查擦边球的乐趣和惊险。

　　还有街面上的店铺。《文汇报》大楼旁边就有一家已经拆空关门的店铺，原来的店名还在：茱笛的房间。看上去，那样开始有了风格的西式咖啡简餐厅，应该是1990年代以后出现的。1990年代的文艺青年、期刊编辑和小报副刊的主笔都喜爱在这样的地方流连，会朋友，读书，写副刊的短文。从脏污的大玻璃窗看进去，如今里面只有满地的灰，和一摞放在地上的白色西餐盘子。那堆盘子好好地归在房间的正中，看样子，搬家时主人是准备带走的。一定是实在放不下它们了，才临时决定丢下的。

在墙角，街角，垃圾堆的边缘，门口，弄堂口，到处能看到养在旧搪瓷盆里的宝石花。它们好像是属于这个街区的，别的东西都可以带走，但它们却不。它们被遗弃了。想必它们也和茱笛房间里的那摞白盘子一样，开始时主人并不想丢掉它们，所以，它们才被从窗台和阳台上搬到楼下。但是，它们最终还是被放弃了。也许，在别处建立的新生活里，没有这些花、这些搪瓷盆的位置了，那是新式的公寓生活。

原先拥挤肮脏的旧楼，此刻终于人去楼空。

常常，要到这个地方将被彻底改变，垃圾堆就会成为这个街区编年史的纪念物。

在"纽约纽约"夜总会里，能看到木器的大型流水线还没进上海之前，木匠们的手艺。这一代木匠，从来没做过高级夜总会的活，他们的活很糙，滥用钉子。而且没有眼界和阅历，近乎于江南小镇的工艺水准。

当时的室内设计师对夜总会也想象力有限。这一代市内设计师即使生活在上海这样的都市里，也是在入夜一团漆黑的萧条岁月里长大的。在那些色彩强烈而质朴的装饰里，能看到他们面对"纽约"这个夜生活象征的单纯和困惑，他们还不能区别情色气氛和狂野的不同，也不能区别夜店和咖啡馆的不同，甚至不明白都会夜生活与皮肉生意之间的区别。他们对此的想象力，带着保守的乡下孩子对风月场所的惊骇与迷醉。这正是1980年代后期整个上海娱乐业的装潢风格，沉渣泛起的妓女们将夜总会理所当然地当成她们的地盘，跳迪斯科的人穿着闪闪发光的紧身裤，射灯

五、梦想的烟尘岁月

在头顶旋转,每个人的舞姿都因为强光的闪烁,定格为分离的画面,音乐震耳欲聋,歌词大都古典和诗意。夜总会的老板常常敲诈顾客,他们特别喜欢敲诈日本人和台湾人,将一盘小小的果盘卖到一千元人民币。夜总会里的人首先给台湾商人起了一个蔑视的绰号:巴子。

将1930年代一座漂亮的装饰艺术风格的戏院,用劣质的三夹板和白松木条、学生气的口味装饰成1980年代的夜总会,将现在在芝加哥老剧院里还能见到的华丽包厢,用夹板和玻璃窗密封起来,改造成一间间唱卡拉OK的小包房,将从前的"排场"改造成后来的"高级",这正是1980年代破落子弟败家的风格。

这间夜总会的电源已经切断了,在一团漆黑的卡拉OK包房的墙角里,还有遗留在那里的英国红牛饮料的铝罐,甚至还有一瓶是没有开封的。那时,英国红牛还没有在中国禁售,美国的芬达和可乐却已经开始在中国开设了生产线,它们的魅力因此而大为降低。那时,英国红牛曾经是夜总会里身份正宗的外国饮料。我伸手去摸那些罐子,它光滑的表面上覆盖着一层黏手的灰尘。铝罐上有一条瘪档,想必是当年喝这罐红牛的人用手指重重地捏过它。喝铝罐饮料的人,在无聊时常常用手指捏空罐子,他们喜欢听罐子在那时发出的清脆碎裂声,或者喜欢手指捏瘪罐子时的力量感。摸着它,我才意识到现在的人已经斯文了,不再直接从铝罐里喝,服务生会给你一个杯子,再将打开的铝罐递给你。

这家夜总会也在第一期改造的名单中,它很快会被清除干净,等待更新。

"纽约纽约"夜总会的大厅。
摄影：陈丹燕

夜总会走廊里的壁画。
摄影：陈丹燕

现在到处都写着"拆"字。红漆写就的大字，如同死刑判决书上的红钩。

报社走了，商铺走了，居民们也陆续迁走了。

先期在大楼里侦察过的旧货贩子们，已经给居民们上过旧货知识普及课。所以，居民们临走前将自家房间里能带走的东西悉数拆走，他们卸下1920年代的铜门把手，撬走1920年代公寓盥洗室里的白漆镜箱。更有一家人，多年来一直住在旧洋行的财务办公室里，将嵌在墙壁里的一只旧保险箱当柜子用。临走前，他家将那只1920年代美国产保险箱生生从墙壁里挖出来，用吊车从窗口将它搬下去，与旧货贩子一手交钱，一手易货，钱货两讫后，才将房门钥匙交出去。

从里到外，大楼一幢幢地空了下来。

我最后一次靠在联合教堂的木头门上，这座教堂的拆迁已经完成，那充满时代拼贴的遗痕，在榔头下化为一人多高的瓦砾。时间，记忆，感情，阅历被抹去。在概念性规划里，这里将被改

兰心大楼里的拆除标志。　　　　旧《文汇报》大厦墙上的拆除标志。
摄影：陈丹燕　　　　　　　　　　　　摄影：陈丹燕

造成一个高级夜总会。我得到动工拆除的消息太迟了。本想将门上的塑料牌子收藏起来，但赶来才知道拆迁已经完成，所有1949年以后附加在教堂上的东西都被拆除干净，只恢复以前的面貌。

我靠在被瓦砾顶住的木头门上，想象当这扇大门再次打开，看到一个地道英国小教堂时心中的沮丧。灯具公司，证券交易所，仓库，车间，锈蚀的铁楼梯，守门人白色的袜子，一切都会被擦拭干净，好像没发生过。"这怎么可能呢？"我吃惊地想，从前不懂珍惜租界时代的建筑，现在不懂珍惜海禁时代的遗痕，这怎么可能呢？上海已经不是1937年时那个年轻单纯、没心没肝的城市了，它经历的沧桑，如今已是它最大的财富，怎么可能就这样轻易地抹去？

它只像上海市井中的肤浅女子，只想如何隐去皱纹和创伤。自我对她是最不重要的，那个复杂的自我甚至叫她感到羞耻，被人追捧则最重要。

就这样人去楼空。

外滩：影像与传奇

闪闪发光的寂寞

　　站在上海大厦顶楼的露台上——我猜想这就是1970年代，外国记者，外国元首和周恩来眺望外滩的地方——我望见阳光里的外滩源，大规模的拆迁已经结束，土地也平整好了，平整好的土地，拆空的大楼，看上去充满了寂寞——闪闪发光的寂寞。

　　我想起了一连串的名字：黑格将军，基辛格国务卿，蓬皮杜总统，田中角荣首相，他们是海禁时代后第一批目睹外滩面貌的西方领袖，都是社会主义理想的敌人。1970年代，他们来了，那些穿着深色大衣的人，带来了中国终于要重归世界秩序的消息。

　　我猜想着当年他们站在这里，俯视外滩的心情，猜想着他们在这熟悉而陌生的景象前内心的真实感受，我想他们是好奇的。即使他们亲眼见到外滩四处红旗飘飘，但还是不肯定它到底变了多少。这样的情形与在天安门城楼上看红旗方阵有所不同，我想他们能感受到有股异己的力量潜伏着。

　　果然现在它又将变回去。这曾经是西方政治领袖们预感会发生的事，现在，它非政治性地发生了。我可以肯定，这种回到1937年炸弹落下的前一天，再向繁华世界出发的外滩理想，与其说是政治的，不如说是生意的。外滩是个不用政治思维的地方，它只会将政治化为生意，将政治的价值观化为生意的价值观，它无限渴望重归自由港的身份，渴望自己处在各大洋的中轴

五、梦想的烟尘岁月

拆除中的外滩源地块。　摄影：陈丹燕

线上,渴望在危险面前自己能说Maskee,盼望这句无心无肺的Maskee,能再成就一次城市的经济奇迹。

可是,纵使烟尘滚滚,从1992年外滩改造,到如今外滩源拆迁,建筑垃圾与灰尘的硝烟滚滚而来,它就真能回到从前吗?纵使这二十二平方公里的土地,从大楼里面,到堤岸和街道,处处大动干戈,如考古现场,它就真能再现外滩源吗?即使它能,外滩就真值得这么做吗?

细看那阳光照耀下二十二平方公里的土地,到处都是寂寞。那是因为它的身体被钟爱,但它的心灵却被再次忽略不计。

HOW MUCH AND HOW MANY YEARS?

PIECE.06
怀乡痛

  家乡是一个温柔的好词,当你说起家乡,就像称呼初恋的情人一样,心中有一团永远无法消退的归属之情。也许正因为这个词太温柔,太亲,太古典,太易碎,太单纯,太独特,所以,如今它变得如此难以安置。

一个名叫罗伊斯的女人正在堆满各种化妆品的梳妆台前忙碌。

乔希·达温特公寓里的起居室已被装饰成了1955年欧洲老妇人的房间，装饰艺术风格的梳妆台上横七竖八地放满了香水瓶，指甲油瓶子，1950年代用铜做的美国产胭脂盒与颜色鲜红的唇膏，还有润肤露的玻璃瓶，以及一支夏士莲夜霜的圆柱形无色玻璃瓶，那只玻璃瓶配有一只银色的圆盖。

那只古旧的玻璃瓶如一只冰凉的指尖在她额头上点了一下，令她想起夏士莲那银白色的晚霜，非常清爽的膏体，有种雪般的触觉，指尖轻轻一碰，它便"吱"地一声向下退去。她的夏士莲晚霜还是上海刚刚恢复进口化妆品的时候买的，1980年代，她刚从母亲的羽翼下挣脱出来，能自己做主买东西。她对化妆品一无所知，仅仅因为在美国小说里读过它的名字。后来，西方女人用的各种时髦化妆品如浪潮般，一次又一次冲刷着百货商店的化妆品柜台，夏士莲很快就不见了踪迹。她以后就再也没见过它，她已经将它忘到脑后。在罗伊斯杂乱的桌面上再次看到它，她才突然意识到，自己身处的时代是何等喜新厌旧。

房间里充满了大战结束不久时的神经质，充满了创伤，但也充满着活泼的野心，让人想起那些描写欧战的法国电影里的房间。她一时竟不相信自己在上海的老公寓里。

然后，像在游泳池里触到池沿那样，她在一派罗伊斯式的铺张与颓唐的桃红色中，认出乔希家的沙发。第一次到乔希家来做客，是她去伦敦前夕。乔希家开晚会，欢迎英国来上海交流一个月的艺术家。

六、怀乡痛

他特意拍松沙发上的靠垫,将沙发隆重介绍给她。这张沙发是在建国西路上的一家旧上海家具店里买到的,这家店,是一个法国女人和一个荷兰女人合伙开的,她们专为人复制1930年代上海的老式家具。乔希说,他买下它,是因为他奶奶家也有这样一个装饰艺术式样的沙发,放在客人房里。他小时候去过暑假,窝在沙发里看完了一整套《NME》杂志,一边听着广播一台的John Peel主持的音乐节目。它激起了他的怀乡情。

"上海真是不可思议的地方。"乔希说。他在沙发上方挂了一张毛泽东标准像,那也是从旧货市场淘来的。它与印度布罩子灯配在一起,不再是强人的象征,而散发出1960年代狂飙青年的浪漫气息,和隐隐约约的大麻气味。乔希让她想起她的朋友本杰明,想起他挂在厨房里的毛泽东像,他的年龄应该与乔希差不多,他们在1960年代仅仅是个小男孩,但在精神上却十足是1960年代的遗腹子。淡淡的亲切感从她心中升起,她伸手过去,与乔希碰了碰杯子。

罗伊斯以一种饱经沧桑的女子的随意,将披肩从肩上抻下来,丢到沙发上,迎向站在打开的大门口的人们。"啊,你们来了。"罗伊斯说,但她的眼睛掠过他们,好像在梦中那样没有聚焦。舞台上的演员通常就是这么做的。她不习惯有人在自己身边演戏,所以,她觉得罗伊斯表现出来的那种舞台的夸张是傲慢。

对房间里的罗伊斯,她感到很恍惚。她想,也许,这间1937年完工的豪华公寓里,真的曾住过这么个外国女人,真的有过这样的布置。这座迷宫般的公寓大楼是维克多·沙逊在鼎盛时期建造的，中日战争打断了他的财富梦。1949年前能住在这栋公寓里的外国人，大多是傲慢的。

她的瑜伽老师用手掌压住衣服下摆，像上个世纪的英国绅士那样对罗伊斯欠了欠身，然后尖尖抬起他黝黑的圆下巴。他也不习惯有人在他身边表演，不过，他也在表演，表演得像一个老牌婆罗门。刚刚在走廊里等演出开始，她一见到他，就知道他与英国领事终于续上了孟买时的前缘，也许就是在那次英国领事馆办的晚会上。他见到她，张口就说："你知道，我现在成了上海的瑜伽名人了。FCC也请我去讲瑜伽哲学，上海真是个不可思议的城市。"她微笑地看着他说："那么，祝贺你呀。"心想，他可真是个孟买人，与上海人有得一拼。

开门的钥匙还捏在她手里。乔希家的门钥匙。他又回伦敦出差去了，这次将自家的公寓都借给艺术家表演。乔希家也是十字钥匙，与她家大门用的很相似。2000年左右，上海时兴用这种十字钥匙，因为锁匠复制起来不那么方便，而且锁里有弹簧防撬，所以大家都喜欢用这种。在楼道里等待名为"关于气味"的现场演出开始时，英国文化协会的工作人员将钥匙交到她手里，告诉她，等到了那套公寓门口，她用钥匙开门，然后带着他们这一组观众走进去就可以了。他们这一组有四个人，除了她和她的女儿，还有一个美国人，和她的瑜伽老师。他身上的确有种口岸城市居民油汪汪的机灵。进门的那一刻，他凑到她身边问："你说达温特这次出借房子，能挣多少钱？"

她没理他。

六、怀乡痛

罗伊斯站在那里，皮肤松弛，但风韵犹存，是那种人情练达的风韵。她拿起一个1920年代式样的香水瓶子，开始往空中喷洒，并提到一个巴黎的夜晚："1929年，让我想起了灰蓝色的天空倒映在肮脏的河水中，让我想起了战争时代的舞厅和网状的长筒袜。"说着，突然伸过鼻子来，闻了闻她，然后评论说，"很浓，水果味，是丁香还是茉莉？"

那天她没用任何香水，所以，她知道这是一句台词。

她看看罗伊斯，突然说："也许是鸦片的香气。"

罗伊斯扬起上半身来，承接从空气中渐渐坠落下来的香雾，漫不经心地接口说："喔，它可是奢侈品呀。"

她觉得罗伊斯所指的，是叫鸦片的香水，而她指的，是古老的毒品。

罗伊斯开始说到雅芳小姐的化妆包，那浓重的英国口音让她感到某种亲切，那种语调，有板有眼的。

她想起在伦敦塔前的泰晤士河岸。黑色的栏杆外，复活节时的明丽天色，伦敦塔桥明信片式的风景。

她拿到乔希管理的英中艺术家交流基金，到伦敦演讲。罗伊斯她们这次来上海，也是同一个基金资助的。第一次到乔希家参加晚会，欢迎英国来上海的艺术家，都是因为这个基金。乔希告诉过她，这基金中的一部分，来自鸦片战争后中国政府付出的战争赔款。她当时非常吃惊，她以为战争赔款早被用完了，她绝没想到自己能用到这笔钱中的一部分。

她去伦敦的时候，正好乔希也出差回伦敦，乔希说他要尽地主之谊。

于是，她与乔希约在伦敦塔见面，乔希请她吃晚饭。

她沿着河，从吉普林当时写《丛林男孩》的酒馆出发，经过一座又一座大桥，一直走到伦敦塔。每经过一座大桥，她就想到女儿小时候唱的儿歌："伦敦大桥垮下来，垮下来，垮下来，我的淑女。"小孩子的歌声愉快嘹亮。她一座一座地对照着大桥的名字，伦敦大桥是里面最平常的一座。

伦敦塔河岸是个旅游点，挤满了游客。人们忙着照相。她等待乔希的时候，由于是单身女子，比较让人放心，总有人过来请她帮助拍照，以致乔希找到她的时候，她还忙着调整一群菲律宾修女的队伍，"你，你，修女，你把伦敦大桥的塔楼挡住了。"她对高个子修女说。

"我必须撑着它，防止它真的倒下来。"高个子修女让到旁边，一边风趣地说，大家都心照不宣地笑了。

将日本产的数码相机交还给修女们，她见到乔希正冲她笑。

"怎么样？"他将双手深深插进裤子口袋里，歪着头打量她，"看上去乐得很。"他与在上海时一样说着中文，穿了一条解放军的草绿色迷彩裤，比她还像游客。

"我一路听到了来自全世界的殖民地英语。"她说，"菲律宾的，香港的，南非的，印度的，斯里兰卡的，澳大利亚的，加拿大的，马来西亚的，还有我，上海的。好像殖民地的人民都跑到伦敦来了，而且每个人心中都回荡着伦敦大桥垮下来的儿歌。"

"伦敦已是世界上最混杂的地方。"乔希说，"我看过一篇

六、怀乡痛

文章，说现今在伦敦，已经很难找到一个单纯的英国人了。绝大多数英国人不是有外国血统，就是有过与外国人的恋爱，或者，有过在海外生活的经历，或者日常生活中吃的不是正经英国菜。传统的英国已经消失。"

"纽约也混合得很厉害。"她说。

"大概伦敦混得更厉害。"乔希说。

"看看你，就知道差不多了。"她指了指乔希身上的书包，他背了一个帆布黄书包，书包盖上印着毛泽东的侧面像。他在北京买的。

"现在这是一种欧洲青年的时髦。我这次回来，看到我侄子都在身上纹了一个中国字。"乔希说，"还不小心纹错了笔画。"

他们都笑了，她问："你告诉他了？"

"我可没这么让人扫兴，你不能小看我。"乔希说。

在黄昏的伦敦，大声说着中文，这可真让她高兴，她看出来，乔希也很高兴。

乔希要带她去吃一顿地道伦敦小市民的传统食物，这是她要求的。他们走过一些街巷和广场，然后，来到一条拥挤的老城窄街上。街口有一家窄小的玻璃门面的餐馆。"到了。"乔希说着闪到她身后，让她先走。

隔着玻璃窗，她看到里面女跑堂的红色卷发上压着浆洗过的花边小帽，一句马克思著作里的短句结构掠过她的脑海："伦敦东头姑娘血色鲜丽的面颊。"

店堂里有老式的拥挤，窄小的桌椅，客人大多是些老人。

她想起上海小街里的面点店。

乔希晃了晃脑袋，表示有保留地同意她的猜想。英国人不在餐馆里吃早饭，而上海面馆早晨的市面很大。

原来，他们要吃洋葱炒猪肝，还有牛奶布丁。

她惊奇地发现，这道菜的做法，与她小时候礼拜四幼儿园中午吃的菜一模一样：该死的洋葱炒猪肝。

猪肝片即使嚼碎了，依然难以下咽。

乔希笑："你们只是小时候被迫吃，长大就不必再受苦。但可怜的英国人，得吃整整一辈子。现在你该明白了一点点，南亚香料对英国人来说有多迷人，海事时代为什么这么要紧。"

她四下看看，吃猪肝的，还真的没有年轻人。英国人的口味已经变了，他们吃美国菜，中国菜，印度菜，日本菜，就是不吃英国自己的菜。其实中国青年的口味也在变化，在肯德基炸鸡店里一混一个下午的，都是青少年。

乔希郑重地撇清自己："是你说要吃地道英国菜的，所以。"

她连忙应了下来，生怕自己露出噩梦般的表情，令乔希难堪。

她看到乔希自如地吃完了盘子里的东西。在那家餐馆里，她发现了乔希英国孩子的本色和对食物镇定自若的态度。在上海吃上海菜时他满脸的愉快消失殆尽。

乔希告诉她，到他这一代，达温特家已经有三代人出生在伦敦了，他家在高地门公墓有块小墓地，离马克思的墓不太远。他父亲开了家古董店，他自己是剑桥毕业的，学的是东方史。他家

六、怀乡痛

的一个远房亲戚就是十九世纪到上海的传教士达温特。他少年时代看到过一只从中国带回来的青花瓷瓶。那个传教士就是英国领事馆后的英国教堂的驻堂牧师。家族中传说的他的东方故事,是日后乔希选择东方史的一个原因,甚至也是他决定租下这套公寓的一个原因——他的阳台就对着当年的教堂。

她答应乔希回上海后,一定请他到家里来吃荠菜笋丁大馄饨,她会亲自准备肉馅。"我们还可以做马兰头拌香干,还可以做黄鱼鲞红烧肉。这些都是我家宴客时的家常菜。"她热切地许诺。

"我看你是想家了。"乔希微笑地望着她,"想念家里的食物,其实就是想家。"

"我只是想给你吃。"她辩解道。她经常单独旅行,一直都认为自己是四海为家的人,而且因此而深为自豪。

"那么,也许是隐晦地想家了。"乔希说,"按照我的判断,在不久的将来,食物将会成为最重要的文化符号,而厨师则会成为文化的代表。你相信吗,你想想在上海发生的事,仅仅外滩那一条街上,想想那个简乔治,还有M。现在,食物已经不只是果腹的物质了,它已经成为这个时代某种精神性的东西。"

女跑堂特意过来,笑微微地问:"味道怎么样?"

她毫不犹豫地回答:"真好。"

面颊喷红的女人高兴地笑了:"那就好好享受。"

她舌头上全都是幼儿园时代被强迫的难忘回忆。矮个子的女老师说:"不能剩下,谁也不能剩下。谁知盘中餐,粒粒皆辛苦。"她很小就知道,种出一粒米,农民得付出挑八担水的劳动,她知道要尊重劳动。即使在伦敦的陌生餐馆里,她也不愿意自己剩下盘子里的东西。她似乎觉得,自己有义务像乔希一样吃干净。

罗伊斯一边絮絮叨叨地抱怨着雅芳的推销员们,一边将他们引进了去厨房的走廊,乔希的厨房里亮着灯,传出一股猪肉被烤焦了的难闻气味。

另一个女人莱斯利在乔希的厨房里等着那四个观众。厨房看上去没怎么改动过,大致还能看出原来的样子。墙上有一排饰有角线的白色吊橱,煤气灶是1940年代的美国货,带有一个黑乎乎的烤箱。地面贴着黑白相间的小马赛克,一派1940年代遗迹。她发现玻璃酒杯是宜家的货色,放在厨房灯下的小餐桌也是,她家也有这张桌子。她猜那两样大概是乔希买的。

莱斯利说起了新墨西哥州她家乡的辣椒粉。她将辣椒粉在一块镜子上摊平,像分割可卡因一样分隔成小条,一边说:"我的家庭是一个在不断移民的生活中形成的联合国,因此我们没有那样虔诚的信仰,我们只是一堆凑在一起,不断漂泊的宗教仪式。"说着,莱斯利"刷"地一声,将一小条辣椒粉吸进右边的鼻孔里去。

她立即咳嗽起来,好像自己喉咙里满是辣椒粉一样。

她想到,当年住在这里,在厨房里烤犹太面包圈的犹太女孩们。她见到过一幅发表在上海犹太人回忆录里的旧照片,几个犹太少女们在被沙逊爵士辟为难民营的厨房里学习做面包圈。犹太人吃的面包圈,如今在美国各地的大小食品店里都能买到。她们

六、怀乡痛

鼻梁上有一块隆起的骨头,那是闪族人的骨性体征。她想着那些女孩子们。她们比在上海的白俄要好命些,是因为从巴格达来的犹太商人已经在上海站稳了脚,外滩当时最具有标志性的高楼,都是犹太人造的——为纪念他们在上海的奋斗和成功。全世界的犹太人都有互助的传统,这个传统曾在大战前夕的上海得到证实。

她看了看那个翻盖的老式煤气灶,照片上的煤气灶就是这样的。她们曾围站在四周,转过头来冲照相机的镜头微笑,她确信她们都是1930年代末犹太好人家里的女孩,但她们的微笑里的确有种谄媚之意。她们不得不谄媚,因为没有生在一个好时代。

莱斯利请他们围桌而坐,并倒了几杯龙舌兰。与罗伊斯相比,莱斯利令人舒服多了。她看到自己的女儿伸手去取了一杯,便用眼神制止她。女儿却假装没看见她的脸色,学着莱斯利的样子,往杯子里挤柠檬汁。在美国,女儿还没到喝酒的年龄,所以每次暑假回上海,就喜欢在公开场合喝酒,而且再也不乖乖地剃除腋下的汗毛,更不用牙线。她知道女儿并不喜欢酒精,而是喜欢自由。

桌子对面的美国女人看着女儿,否定地微笑着。

女儿对美国女人耸耸肩,悄声说:"这是中国。"

女儿抿了一小口龙舌兰,艰难地咽下去。

微笑在她嘴角一闪而过,她知道女儿不会爱那味道。要是没有美国女人的否定微笑,女儿一定只是把着酒杯装样子而已。她束之高阁地看着女儿与美国女人之间的短暂战争,她不反对女儿禁酒,也没将沾点酒精看得有多严重。她不愿意与女儿为不重要的事冲突,她希望她们相处的短暂日子里能一团和气。她感到自己就像大战时的瑞士,得到中立的无穷好处。

她知道那个纯洁的美国女人责备地看了她一眼,她装没看到。女儿说得对,这是中国。

她猜想这女人应该是从中部的中产阶级小城来上海的,她长着一张诚挚的警察脸,就像她在美国的邻居。

那一年,女儿十七岁,严重的青春期亢奋,她自己到美国去陪女儿读书。

在小城的公共图书馆里,她偶尔找到一本少女时代读过的书。

作者是从俄国逃往美国的犹太人,厄内斯特·O.豪塞。厄内斯特七岁到了美国,在美国长大成人,成为一名美国中部报纸的记者。

二十六岁时,他被派往中国采访,为美国四家重要的杂志供稿。1936年他完成任务后回到美国,将散落在四家杂志上的上海访问记结集出版,取名为《上海:买卖之城》。这本书有一个粗糙的中译本,名叫《出卖上海滩》。

她少年时代偶尔读过这本书,因为它在许多人手里辗转,已经被翻烂了,那本书无头无尾,当然也没有书名。她花了些工夫,才确定这本书里描写的花花世界,就是上海的前世。后来,直到她在小城的图书馆找到这本书1940年的英文版,再细细地读了一遍,才发现少年时代读的中译本虽说粗劣,但却真的有股洋泾浜上海风格:缺少教养,但生猛活泼。在美国小城的漫漫雪夜

六、怀乡痛

里读着上海往事,她有时感到,好像遥远的上海和胆大妄为的译者倒是连为一体的,它们可以合伙将厄内斯特从中间挤出去。

她的窗对着一个草坡,草坡后面有一条路,路边的树落尽了叶子,露出在春夏几乎被包裹在白花绿叶里的路灯。暗夜里,灯光在夜色里铺开一道道梯形的光芒。大雪簌簌有声地落着,大地一团软白。相对不断有各种龙卷风来袭的春天,这里的冬天宁静漫长。她守着一杯加了白兰地的滚烫咖啡,一本书,和一窗无尽的大雪,恍惚觉得那些切开黑暗的梯形灯光后面,就是厄内斯特书里的那个旧世界——她的故乡。在美国,她称上海为自己的故乡,不过,她从来没对任何地方真的产生过那种宜人的归属感,没有故乡的小河,没有老柳树。她只是被厄内斯特的书勾起了某种怀念的感情。

厄内斯特的书中细致地描写了南京路。

中国食物的气味,中国庙宇烟雾缭绕的神秘,中国商店发出的各种毫不自律的声浪,中国人缓慢的方步,上海小姐的苗条和时髦,药店里的干田鸡奇怪的形状和人参与小孩身体的相似,金店里用银子铸成的宝塔,还有弄堂口代人写信的小摊,以及无所不在的黄包车和超人般的黄包车夫。当然,他也写到了苦力发出的声音,他也用了"吟"这个字来形容苦力在搬运时发出的"吭呦"声,与其他外国人在工部局近九十年的记录里不断表达的对号子声的厌烦所用的词一样。她曾试图找一个更合乎中国苦力号子中的"苦吟"的词,但竟然难以找到一个完全对应的英文词。但他显然是理解号子的上海性和中国色彩,所以他将它算进上海的亚洲特色里。然后，他断言："上海无疑是一座中国城市。这些街上的嘈杂，景物和气味完全是亚洲式的。在8.66平方公里的公共租界里，一百万中国人过着亚洲式的生活。"

远在气味单纯的美国小城，她能体会到南京路难以名状的亚洲风气，那是沉甸甸的，喧哗渥热的一团，气味混杂在声音里闪闪发光。

在厄内斯特出版了自己的书的六十年后，上海出版了一本由一群年轻的上海史专家编写的大型图片册，介绍上海历史沿革。他们将南京路称为"世界主义的大马路"。书出版后，她得到了一本赠书，从编辑到作者，都是她同龄的朋友。

他们都太年轻，不能亲身考察三十七年前的南京路，所以他们没人提及气味这种私人但真实的感受。

但他们有照片和历史记载为证。作为本土知识分子，他们还拥有自幼在家庭聚会和私人的旧照相本以及老人闲谈里承接的城市民间记忆。这种土生子继承下来的记忆给他们坚定的方向感。他们提到中美图书公司里的欧美新书以及那些书对上海文化的影响，四大百货公司出售的最新世界各地百货和那些货物对上海人世界观的影响，他们提到白俄的小西餐馆，犹太人杂货店，带有模糊的德国色彩的德大咖啡馆，西伯利亚皮草行，芭蕾舞学校，以及中国人自己开设的西式照相店……他们将这种斑驳杂陈统一在上海的世界主义情怀之中。

他们提及的世界主义，与其说是一个名词，不如说是一个形容词，用来形容与旧帝国的禁锢截然相反的状态。他们继承了那

六、怀乡痛

时每星期都要去中美图书公司逛一逛的上海文化人对现代性的敏感和热衷，坚信上海象征了中国的未来，因为他们看见它用二十世纪闪闪发光的现代化感染了整个中国。

与厄内斯特·O.豪塞相比，他们由衷地看到了上海的环球性。而这种对环球性的坚定指认，因为他们实在耿耿于怀于上海被禁锢，被迫蜕变成一块黯淡的大陆边缘。

对上海身份的不同看法，就像人们对一个欧亚混血儿的看法。欧洲人看他，一眼看出更多的亚洲人的细节。而亚洲人看他，活生生就是一个欧洲人。各自都是不错的，只是因为混血带来的模糊性，让人有可能如此地为他的身份争论不休。也正如欧亚混血儿通常会遇到的身份危机那样，上海的内心也充满了对于归宿的冲突与不甘。它常常不知道自己到底属于谁，应该属于谁，感情上又倾向于属于谁。这个含混的身份意识在被西方征服过的愤怒中国的背景上简直触目惊心，它是上海的原罪：身处东方文明古国，但血统不纯，这就是原罪。

她因此想起上海人多年以来闪烁躲藏的眼神。在上海没人能像莱斯利那样，轻松地谈到血统混杂。她称自己的家族为移民生活中形成的联合国。上海人从来不是单纯的美国杂种，他们眼界既开阔又闭塞，对变化既有强大的承受能力，又挑剔一切变化，他们心中层层堆积着骄傲，自卑，和被排斥的苦恼与不甘，对奇迹的渴望与投机的本能。上海人很复杂，即使在1950年代，被朴素乡村生活方式狠狠洗刷了几十年，却仍带有经历了最痛苦的磨练后形成的市井风格。

莱斯利声称自己身上有些印第安血统，她家的宗教仪式，是去凌晨的教堂里，跟着鼓点的节奏跳舞。她说着，起身拿来一个小录音机，按下按钮，平扁的喇叭里传来土著音乐，合着鼓点。厨房里突然出现了美国西部的硬朗和荒芜。

那收音机喇叭发出的平扁声音，让她立即想起了自己留在美国公寓里的那台收音机。临行前，她将它放进厨房橱柜里，与日常药物放在一起。她阅读时，喜欢一边收听美国国家公共广播电台的节目。那家电台常常播放美国各地作家朗读会的实况。她喜欢听作家们用真实的嗓音朗诵自己的作品，她从来没听到过比作家朗读自己作品更好听的声音，那些单调的字，词，句，在真实的，寂静的嗓音里活了过来，组成一个文学中的世界。

有次，她听到一个听众朗诵罗伯特·佛罗斯特(R. Frost)的诗歌，作为他的推荐。那时，她正在往自己的咖啡里加白兰地，这是她在阅读的下午，为抗击冬天抑郁而自己调制的饮料。四周充满了雪中黄昏微黄的天光，平扁的声音里句句流泻出浓重的安然，孤独的，自在的，和解的。她突然被深深打动，发现自己的心，在这个中部平原上的寂寞小城上悄然落下，她认它为自己的第二故乡。继而，她理解了一些少年时代被迫离开家乡的人，后来对充满痛苦回忆的地方那种深切的感情。她端着自己的咖啡杯子，直冲上她下颚的白色热气里全是酒和咖啡混合的芳香。如今回忆起来，竟是心有所属的气味了。

这是一次奇怪的经历。

莱斯利推开椅子，站了起来，开始在厨房里忙碌：

六、怀乡痛

"不过，我不抽烟，真的。（点燃一支烟）并且我是素食主义者。（把一块猪排扔到烤盘上）但有时候，我会点上一支露西牌香烟，然后把一块猪排扔到烤盘上。（把嘴里的烟喷在那块猪肉上，然后吸一口气）这闻起来，好像我的奶奶就在这间屋子里一样。而如果我想念我妈的时候，我会烤点爆米花，因为爆米花是我妈唯一喜欢做的食物。有时我喜欢把这些东西全放在身边，这让我心中涌起一阵强烈的痛楚，我是说思乡之痛。"

在突然充满厨房的香烟与肉类烧烤的味道里，她想念着加了白兰地的热咖啡气味，一边查看着自己内心是否有种莱斯利提到的痛楚。她想在自己心中浮动的，应该是种感伤，而不是痛楚。这种嗒然若丧的感情，她在美国想念上海时也有过。对她来说，这并不是一种专属某地的感情。她突然想起了乔希，想起了洋葱炒猪肝。这是乔希的厨房，他在这里烧什么菜？该不会是洋葱炒猪肝吧。

她发现自己从来没有尝到过真正的思乡之痛。她的痛是一种似是而非的钝痛。

她看到瑜伽老师一脸努力掩饰的痛苦表情，因为猪肉的气味。他是素食者。有一次，有个女孩抱怨做热瑜伽时，老师身上散发出来的咖喱和印度香的气味让她受不了。老师生气了，反唇相讥："你一定没有闻到自己身上的猪味道。素食者的嗅觉里，吃了猪肉的人从皮肤里都散发出强烈的猪的臭味，只是自己不知道而已。"她想，要不是莱斯利弄出来的艺术，老师一定早就不客气了。她很熟悉这个孟买人身上的通商口岸的遗风。

按照演出的计划，等厨房的故事结束后，还有一个卧室的故事。然后，他们这四个观众将回到罗伊斯的起居室里，按照演出的程序，他们将聚在罗伊斯的摄像机前，每人留下一个自己生活中气味与回忆的故事。她在想自己该说什么，说什么更合适这场演出的风格。她一厢情愿地以为，自己的气味故事将是她们这个演出的结尾。

"它应该有个豹尾。"她为它想。鸦片气味，还是犹太面包圈的气味？也许咖啡中的白兰地气味？或者是巴黎古龙水的气味？

那是她大学里的唐诗老师施蛰存的古龙水的气味。有一次，在老师愚园路的家里，他拿出一只古龙水空瓶给她看，那是他最后一瓶古龙水，1980年在南京路的商店里买的。然后，他说："收回租界，恢复土气。"

那天，她问到老师未尽的梦想，他说，是此生未能去巴黎旅行。她能像莱斯利一样形容老师心中有强烈的痛楚吗？或者她可以套用罗伊斯的台词来追述老师的一生："一个上海的夜晚，1999年，他想起1939年灰蓝色的天空倒映在肮脏的苏州河水中，驳船驶过，在水面上留下漂浮扩散的油渍。他正在去《现代》编辑部的路上。他想起战争时代的昆明，终于被迫放弃小说创作以后，与他从此朝夕相伴的那些古旧篆体字笔直的笔画，它们虽然笔直，整个汉字却能构成一个个躲避严酷人生的城堡。"在她的回忆里，老师浑身浸透了都市的沧海桑田和委屈。可是，仅仅这样说，又有谁能真正懂得呢？

她因此也不想提及白兰地咖啡的气味。于是，他们安静地带

六、怀乡痛

着满身猪排烤焦了的苦涩气味,去了乔希的卧室。

卧室的故事是关于女人的故事,关于母亲的生活如何在光阴流逝中渐渐黯淡和放弃。女演员在床上边说,边翻滚个不停。床架子在她不愉快的叙述声中发出吱嘎的声音。

一个潦倒抑郁的母亲的故事,可以说,她再熟悉不过了。

那是张深褐色的式样呆板的双人床,在1970、1980年代几乎是上海所有家庭唯一可以选择的式样。当然,现在很少能在上海人的卧室里再看见它的踪影了。那时,上海已被关在中国海岸线上整整二十年,从前的时髦已成前尘旧事,开放的消息遥遥无期,乐观变成了不甘心,不甘心变成了怀旧,怀旧变成了幽怨,幽怨变成了麻木。多米诺骨牌就这样在上海人的心中哗啦哗啦地倒了,露出尽头这一张呆板僵直的棕绷床。它就是麻木和苟且生活的符号。她站在床边猜想,乔希今天能用上这张床,多半是因为房主自己换了新床,将旧床留在老房子里的缘故。乔希在原来的棕绷上加了席梦思,床便变得很高,看上去更像一张大桌子。

她站着的位置,正是她一直站在床边的位置。卧室里灯光昏暗,床上躺着一个抑郁而唠叨的女人,她的母亲。是的,这张床的式样,就是她母亲大床的式样。要过好多年,她才体会到,母亲的抑郁,来自于她对生活的不满,而她的唠叨,是她变相的求救。但她这样做,却吓跑了周围所有的人。她年轻的时候,一次次站在母亲大床前的这个位置,向下望着床上的母亲,心烦意乱,几乎被那张不愉快的脸折磨死了。

"到底生活是在什么时候发生了关键的转变?那些被打入冷

宫的华丽手袋，高贵的柔软的牛皮、鳄鱼皮，外面有银搭扣。如雪肌肤般的真丝内衬，里面玲珑可爱的缎子做的口袋里，边角处还残留着定妆粉的痕迹，而深处则留有暗红色唇膏波浪般的痕迹和蕾丝手帕的样子。这一切带我回到那令人心跳的过去，对青春魅力的依稀回忆。但，到底发生了什么？是什么把那个摇曳着轻盈裙裾，浓妆艳抹，迷离放纵的女人紧锁在门外，让她长了满身赘肉？到底是什么让她心甘情愿地穿上肥肥的裤子？又到底是什么时候让她把香奈儿5号换成了买二送一的家庭装杂牌肥皂？"女演员在床上翻滚着，说出这番话来。

她想起母亲满箱子被压得皱皱巴巴的旗袍，配旗袍穿的短毛衣，短大衣，高跟鞋，披肩，母亲也有一个翡翠搭扣的小包。她想起自己站在母亲床前，默默听着倾盆大雨般的抱怨，心里的一句疑问：到底生活是在什么时候发生了关键的转变？她没想到，从母亲床前挣脱出去多年以后，她以为自己已忘记了那些年轻时代不快的过去，突然，又回到原地。

只不过换成了英文，内容一致。

上海终于开放，她有机会看到英国女人在卧室里的挣扎。她心中感慨，原来世界上绝大多数女人都无法逃避这种转变，这就是女人的命运。

木床呻吟着，几乎与她记忆中一模一样。

母亲总是很早就上床了，平躺在厚厚的棉被里，她翻动身体，木床便发出吱嘎声。路灯透过敞开的窗帘，房间里到处都是阳台上晾过夜的衣物浮动的黑影。那是上海的1970年代，晚上9点

六、怀乡痛

以后,整个城市就堕入一团黑暗之中,野猫翻动垃圾,长风横扫过大街小巷。她将头抵在喇叭上,偷偷收听澳大利亚广播电台的短波华语节目。在那个波段里,她第一次听到邓丽君的歌声。她以为那才是幸福的声音。要过好多年以后,她才知道自己错了,邓丽君也是不幸福的女人。

"我想着那股香气,想着那些许久不碰的梦想,那早已不再憧憬、不再思量,甚至不再回头看的梦想,散发着陈腐的气味,像始终挂在屋子里的积满了灰的蜘蛛网。"女演员在床上用力翻了个身,说。

现在听起来,就像是母亲心里的话。

她突然想到,现在,甚至自己的母亲都换了新床。这张床,现在是属于乔希的。

他天天睡在上面。

她依稀听说,乔希交过不少上海女朋友。现在,他这样的单身欧洲男人,在上海女孩子里很受欢迎,他能轻松遇到各种各样的女孩子。她们不是妓女,但很容易上他的床。只要他不怀有启蒙主义者的浪漫东方梦想,就不会留下心灵创伤。她听说乔希的审美观不错,他身边的女孩子都能说不错的英语,都有一种东方女孩清纯的美。他们总是好聚好散,他将她们一个个送去了英国,那是女孩子们的目的地。

她想,不知道乔希和上海的年轻女孩躺在这张床上的时候,会不会被它沉重的过去干扰。也许他们根本就不知道关于这张床的一切,也许乔希就喜欢这种老床,喜欢它的复杂。他们也许在这张床上度过愉悦的时光,他们互相陪伴,互相丰富了各自的历史。这张床,是他们广阔的世界。她从想象中挣脱出来,因为她觉得这种想象冒犯了乔希。

"你们该走了。"女演员说完,继续躺回到床上。就像母亲当年那样,她也是草草抬了抬抑郁症病人微微浮肿的脸,就倒回到枕上。亚麻色的细发像团抹布一样。

她看着她,想象乔希床上真有这么个女人。和从前租界的故事一样,英国男人在家里有个不快活的英国妻子,在上海则有充满东方情调的情人。当年的英国侨民社会,风气保守高傲,不允许英国男人与本地女人有染,但同时,男人们又本能地在本地女人身上寻找英雄救美的体验,寻找传说中激动人心的异国情调。在旧世界,男人是英雄,真正被侨民社会困住的,是那些女人们。

她发现,自己实际上并不知道乔希与当年的赫德之间,到底有什么本质的不同。但她认为自己知道,英国女人和中国女人在这张床上的辗转反侧基本相同,连表情也一致。比起心灵的相同,那些社会因素似乎显得次要了。

她再次从想象中挣脱出来,这种想象更是冒犯乔希的。她知道乔希不要做一个殖民主义者。只因为他是英国人,她就不由自主地将那些侨民的故事附加在他身上,这是不公平的。就像在美国有人将苏丝·黄的想象附加在她身上,她也没给那人好脸色一样。

她转而想到,要是这张床有记忆力和判断力的话,它又将如何解释这一切。

他们走向阳台,将那个女人留在身后。

六、怀乡痛

她的女儿两手空空地走过来,轻声说:"她可真像外婆。"她不能在别人的演出现场照相,一时,连手都不知道放在哪里好了。

她握了握女儿的手,发现她的手仿佛一夜之间就长大了,大得让她想起鸭掌来了。

"是的,她真像。"她回答。

"你将来可别这样。"女儿警告她。

"那可难说。"她半开玩笑半当真地说。

阳台下面就是苏州河。苏州河水经过一整天阳光的照射,此刻正散发着强烈的泥土的腥气。有人说河底的泥土是铁灰色的,因为一百多年来过度使用,污染将泥土的颜色都改变了。她总是将苏州河与洋泾浜混为一谈,也许是因为洋泾浜已经彻底消失在一条日夜繁忙的大街底下,永无再现之日,所以她才会这样想象。也许因为它与苏州河正是外滩的两条几乎平行的界河,有某些天然的相似之处。按理说,洋泾浜应当比苏州河更杂乱,繁忙和肮脏,江南小河道的清秀与安分当然是已荡然无存的。

苏州河对面就是外滩。暮色中一团幽暗的,是外滩源的那些旧楼,她看到协和教堂如掉在灰堆里的豆腐一样,多年以前,达温特教士在那里写《上海导览》,现在,她还在引用这本书关于洋泾浜英语的描述。现在,她就站在另一个达温特租用的公寓阳台上。乔希站在这里眺望那间教堂时,会是怎样的心情呢?她想。

外滩的灯光将天空都映红了。外滩上空的红色看上去有些不安,好像那里着了火。

她想起《上海:买卖之城》里描绘过的1937年夏天的外滩,

外滩：影像与传奇

大班们聚在上海总会窗前，望着天上落下炸弹："这时，一切都涌上心头，像一个临终的人回忆起自己的一生——与清朝政府穿裹着丝绸的官员的第一次过招，太平军时代的希望和恐惧，泥城之战，到苏州河上游去打野鸭，拳匪作乱时的骚动，中国人纷纷剪去了发辫，一个被打死苦力的葬礼，一场在人行道上留下二十五个受伤学生的暴乱，一个红军军官的到来，风尘仆仆的士兵的壮丽抵抗，沮丧的时代和失望的时代，伟大的时代和荣耀的时代。"当时，她放下手里握着的咖啡杯子，将这段话抄在一张卡片上。她最喜欢厄内斯特这种用简洁短句回溯和概括的笔法，它们常常激起她写些什么的欲望。

抄完后，她顺手就接着那些短句写了下去，向厄内斯特致敬，或者向他倾诉："汉奸报纸在头版登出《上海解放矣》时心中的反感，战后的美国风潮，静静睡在人行道上的军队，广播电台停止西方音乐广播的那个上午内心的绝望，淮海路旧货店里堆积成片的钢琴，街头哭泣着走回家的被完全摧毁的妇女——她的窄腿裤子被剪开了，她的飞机头被剃光了，她仍旧将双肘紧夹在身体两侧走路，这是那个时代女人遗留的教养——蓝罩衣的海洋，中美《上海公报》，二十岁的上海青年'李明'在死囚游街时被尼龙绳勒得发紫的脸，美国领事馆前彻夜排队等待签证的年轻人，一比九的美元兑人民币黑市牌价，沮丧的时代和绝望的时代，苏醒的时代和投机的时代。"

此刻，面对温暖的河水，她想起自己写在同一张卡片上的句子，再次感受到其中某种模糊和孤独的文化认同感。

六、怀乡痛

她眺望被一团红色笼罩着的泥滩——这是厄内斯特在书中最喜欢用的词，回想着那里山峦般的大厦，无数吊在电线上的二十瓦电灯泡，黑色大理石上的一小块金色的铜牌，丧失了世界上最长酒吧的大厅里那破败的铸铁吊灯，法国餐厅里放在白色碟子中间的一小团新鲜蛋糕，过街通道里乏味不堪的釉面砖，在M on the bund的屋顶花园里穿着正装，揣着信用卡，在中国勾兑的法国白葡萄酒里认真卷动舌头的年轻人，铺满碎石的友谊商店空地，在人民英雄纪念塔下留影的人们面颊上笑容的阴影。乔希，犹太人，施蛰存先生消瘦下巴的脸，旧照片中灰白色的鸦片包，剑桥国王学院的教堂玻璃上罂粟的图案，伦敦塔附近的河岸上，来自世界各地殖民地的游客们也渐渐涌上她的心头，还有漆黑雪夜里梅尔罗斯大道两侧切开黑暗的梯形灯光……

"这是我的故乡吗？它是吗？"她心中发问。外滩的事情其实远比泰晤士河的事情要复杂，它对自己的出身庆幸又厌恶，对自己的面容骄傲又自卑，对自己的归宿迷茫又计较，对自己的寂寞害怕又执著，对自己的将来期待又不敢期待，都是上海独有的。复杂意味着独特与丰富，以及寂寞。它实在是个不容易让人爱上的地方。

关于外滩后来的一切，还在继续涌上她的心头。1993年在和平饭店举行的海外娱乐团通宵的化装舞会，那场舞会，相隔五十年，向沙逊爵士早年举办的那些神话般的化装舞会致敬。中山东一路十八号的窗子，在国庆节夜晚，在明亮大楼前汹涌而过的人潮，深夜关闭照明灯以后，被夜雾轻笼的黑暗的大道浮现出的迷茫。是的,从1846年这里建造起第一幢带有外廊的房子,到成为殖民时代遗留在东方最著名的天际线,到所有洋行大楼的旗杆上红旗飘飘的今天,仿佛沧海桑田,但它一直是一条寂寞的,没有归宿感,又不甘心的泥滩,一直像老处女护着贞节般地厌恶又执著地守护着自己内在的迷茫。

厄内斯特描写的侨民们,与她描写的上海人,他们萦绕于心头的孤独,就这样交织到了一起。

她看着苏州河在楼下缓缓流向外滩,看着苏州河与黄浦江交汇处的公园,那里竖立着高大的纪念碑,纪念上海人民百年来与殖民者与封建制度的抗争。

罗伊斯靠在打开的阳台门上,等着她过去。

罗伊斯说:"你们终于来了。过来坐下。"

那是乔希的沙发,坐下时,它深深向地面陷去。

窗外一阵阵飘来河水烂熟的气味。

"现在你们得在离开以前给我点东西,一点让我能继续下去的东西,私人的东西。我要你们回想一种味道,让你能联想到你的家,或者让你犯思乡病的味道,或者就是让你感到恶心的味道。"罗伊斯说。

这房间的空中,混合着刚刚喷洒过的香水气味,以及厨房里传来的焦肉和香烟气味。

女儿说,小时候寄居在康州亲戚家读书的那一年中,常常喜欢去朋友家做客时,找机会开别人家冰箱的门。"要知道,每家

六、怀乡痛

人的冰箱里都存着这家人家庭的气味,因为存放剩菜的关系。有时,我想念自己的家,但我的家太远了,在中国。所以,去别人家做客的时候,就常常请求别人允许我开他家冰箱,找自己要喝的饮料。打开冰箱门的一刹那,会有一股气味扑面而来,然后它沉重地落在脚背上。有时,我能从中捕捉到一点点与我自己家相似的气味。"那时,为了让女儿成为一个终身的双语者,她和丈夫将十一岁的女儿送到亲戚家读书。女儿从没说起自己是不是想家,想念自己的父母,只是说一切都好。

她吃惊地看着自己的孩子,忍不住将手掌覆盖在她背上。

她刚刚知道成为一个双语者要付出的童年代价。

"我是随口编的,你干吗当真呢。"女儿动了动身体,摆脱她的手掌,一边悄悄对她说。

但她相信那个故事的真实性。只是,在美国人家的冰箱里,要找到中国人家剩菜的味道,真不容易呀。

美国女人说了她在意大利学习时,路过大学的一条后街,每每闻到的男生小便气味。她一边说,一边奇怪地微笑着,最后她说:"真的,我也不知道为什么想起的,是那么多年以前的味道。我在意大利住了一年,做交流学生,我视意大利为我的第二故乡,但我不明白为什么在我鼻子前浮现出来的,却是后街的那种味道。"她耸了耸肩,"我看不出任何代表性,很抱歉,我的感官不怎么听从我的理性。"

美国女人看了看四周的人,好像要寻找答案,可罗伊斯没给大家讨论的机会,将自己的脸征询般地转向她和她身边坐着的印度人,他还是赤脚穿着蓝色的塑料拖鞋。

她心中为女儿的故事七上八下的,也许她将孩子这么早送到美国读书,不是件好事。她只想到一个全球化的时代对英语的要求,但没想到一个个体成长中还有不变的天性。

瑜伽老师开始说他对印度香的怀念。他面对摄影机,将小指插进一丝不乱的头发里,手掌轻拢头发,向后伸去。按理说,做瑜伽的时候应该点一支印度香,但是他的中国女学生们都反对,她们不喜欢印度香留在她们身上的味道。

"她们只喜欢香奈儿5号,她们太虚荣了,一切都是西方的好,没有自己的心灵。"瑜伽老师愤愤不平地抱怨,"中国人将瑜伽当成工具,用来减肥,美容。而我们瑜伽,是哲学,是与心灵的交谈和安慰,是通过身体的运动来寻找生存的智慧,她们根本不懂,也没什么兴趣。"说着,他从沙发上轻轻滑向地板,盘起腿来,他的腹部松软地从躯体上突出,像一个大布袋,"我们讲究呼吸,讲究对呼吸的控制,的确,这样练习会导致腹部松弛变大,所以,她们在呼吸练习的时候,一直向后收腹。她们这样——"他紧了紧腹肌,将突出的腹部收回到大腿之后,整个身体因此而紧张起来,变得笔直。

她想起瑜伽班上其他中国女学生的样子,老师学得很像,她们的确是这样的,包括她自己。她们谁也不愿意放弃瑜伽课,因为她们的确得到了身体上的某些愉悦。但也没人愿意练出老师这样的瑜伽肚子。这就是她们无法真正学会呼吸的原因。

"你要知道,看到别人将瑜伽当成健身的工具,对印度老师

六、怀乡痛

来说,是何其深重的痛苦,和轻慢。"老师说,"所以,我从来不认真授课,她们不值得。她们学瑜伽的目的,正好是瑜伽精神的反面。"

是的,老师上课时要么像释迦牟尼般躺在垫子上,要么大声打探学生每个月挣多少钱,有没有孩子,这些都是她讨厌他的地方。此刻,她发现了老师的痛苦,他认定她们都是些不值得认真对待的俗人,所以拿出俗人的样子来周旋。

"我一个月可以挣两万元人民币,这就是我还在中国的原因。"老师宣布,"瑜伽哲学认为,精神上的快乐才是真的快乐,物质带来的快乐都是虚妄的。用瑜伽祈祷,能得到伟大的愉悦。我在中国的经历让我明白,这种纯洁芳香的愉悦,大概只有我们印度人才能得到。世界的其他地方,瑜伽只是千万种物质中的一种。这是一个哀伤的现实。"

她看到那个在意大利学画的美国女人遗憾地,带着谴责的神情注视着自己,好像在看一个病人,或者醉鬼。然后,她看到女儿也用同样的神情看着自己,这是一种美国民主党支持者的神态,一种开明的国际警察的神态。

说着,他突然挑衅地看了她一眼:"你也是我的学生,我说的没错吧。"然后,他摇着头笑,"当然你不会承认这一点。因为瑜伽在上海是一种时髦,它这么热,我一天要跑至少三个瑜伽俱乐部去上课。我的学生多,因为我长了一张萨伊德说的正确的脸。现在上海的情况就像1960年代末的欧洲。你承认我的指责,就等于否定了你们的时髦。"

这次连罗伊斯都瞪起眼睛来看着她,等待她的回答。

她说:"我这是第一次听到你对于瑜伽的解释。你上课时从来没提及它灵修方面的内容,你看上去真的像个靠肤色混饭吃的老师。我抱歉说得这么不好听。"她心中恼怒,但自知这可以说是一种恼羞成怒。老师以粗鲁的方式击中了要害,也让她找到反驳他的理由。

罗伊斯微笑了一下,表示瑜伽老师的故事结束了。

最后,轮到她了。

"我想起了河水的气味。不是苏州河,而是洋泾浜,它是一条1914年就被填没的河流。那是一条充满故事的河汊,它的名字象征着伪劣和嚣张,当然也象征着无穷的机会。不过,我不是在回想,我出生得太晚,而是在想象。"说着,她再次想起豪塞最喜欢用的对外滩的形容:泥滩。她突然意识到,也许他对这烂泥的气味印象很深,纵使那些不可思议的高楼和繁华以及狂热的投机气氛,都不能完全抢夺去他的注意。在外滩,对烂泥的追问比对高楼的追问更有意思。"我想起了烂泥的气味,它充满了垃圾。"

"洋泾浜英语,你知道这东西吗?"她问罗伊斯。

罗伊斯疑惑地摇摇头,否认说:"恐怕不知道。"

"它和洋泾浜里的烂泥一样,已被深埋多年,但气味却是世间一样不屈不挠的东西,它可以将早已逝去的东西,在人的感觉中还魂。"

"它使你犯思乡病,还是使你感到恶心?"罗伊斯追问。

她说:"应该说两者都有。"

六、怀乡痛

大家起身,准备离开。这时,罗伊斯过来轻拂了一下她的肩膀,轻声说:"我也是一名瑜伽练习者。我深为赞同中国人对呼吸的处理方式,请相信我,我也是这样处理的。"

最后,罗伊斯将手里的一块六角形的巧克力递到她手里,玩笑似的又念了一遍台词:"想吃巧克力吗?有紫罗兰味道的,或者你更喜欢玫瑰味道。在一个礼拜天早上新采下来,然后和奶油打在一起做的。"

POSTSCRIPT

跋
外滩写作记

外滩：影像与传奇

花了将近六年的时间，我打算写一本关于外滩的书，最初只是个模糊的心愿，我心中一个小声音说："写一本外滩的书。"我听到了它。

2003年夏天我写下第一个句子："沉甸甸的湿润云朵被海上的季风驱赶着，掠过和平饭店的绿色金字塔顶，一路向外滩后面上海辽阔的腹地奔去。"这个句子已经在修改中被删除了。从那句句子开始，我经历了漫长的写作，直至为最后一句话，敲上最后一个下引号。"最后，罗伊斯将手里的一块六角形的巧克力递到她手里，玩笑似的又念了一遍台词：'想吃巧克力吗?有紫罗兰味道的，或者你更喜欢玫瑰味道。在一个礼拜天早上新采下来，然后和奶油打在一起做的。'"我盼望的时刻，终于在一个阳光灿烂的冬天上午到来，在电脑上敲了最后一下，我的外滩故事终于结束了。

这三年里，我想象过很多次，结束这本书的那天，我要写一个后记。我要在后记里开列一个长长的感谢名单，每次我接受别人的帮助，都会这么想。两年里，我接受了那么多帮助。谢意在心中堆积，渐渐压得我喘不上气来。

我感谢上海作家协会给予我的创作长假和资助。这给了我一个安定的心境，去做一样复杂的，需要许多前期投入的工作。上海作家协会从我开始准备外滩材料的2001年，就开始了对这本书的资助，最初他们资助的是我收集材料的两年，然后，是开始写作的三年。他们的期待和信任，是我的动力，也是压力。这两样，正好是我需要的。回溯起来，作家协会为我一共放了十年的长创作假,上海三书,四部旅行书,加上这本外滩之书,都是在作家协会为我创造的安顿里写出来的。期间,我结识了不少世界各国的同行,从爱尔兰作家到智利作家,到英国作家和美国作家,还有日本作家和玻利维亚作家,他们了解到我的情况,都开玩笑地追问过一句:"那你认为我有可能加入上海作家协会吗?"

我感谢伦敦市长办公室的赵冰冰小姐,我去伦敦寻找资料,她出力良多。当我写到一半,身心疲累时,她打电话来,说:"我来带你去好好吃一餐饭,然后,再好好吃一碗冰激凌,再好好去一个晚会放松。"那个晚会,就是在外滩十八号的顶楼,它成为我书中描写的一个场景。冰冰隐在我的角色后面,穿着一件洋红色的绣花大襟短衫。

我感谢我英国的作家朋友们,他们为我张罗可以采访的人,提供给我他们生活中的经验,与我讨论英国人对海事时代的立场。我和托比·利特一起去伦敦的大街小巷,和苏珊·艾德金一起去泰晤士河岸上的老酒馆,看当年吉卜林写《丛林男孩》的地方。我在大学英文课上读过《丛林男孩》的节选,那时对自己的未来一无所知。瑞曼史深夜送我回家。我不会忘记,他摇下车窗,隔着半街雨后满满的花香和沉沉睡意,大声问:"你带苏珊的钥匙了吗?"他那斯里兰卡人黝黑而温柔的脸上,在路灯下充满柔和的阴影。那时我住在苏珊家里,她则去澳大利亚写文章了。他怕我忘记带钥匙,进不了门。2007年的春天,我们在上海再次见面,他从故乡来,我们在一起比较了上海外滩和斯里兰卡的殖民时期码头区的现状,这两地有着惊人的相似之处,外国商人来了，河岸区发展起来了。外国商人离开了，河岸区凋谢了。外国商人又来了，河岸区的洋行旧楼，成了高级酒店，高级餐馆，高级夜店，国际价格，国际格局，当地人再次离开，知识分子摇摆于激烈的民族情绪和普世文明的标准之间，在一间高级酒店举办的文学节受到了当地报纸的质疑，如我们一同参加的上海国际文学节一样。他让我看到了自己工作更大的价值，对通商口岸城市绵绵不休的困惑的表达。

海事时代早已过去，但在旧通商口岸城市发生的事情，仍旧这样复杂，甚至更为复杂。这是我和瑞曼史的感慨。

我感谢命运引导我找到了这样的谈话，这样的朋友。

我感谢上海史专家李天纲，这些年来，他家的电话号码对我就像是上海GOOGLE的号码，他的不厌其烦，让我能找到许多我想要的资料，资料的来源，资料的真伪。他远比GOOGLE出色的地方，是我们可以深入地讨论。对上海的许多认识，都是在与他的电话讨论中成熟起来的，一直说到电话的听筒都发烫了。他是我的字典。

我感谢大英图书馆的中国部主任伍芳思。她与我分享她的研究成果，她帮我复印沙逊家族的传记，她带我去伦敦的公园寻找外滩公园时代的游园法规，她甚至陪伴我去亚非学院，怕我找不到路。她说："我们收藏了那么多中国的好东西，我们无法归还，所以我要帮助你。"

我感谢上海图书馆近代文献阅览室的工作人员，地方文献阅览室的工作人员，综合阅览室的工作人员和徐家汇藏书楼的工作人员，他们在这两年里不知为我搬运了多少次旧书和旧报纸杂志，有时书太重了，他们就用小车推到我桌子旁边，有时他们搬动多年无人问津的旧报纸，从书库出来时，已满脸喷红，是因为螨虫刺激他们一直在打喷嚏。他们在我忘记带纸笔的时候借给我纸笔，在我来不及看完的时候帮我保管资料，在我从索引里找不到我需要的书的时候过来帮忙，他们是我的英雄。

我感谢爱荷华大学的亚太研究中心和图书馆，感谢哈佛大学中国文化工作坊，感谢威斯康星大学东亚系，感谢古林大学东亚系，感谢贝茨大学东亚系，华盛顿大学东亚系，这些美国的大学为我到英国和美国的其他图书馆借书和档案，照顾我的研究，安排我的演讲和讨论。那些对公众的演讲和与学生的讨论，使用的都是我写作的章节和照片，每次讨论都给我新的启发，这也是为什么这本书会有这么多次修改的原因。

感谢我的朋友艾大卫和他的妻子海伦，他们教给我怎么做美国式的资料收集。大卫是哈佛出身的历史学家，研究中国近代史，他膝盖上永远搁着一台正在工作的戴尔电脑。我们讨论了不少关于中国的事。我在美国做研究的一年中，从写作到生活，他们对我帮助良多，连我家的葡萄酒杯子，都是来自他们的圣诞礼物。

我感谢黄浦区团委的陈蕾女士，她帮助我寻找和联系曾在外滩生活的家庭，与我分享她大学刚毕业时在外滩街道工作的经历和见闻，以及自己的体会。她从来都有求必应，充满鼓励。有一次我去她的办公室，但是到得晚了，远远地，看到她在人行道上等我,她握着电话,好像随时准备着。

　　我感谢复旦大学教授周振鹤,他注释的洋泾浜英语,对我帮助良多。

　　我感谢接受我访问的那么多与外滩有关的人物,老人和年轻人,有钱人和穷人,中国人和外国人,感谢他们付出自己的时间,打开自己的心扉,赠送自己的回忆,这些都是宝贵的个人历史,有些不快的回忆让他们再次受到记忆的伤害。有时我感到他们这样做,并不是为了我,当然更不是为了他们自己,他们是为了这本书,这本写外滩的书。他们对外滩怀有某种使命感,我想,这才是他们接受我的原因。我感谢那些约谈和偶遇的人,通过朋友辗转介绍认识的,或者认识多年,却刚刚意识到他的经历对我的书的价值的人,感谢这些与外滩相关联的人们帮助了我。

　　感谢我的朋友们,我维也纳的朋友,我柏林的朋友,我北京的朋友,我上海的朋友,我美国的朋友,我云南的朋友,我香港的朋友,我伦敦的朋友,他们听我说了整整两年的外滩故事,以至于他们有时特地问:"又有什么好玩的故事?那本外滩的书的故事。"他们的兴趣,有时是支持我在感到太困难的时候仍旧进行下去的一个原因,因为他们觉得有趣和重要。在一个人写一本很长,也很难的书的时候,才能体会到朋友是自己生命中的烟花,和他们在一起的时光,如节日的夜晚看烟花怒放,他们华丽地照亮了本来辛苦和寂寞的写作生涯。这两年里,有时我陪伴他们去外滩,一路上忍不住喋喋不休,常常要等到他们望着我笑,才发觉自己话多了。但他们大多继续笑,然后说:"你就该写外滩,是不是？"我为这些亲爱的朋友们，而感谢上帝的赐予。

感谢我的家人。他们从来没有打扰过我的写作，也不曾制止过我的计划，可以说我是一个完全自由和自主的人。我要写作，不跟他们出去吃饭；我要写作，要离开他们到美国和欧洲；我要写作，休息时要有人陪伴……他们总是答应下来。每年到祈福时，大家都记得为我祈祷书写得一本比一本更好。我从不去参加子时放鞭炮，每年他们带着一身硝烟回家来，都纷纷过来告诉我："你的那一支，震天一样响。"我为有这样的家人，感谢上帝的恩宠。

在写作的时候，我最能感受到这个世界的爱，以及自己的使命。

参考书目

1. *Shanghai: City for Sale*, by Ernest Otto Hauser. Harcourt, Brace and Company, New York, 1940
2. *Shanghai*, by Harriet Sergeant. John Murray Ltd. 1991
3. *From the River of Babylon to the Whangpoo: A Century of Sephardi Jewish Life in Shanghai.* by Maisic Meyer 2003
4. *The Fall of Shanghai: The Communist Take-over in 1949.* by Noel Barber 1979
5. *Journey to War,* by Auden, W. H. and Isherwood, Christopher. Faber and Faber, London, 1939
6. *To China with Love: The lives and times of Protestant Missionaries in China 1860—1900.* by Barr Pat. Secker and Warburg, London, 1972
7. *The Mystic Flowery Land: A Personal Narrative,* by Charles J. H. Halcomber. Luzac and Co., London, 1896
8. *All about Shanghai: A standard Guidebook,* by H. J. Lethbridge, 1934
9. *The Middle Kingdom: Inside China Today,* by Erwin Wickert. Harvill Press, London, 1983
10. *Sassoon: The Worlds of Philip and Sybil,* by Peter Stansky. Yale University Press, New Haven and London, 2003
11. *Sassoons,* by Stanley Jackson
12. *Shanghai, A Handbook For Travelers and Residents,* by Rev. C. E. Darwent. Kelly and Walsh Limited, Shanghai, Hongkong, Singapore, Yokohama, 1896
13. *Historic Shanghai,* by C. A. Montalto De Jesus. The Shanghai Mercury Limited, Shanghai 1909
14. *The China Quarterly*
15. *The Face of China as Seen by Photographers and Travelers 1860-1912,* Aperture Inc., 1978

参考书目

16. *Imperial China*, A Pennwich/Crown Book 1978
17. *Twentieth Century Impressions of Hongkong, Shanghai, and other Treaty Ports of China*, Lloyd Greater Britain Publishing Co. Ltd., 1908
18. *Shanghai 1949: The End of A Era*, by Sam Tara, B. T. Batsiord Ltd., London, 1960
19. *Shanghai Refuge*, by Ernest G. Heppner, University of Nebraska Press, 1982
20. *China, A Personal Encounter with The People Republic*, by Daniel and Philip Romualdez Prentice-Hall International Inc., London, 1977
21. *China*, by Emil Schulthess, Collins, London, 1966
22. *China Day by Day*, by Lileen Hsu, Richard J. Balzer and Francis L.K. Hsu, Yale University Press, New haven and London, 1974
23. *In China*, by Marc Riboud, Harry N. Abrams Inc., New York, 1997
24. *New Faces of China*, by Willis Barnstone, Indiana University Press, Bloomington and London, 1973
25. *North-China Daily News*, 1921—1926
26. 《工部局董事会会议录》，28卷，上海古籍出版社
27. 《外滩的历史和建筑》，薛理勇，上海社会科学院出版社
28. 《西学东渐与晚清社会》，熊月之，上海人民出版社
29. 《人文上海：市民的空间》，李天纲，上海教育出版社
30. 《近代上海繁华录》，唐振常等，香港三联出版社
31. 《上海通志》，10卷，上海社会科学院出版社
32. 《上海史研究译丛》，上海古籍出版社
33. 《上海外滩南京路史话》，上海人民出版社
34. 《上海百年掠影》，邓明等，上海人民美术出版社
35. 《上海租界史》，费成康，上海社会科学院出版社
36. 《上海租界问题》，夏晋麟，台湾中正书局

图书在版编目（CIP）数据

外滩:影像与传奇/陈丹燕著.-上海：上海文艺出版社.2014.7(2022.2 重印)
ISBN 978-7-5321-5406-7
Ⅰ.①外… Ⅱ.①陈… Ⅲ.①纪实小说-中国-当代
Ⅳ.①I247.5
中国版本图书馆 CIP 数据核字（2014）第 156380

发 行 人：毕　胜
责任编辑：陈　蕾
装帧设计：杨　军

外滩：影像与传奇
陈丹燕　著
上海世纪出版集团
上海文艺出版社　出版
上海市闵行区号景路 159 弄 A 座 2 楼　201101
上海世纪出版股份有限公司发行中心发行
上海市闵行区号景路 159 弄 A 座 2 楼 206 室　201101　www.ewen.co
苏州市越洋印刷有限公司印刷
开本 889×1194　1/32　印张 13.375　插页 4　字数 276,000
2014 年 7 月第 1 版　2022 年 2 月第 3 次印刷
ISBN 978-7-5321-5406-7/I・4303　　定价：60.00 元

告读者　　如发现本书有质量问题请与印刷厂质量科联系
T：0512-68180628

NON-FICTION WORK OF CHEN DANYAN

陈丹燕作品
外滩三部曲

The Bund Trilogy

《成为和平饭店》

成为"和平饭店",
成为上海的历史见证

《公家花园的迷宫》

一段扑朔迷离的公案
一座身世传奇的公园

《外滩:影像与传奇》

影像式表达与非虚构讲述
联袂再现
外滩前世今生的传奇

上海文艺出版社

SHANGHAI LITERATURE AND ART PUBLISHING HOUSE

NON-FICTION WORK OF CHEN DANYAN

陈丹燕最新作品
陈丹燕的上海

Chen Danyan's Shanghai

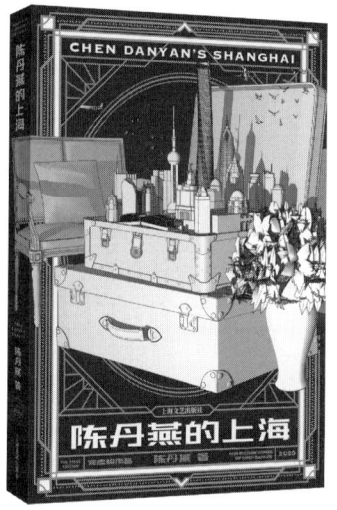

就像马可·波罗为威尼斯而生,陈丹燕为上海而存在,上海也因她而更动人。
《陈丹燕的上海》从1960年代开场,不仅有风花雪月,更有风雪里的人间烟火。
不仅有红颜往事,更有往事里的锅碗瓢盆。
最有意思的是,社会主义时期的少女记忆,构成了书中的潜文本。

上海文艺出版社

SHANGHAI LITERATURE AND ART PUBLISHING HOUSE

NON-FICTION WORK OF CHEN DANYAN

陈丹燕作品
上海三部曲

The Shanghai Trilogy

《上海的风花雪月》

上海总是充满生机、冲突与野心。它不曾清高避世，也不曾铿锵激昂，但它的风花雪月里，却遍布细小而坚实的隐喻。

《上海的金枝玉叶》

她是上海永安公司老板的千金，她叫戴西。
陈丹燕从数十张一岁到九十岁的私人影像入手，勾连起这个历经磨难却依然芬芳洁净的女子，沧海桑田的一生。

《上海的红颜遗事》

她是旧上海电影明星上官云珠的女儿，她叫姚姚。
陈丹燕沿着幸存者痛苦的记忆攀援寻找，使这个上海女子的悲怆往事，成为上海历史的独立见证。

上海文艺出版社

SHANGHAI LITERATURE AND ART PUBLISHING HOUSE